Entre chicos

Entre chicos

Emma Noyes

TITANIA
Argentina • Chile • Colombia • España
Estados Unidos • México • Perú • Uruguay

Título original: *Guy's Girl*
Editor original: Berkley. An imprint of Penguin Random House LLC
Traducción: Ana Isabel Domínguez Palomo y María del Mar Rodríguez Barrena

1ª. edición Noviembre 2023

Plaza de los Reyes Magos, 8, piso 1.° C y D — 28007 Madrid
www.titania.org
atencion@titania.org

ISBN: 978-84-19131-38-6
E-ISBN: 978-84-19699-91-6
Depósito legal: B-16.843-2023

Fotocomposición: Ediciones Urano, S.A.U.
Impreso por Romanyà Valls, S.A. — Verdaguer, 1 — 08786 Capellades (Barcelona)

Impreso en España — *Printed in Spain*

Para Lauren

Nota de la autora

Aunque este libro es una obra de ficción, las dificultades a las que se enfrenta la narradora con la anorexia y la bulimia proceden de mi propia experiencia personal. Por lo tanto, el argumento de esta historia podría resultar desencadenante para las personas que se han enfrentado a algún trastorno de la conducta alimentaria en el pasado.

No intento pintar de rosa la anorexia ni la bulimia. Mi gran esperanza es que la historia de Ginny arroje luz sobre la realidad de estas enfermedades y que aquellos de vosotros que hayáis luchado contra ellas en el pasado sepáis que no estáis solos.

Ginny no sabe con seguridad qué sucedió primero: el mal hábito o el chico.

Aparecieron casi a la par, como dos trenes que llegaran a una estación desde direcciones opuestas. Y cuando se marcharon, uno lo hizo muchísimo después que el otro.

A simple vista, parecen dos factores desconectados. Uno es un ser humano; el otro, un defecto humano. Pero en el fondo ambos se nutren de lo mismo: son falsas versiones del amor. Una forma errónea de querer a una persona. Una forma errónea de quererse a uno mismo.

Ginny no quería acabar padeciendo bulimia. ¿Quién querría? ¿Quién querría sufrir una enfermedad mental? Desde luego, ella no. Sucedió sin más. Al igual que ocurrió con Finch, fue cayendo poco a poco en algo tóxico, en algo peligroso, y cuando se dio cuenta de lo que pasaba, ya era demasiado tarde.

Adrian recuerda el momento exacto en el que decidió no enamorarse.

Tenía once años. Su madre llevaba llorando una semana. No acababa de entender lo que había pasado entre Scott y ella. De hecho, pasarían años antes de que comprendiera la magnitud de la traición de su padrastro.

Subió la desvencijada escalera de su nuevo hogar en Indianápolis, la mitad de un dúplex que compartían con una pareja que tenía los ojos nublados y la cara cubierta por unas extrañas cicatrices, como las del acné. Llevaba un cuenco con avena en una mano y una taza de café en la otra. Su madre no quería comer, pero él tenía que intentarlo.

Abrió de un empujón la puerta del dormitorio de su madre. La encontró acurrucada con la cabeza en la almohada. Parecía abatida incluso cuando estaba medio dormida. El ceño fruncido. Los párpados hinchados. Moviendo los labios en silencio como si estuviera rezando.

Dejó el cuenco y la taza en la mesilla de noche.

«No quiero —pensó—. No quiero y nunca querré».

PARTE I

Ginny Murphy se está consumiendo otra vez.

Lo siente con claridad mientras arrastra su maleta por el quinto y último tramo de la escalera que conduce al piso de sus amigos en el SoHo. El temblor de sus extremidades. Las estrellitas en su visión periférica. Son las seis de la tarde y no ha comido nada en todo el día.

Si Heather estuviera allí, no la dejaría salirse con la suya matándose de hambre. Sacaría el teléfono y buscaría una lista de todos los músculos, todas las neuronas y todos los órganos que necesitan energía para sobrevivir. Después la obligaría a comerse un dónut.

Cuando llega al 5E, se detiene para alisarse la falda y parpadea varias veces con la intención de que desaparezcan las estrellitas. Titubea. En Minnesota, donde vive sola, ocultar sus hábitos es fácil. Pero allí, ¿con un grupo de chicos que la conocen desde el primer año de universidad?

No será fácil.

Levanta un puño y llama dos veces.

—¡Ahí está! —dice una voz desde el interior. Oye pasos y la puerta se abre, dejando a la vista una mata de pelo rojo y una sonrisa tan grande que parece ocupar toda la entrada—. Ginny Murphy —dice su mejor amigo, Clay, justo antes de envolverla entre sus brazos pecosos y de levantarla en volandas por el pasillo.

Ginny se ríe. No recuerda la última vez que oyó ese sonido salir de su boca.

Clay la deja en el suelo para encargarse de su maleta.

—Bienvenida a Manhattan.

Adrian Silvas está en su descanso de las seis de la tarde. Falta un cuarto de hora para que salga de Goldman Sachs y se tome un café en la cafetería Gregory's de la calle Cincuenta y Dos Este: infusionado en frío, sin azúcar, con un chorrito de leche de almendra. Un estimulante para la que seguramente vaya a ser otra larga noche. No importa que sea viernes. No importa que los subdirectores ya se hayan ido. Los analistas deben quedarse en sus mesas hasta que les sangren los ojos.

Adrian entró en el mundo de la banca de inversión porque eso era lo que todos le decían que debía hacer. Igual que solicitó la beca para Harvard porque eso era lo quc todos le decían que debía hacer. Igual que se convirtió en el vicepresidente de su Final Club de Harvard porque eso era lo que todos le decían que debía hacer.

Cuando fichó por Goldman Sachs, no tenía ni idea de lo que le esperaba. De lo largas que iban a ser sus jornadas laborales. De lo extenuante que sería el trabajo. De que lo dejaría directamente sin alma. A estas alturas, tiene más dinero del que necesita y no tiene tiempo para gastarlo.

—*Eső után köpönyeg* —diría su abuelo. («A buenas horas, mangas verdes»).

Clay conduce a Ginny por el corto pasillo hacia el salón. No han avanzado más de un metro cuando la asalta un remolino de pelo castaño claro rizado y ropa de algodón gris.

—¡Ginebra! —grita el remolino mientras se abalanza sobre ella y la abraza con fuerza—. ¡Por fin!

—Tristan —protesta ella en el hombro de su amigo—, ¿cuántas veces tengo que repetírtelo? Me llamo…

—*West Virginia* —empieza a cantar el aludido mientras le suelta los hombros y levanta un brazo. Clay se apoya en su compañero de habitación y juntos siguen con la letra de la canción—: *Mountain mama, take me hooome, country roads.*

Cuando terminan, Clay le sonríe a Ginny.

—Seguro que nos has echado de menos.

—He visto que has volado en un Boeing 757 —dice Tristan, serio de repente—. ¿Era de doble pasillo? Dios, daría mi brazo izquierdo por volar en un avión de doble pasillo ahora mismo. ¿Sabes que hace más de un mes que no me subo a un avión? Creo que tengo mono. Pero mira, he descargado esta aplicación y…

Y ya estaba con los aviones…

Cuando se conocieron durante el primer año de la universidad, Ginny no creyó que Tristan llegara alguna vez a caerle bien. Habla por tres personas, y sus temas favoritos son las inversiones, las inversiones y las inversiones. Está obsesionado con las acciones en corto y le encantaría poder arruinar la economía de un país pequeño.

Sin embargo, también le dice que sí a todo, se ríe de cualquier chiste y prueba cualquier comida que le pongan por delante. Su curiosidad es insaciable y tiene una obsesión casi infantil por los aviones.

Ella lo adora.

A Ginny le encantan los chicos en general. No de forma sexual; la verdad, hace años que no se siente atraída por ninguno. No, lo que le gusta de ellos es su compañía. En su opinión, las amistades masculinas no son como las femeninas. Son más sencillas. No se montan dramas.

También le encantan los cuerpos masculinos. Sus cortes de pelo desenfadados y su ropa predecible. La extraña forma de sus pantorrillas: delgadas en los tobillos y abultadas en el centro, como postes de teléfono hinchados por la lluvia de toda la noche. Las cosas tan tontas y sencillas de las que se ríen.

Aunque los que más le gustan son sus chicos.

Tristan no para de parlotear entusiasmado sobre la aplicación de seguimiento de vuelos que se ha instalado en el móvil mientras los precede a Clay y a ella hasta el salón.

El piso donde los chicos viven en el SoHo es la quintaesencia de la pocilga de estudiantes de posgrado: tablas del suelo que crujen, paredes pintadas de blanco y una ducha que seguramente hicieran antes de la caída del Muro de Berlín. Todos los chicos superan el metro ochenta de altura, así que no está segura de cómo pueden sentarse en el inodoro para cagar con esas estrecheces.

—Tristan —dice una voz baja y grave desde el interior del salón—, como oiga un dato más sobre los vuelos nacionales, me tiro de cabeza por la escalera de incendios.

Ginny inhala. Está allí.

¡Finch!

Lo ve nada más entrar en la penumbra del salón: Alex Finch, el cuarto y último integrante del grupo de amigos. Sentado en un sillón bajo, con el cable auxiliar conectado al teléfono y la guitarra en el regazo. Finch estudia en la Universidad de Nueva York para convertirse en cirujano ortopédico y traumatólogo. Tiene el pelo rubio y una sonrisa torcida. Es superinteligente, pero también muy tonto, como les pasa a todos los hombres inteligentes.

Siempre que Ginny piensa en su primer año, piensa en Finch. En el roce de esas manos en su cintura, levantándole la camiseta. En el roce del tejido cuando se la pasó por la cabeza. En sus ojos cuando la vio desnuda por primera vez. Piensa en sus besos, que le dejaron la cara enrojecida por la aspereza de la barba.

«Ya está bien —se dice—. Olvídalo».

Esboza una sonrisa y da un paso adelante.

—Hola, Finch.

—Gin. —Él suelta la guitarra y se levanta. Se planta delante de ella con dos largas zancadas—. Me alegro de verte. —La rodea con los brazos y la estrecha contra su cuerpo.

Ginny intenta no inhalar por miedo a que su olor le resulte demasiado familiar.

Después de zafarse del abrazo de Finch (que dura un segundo más de lo apropiado), Ginny se acerca al desgastado sofá gris y se sienta. Con los cuatro en el reducido salón, no hay mucho espacio para respirar.

—Bueno —dice Clay, que deja su maleta en el suelo junto a la tele y atraviesa con dos pasos la distancia que los separa de la diminuta cocina americana—. Esta noche hemos pensado en jugar al póquer y tomarnos algo en casa hasta que Adrian vuelva, y luego irnos de bares.

Clay es el cabecilla. Tal vez no sea el más hablador (ese premio se lo lleva Tristan), pero es el que ostenta el poder. Elabora planes y lidera el grupo. Trabaja para una consultora gubernamental, pero seguramente algún día acabe siendo el presidente de Estados Unidos. Se hace amigo hasta de las farolas.

—Seguro que puedo conseguir una mesa en Tao —dice Tristan—. El dueño es amigo íntimo de mi padre. El año pasado estuvimos en su casa de los Hamptons y…

—Cállate, Tristan —dicen Ginny y Clay a la vez. Es su viejo mantra, las palabras que pronunciaban cada vez que su amigo empezaba a hablar de las amistades de su padre o del capitalismo de Estado. Se sonríen sorprendidos. Los dientes de Clay parecen muy blancos y brillantes en contraste con el rojo de su pelo, y su imagen le resulta tan familiar que Ginny casi se echa a llorar.

—Bueno… —Clay le guiña un ojo y se da media vuelta para abrir el pequeño frigorífico del rincón—, ¿cómo va el trabajo, Gin?

—Bah, ya sabes —contesta ella al tiempo que se remueve en el sofá—, es trabajo.

—¡Pero trabajas para una empresa cervecera! —exclama Clay por encima del hombro mientras rebusca bebidas frías—. ¡Es lo más!

—Cierto —reconoce Ginny—. Pero vivo en Minnesota.

Durante el otoño de su último año de universidad, Ginny fichó por Sofra-Moreno, un grupo cervecero mundial. Cuando SM la contrató, estaba en su último año de carrera, estudiando Historia y Literatura, lo que demuestra que un grado universitario no significa nada de nada y que puedes hacer lo que te dé la gana después de la universidad, siempre que se te dé bien mentir. ¿Cómo? ¿Le iban a pagar un sueldo anual de seis cifras por estudiar la historia de la cerveza? Por supuesto que no. Como mínimo tienes que fingir que haces algo para aumentar los beneficios de la empresa.

Cuando firmó el contrato con Sofra-Moreno, estaba preparada para lo que pensaba que sería una apasionante vida laboral viajando por el mundo. Se imaginaba visitando cervecerías por todo el planeta. Codeándose con ejecutivos. Escalando puestos. Tal vez incluso obteniendo su certificado Cicerone para convertirse en sumiller de cerveza.

Hasta que la destinaron a Minnesota

Iba a decir que no. Iba a buscar otro trabajo. Pero cuando las clases empezaron en serio y se quedó sin tiempo libre, se dejó llevar sin más hacia el futuro. Siguiendo el camino asignado.

—¡Las ciudades gemelas! —exclama Tristan, que aplaude—. Tienes suerte de vivir allí. ¿Sabes que desde Minneapolis-Saint Paul puedes volar a ciento sesenta y tres ciudades diferentes? Es uno de los aeropuertos principales de Delta, y Delta es la mejor aerolínea del...

—Tristan... —lo interrumpe Finch antes de que pueda seguir.

Tristan y Finch no se llevan bien. No es que no simpaticen, es que son dos caras de la misma moneda. Ambos son fuertes, de sonrisa torcida y pelo rizado (el de Finch es rubio y corto; el de Tristan, castaño claro y largo), proceden de familias adineradas y estudiaron en colegios privados de la Costa Este, donde formaron parte del equipo de remo. Durante su primer año en Harvard era habitual que los tomaran por hermanos. Sin embargo, según subieron de curso, se fueron separando, como si esa fuera la reacción directa al equívoco. Se volcaron en sus diferencias en la medida de lo posible. Es la misma lógica que explica por qué los países vecinos siempre están en guerra entre sí: despreciamos a los que se parecen demasiado a nosotros.

Por su parte, Tristan se convirtió en la personificación del loco por las inversiones: se especializó en economía, se unió al club de consultoría financiera de Harvard, hizo prácticas en un banco y empezó a ponerse camisas y náuticos de la marca Sperry. Siempre iba afeitado y no les quitaba ojo a sus acciones.

Finch, en cambio, intentó alejarse en la medida de lo posible de sus raíces. Se dejó crecer el pelo, cambió los chinos por *joggers* y se pasaba todo el tiempo libre con la guitarra en el regazo o en el laboratorio de física con una bolsa de maría en la mochila.

Ginny aparta la mirada de Finch, y se obliga a pensar en otra cosa. En el último ocupante del piso de Sullivan Street. El ausente Adrian.

Adrian es a quien menos conoce de los chicos que comparten el 5E. Fue un añadido de última hora. Un caso atípico. En la etapa universitaria, a Ginny le pareció más o menos tan simpático como un cactus en una maceta las pocas veces que trató con él. Pero no le queda más remedio que aguantarlo si quiere un lugar donde dormir durante su estancia en Nueva York.

Clay acaba de sacar del frigorífico los ingredientes para preparar las bebidas, justo lo que Ginny temía que hiciera. «Un chupito de tequila tiene 100 calorías; más 250 mililitros de limonada…».

Se levanta y cruza la pequeña estancia para abrir una ventana. El aire fresco entra en la sala. Toma una honda bocanada antes de volver al sofá y sentarse.

Clay sirve cuatro vasos de tequila y limonada. Finch enciende un cigarro y trastea con el altavoz Bluetooth al tiempo que crea una lista de reproducción que los acompañe mientras juegan. Tristan intenta sin éxito robarle el cable auxiliar. Mientras tanto, charlan sobre trabajo, deportes y las chicas con las que salen. Cada vez que Tristan menciona los aviones con doble pasillo, Ginny y Finch le tiran servilletas.

Sus voces la inundan, y se da cuenta de que, por ese breve instante, la ansiedad se desvanece. Se siente bien al dejar de ser «la chica». Al ser una más del grupo. Simplemente uno más.

Inspira y llena su cuerpo de aire fresco y humo de tabaco exhalado.

Adrian empuja para abrir la puerta del número 200 de West Street, donde se encuentra la sede de Goldman Sachs, y sale a la calle, donde ya hace tiempo que anocheció. No recuerda la última vez que salió cuando aún brillaba el sol.

Por algún milagro, ha conseguido salir de la oficina antes de medianoche. Esa será su primera oportunidad para salir con sus compañeros de piso en mucho tiempo. Con sus compañeros y con la chica. Ginny.

No llegó a conocer bien a Ginny en la universidad. La veía por el campus (patinando por Plympton Street o bailando encima de una mesa con Clay en el Delphic), pero no llegó a conocerla. Según le ha contado Clay, después de graduarse, firmó un contrato con una cervecera importante y se mudó a Minnesota. En otra época no entendía por qué alguien querría vivir en ese sitio, pero en ese momento odiaba tanto su vida en Nueva York que solo vivir en el Medio Oeste ya le parecía un sueño.

Jamás se mudaría allí, por supuesto. Si tuviera que irse a algún sitio, volvería a Budapest, donde nació.

Lo llaman por teléfono y se saca el móvil del bolsillo. Es su madre, preguntándole por la semana.

—*Milyen volt a heted?*

—*Kiváló* —responde. («Excelente»).

Su mentira semanal.

Guarda el teléfono y pone rumbo a Sullivan Street.

La parte favorita del trayecto para Adrian son las tres manzanas que recorre por Prince Street. Hay artistas a lo largo de la calle exponiendo cuadros, joyas y mantas tejidas. Los restaurantes tienen terrazas montadas en la acera y los comensales coquetean rozándose los pies por debajo de las mesas con sus manteles blancos. La escena le recuerda a la calle Váci. A Budapest.

Sus años en Hungría fueron los más felices que recuerda. Aunque su madre tenía su propio piso —donde Adrian vivía con su hermana mayor, Beatrix—, se pasaba el día trabajando, de manera que ellos prácticamente vivían con sus abuelos en un pueblo cercano a Budapest, en una casa que construyó su abuelo con sus propias manos. Había cerezos en el patio trasero y guiso de col rellena en la cocina. Vivían cerca de un montón de tíos abuelos, que se reunían cada dos por tres para celebrar la festividad de algún santo desconocido. Siempre había alguien borracho. Siempre había alguna discusión.

Años más tarde, Adrian llegaría a añorar aquellas discusiones.

Cuando cumplió ocho años, su madre lo apuntó a clases de inglés. Una vez a la semana, iba en bicicleta a casa de una anciana húngara y la oía parlotear con él en un idioma que ni entendía ni quería entender. Nunca participó en las clases. Ni siquiera abrió la boca. ¿Para qué iba a hacerlo? En su vida todo el mundo hablaba húngaro.

Cuando cumplió nueve años, su madre anunció que se mudaban a Estados Unidos. Se lo dijo en la cocina del piso del centro de Pest. A Adrian nunca le había gustado. Prefería las coloridas casas y las calles adoquinadas de Szentendre.

Aquella tarde, su madre lo sentó a la mesa de madera de su cocina y le dijo:

—*Távozunk.* («Nos vamos»).

—*Hová megyünk?* («¿Adónde vamos?»).

—A América.

Su madre le dijo que se volvía a casar. Con un hombre cuyo nombre Adrian nunca había oído. Un hombre que vivía lejos, en un lugar del extranjero llamado «Indiana». No sabía cómo había conocido su madre a ese hombre, aunque más tarde oyó a Beatrix cuchichear por el móvil sobre una web para buscar pareja.

Adrian la miró en silencio mientras ella se afanaba en la cocina, desenvolviendo la compra y guardando las especias. Se movía con despreocupación, como si no le hubiera dicho a su hijo un momento antes que toda su vida se estaba desmoronando. Estaba tan enfadado que podría haber estallado por la rabia, si fuera de los que lo hacían.

Que no lo era. Así que, en cambio, se guardó todo ese enfado, toda esa tristeza, todo ese dolor por el único hogar que había conocido.

—*Pakold össze a cuccaidat* —dijo su madre—. *Egy hét múlva indulunk.* («Recoge tus cosas. Nos vamos dentro de una semana»).

Antes de llegar a la puerta del edificio donde está el piso que comparte, le llega un mensaje al móvil. Lo mira, esperando encontrarse con otro correo de algún gerente.

En cambio, es su futuro casero.

Encontró el estudio en StreetEasy. Aún no les ha dicho a Clay y a los demás que se va del piso, que no renovará el contrato de alquiler. Vivir con ellos ha sido divertido, pero está listo para vivir como un adulto. Para tener un lugar donde acostarse y relajarse por completo, tras pulsar todos los interruptores para apagar su personalidad.

En la puerta del edificio se encuentra una bolsa de plástico llena de cajas de cartón que se agita con la brisa. Una entrega de Mamoun's. Clay no ha debido de oír el timbre cuando llegó el repartidor. Típico. Seguramente estaba enfrascado contándole alguna anécdota a Ginny.

Cuando aceptó mudarse a ese piso después de graduarse, Clay era el único de sus compañeros al que conocía de verdad. Trabaron amistad en el Delphic, del que Clay era presidente y él, vicepresidente. Fue un emparejamiento natural: Clay, con su carisma, era la cara del club, y él se encargaba de la organización y de la estrategia entre bastidores. Nunca le importó ese acuerdo; no le gustaba ser el centro de atención.

Mientras sube los cinco tramos de escaleras, con la bolsa de plástico en la mano, se imagina cómo será vivir en un estudio. Su propio espacio, una cama y una cocina pequeña, una tele para ver películas y una estantería llena de novelas. Montones y montones de novelas.

En su escaso tiempo libre, Adrian lee. Sobre todo ficción. Le gustan las historias que lo arrastran a la psique del narrador, que lo obligan a sentir. Porque lo hace. Siente. Siente de una forma que le parece imposible en la vida real. Los personajes mueren, y él se entristece.

Los personajes se enamoran, y él es feliz. Puede que no llore ni se ría a carcajadas, pero siente un aleteo en el pecho, un nudo en el estómago, una descarga de emoción que le llega hasta los dedos de los pies.

Tal vez sea la seguridad de lo irreal. La certeza de que puede cerrar el libro o apagar la televisión, y la emoción desaparecerá. Como si llevara una barandilla de seguridad alrededor del corazón.

Justo cuando Tristan le da la vuelta a la carta que completa el *full house* de Ginny, la puerta del piso se abre y entra Adrian Silvas. La penumbra reinante en el estrecho pasillo le oscurece la cara. Lleva el uniforme típico de los que trabajan en la banca de inversión: traje de chaqueta, camisa y zapatos *oxford*.

Ginny suspira para sus adentros. «Adiós a mi buen humor».

—El zombi ha vuelto —dice Finch, que suelta el móvil—. Y muy temprano.

—Mi gestor se va a pasar el fin de semana en los Hampton. —Adrian cierra la puerta y entra en el salón. En la mano lleva una bolsa de plástico cuyo contenido queda claro por el olor a garbanzos fritos y cordero.

Ginny se concentra en la comida y respira hondo para tranquilizarse. Puede hacerlo. Se ha preparado para eso. Por eso no ha ingerido ningún alimento en todo el día. Para crear una caverna en su interior. Puede comer y la comida caerá al fondo de la caverna, lejos, muy lejos de sus caderas, de sus muslos, del michelín de la barriga.

Solo es una noche.

Siente la vibración del teléfono en el bolsillo. Lo saca y mira la pantalla. Es una videollamada de FaceTime de su hermana, Heather. Como hace a menudo, Ginny pulsa RECHAZAR.

—Hola, Ginny.

Alza la mirada. Adrian está justo a su lado, dejando la comida en la mesita y desabrochándose la chaqueta. Sonríe. Es una sonrisa fugaz que deja a la vista unos dientes muy blancos y unas arruguitas en los rabillos de los ojos. Tiene el pelo oscuro y se le nota la barba. Su mentón es fuerte y afilado, y sus ojos son de un marrón tan oscuro que casi parecen negros. Parece cansado, cansadísimo, pero contento de verla.

Esa sonrisilla le provoca algo extraño. Como un estruendo en lo más profundo de un volcán dormido durante mucho tiempo. La sensación la sobresalta. Mira al suelo, con las mejillas ardiendo. Cuando vuelve a levantar la vista, Adrian la está mirando con curiosidad.

Tras recordar la buena educación, se pone en pie de un salto, haciendo que el móvil se le resbale de la mano y la cabeza le dé vueltas.

—¡Adrian, hola! —Su voz es demasiado alta. Parpadea para librarse de las estrellitas que han aparecido en su visión periférica—. ¡Cuánto tiempo! ¿Qué tal estás? ¿Qué tal el trabajo?

—El trabajo me ha drenado el alma, como siempre —contesta.

Ginny parpadea de nuevo y las estrellitas desaparecen.

—¿No te gusta la banca de inversión?

—A nadie le gusta la banca de inversión.

—Ah. —Ginny ladea la cabeza y lo observa atentamente. Es guapo. Mucho más guapo de lo que recordaba—. Pues estás estupendo para odiar tanto tu trabajo.

Se arrepiente de las palabras en cuanto salen de su boca. «Joder, ¿eso ha sido un insulto o un cumplido?». Hace tanto tiempo que no socializa que parece haber olvidado cómo se hace.

Adrian la mira un instante con los labios entreabiertos y el ceño fruncido. Ella abre la boca para disculparse, para decir que era una broma... pero, en ese momento, sin previo aviso, Adrian esboza una sonrisa. Una sonrisa que lo transforma y que desvanece el cansancio y el malestar de su expresión, que hace que desaparezca el chico huraño que ella recuerda de la universidad. La sorpresa es tal, que está a punto de trastabillar hacia atrás.

—Gracias —replica él—. Creo.

—Estamos a punto de empezar una partida de Texas Holdem —dice Clay—. ¿Te apuntas, colega?

—Necesito ducharme y cambiarme. —Adrian se da media vuelta y se despide con un gesto de la mano por encima del hombro mientras se aleja hacia su dormitorio—. Encantado de verte, Ginny.

La puerta se cierra y ella se queda mirando la desportillada madera blanca.

Uf.

Adrian se quita la chaqueta y la tira sobre la cama. Las paredes de su dormitorio están desnudas; su mesa de trabajo, sin adornos. Casi no pasa tiempo en ese lugar. No tiene energía para preocuparse de esas cosas.

«El zombi ha vuelto».

Pocas personas le caen mal a Adrian. Si representara sus emociones con una gráfica, solo se verían suaves curvas y valles, no habría dientes de sierra. Es incapaz de sentir amor, pero tampoco siente odio; sus sentimientos son neutros hacia la mayoría de las personas.

Sin embargo, no le cae bien Alex Finch. En el fondo, es incapaz de explicar el motivo. Solo es una sensación. Una sensación que se le pegó a la boca del estómago la primera vez que le estrechó la mano, resbaladiza y pegajosa a la vez, como una sanguijuela que se te escurre entre los dedos cada vez que intentas apartarla.

No puede decir que Finch sea antipático o desagradable. Al contrario: cada vez que Adrian habla, Finch se inclina hacia delante, lo mira con los ojos entrecerrados y apoya la barbilla en una mano. Cualquier cosa para dejar claro que está atento, escuchando de verdad.

Sin embargo, hay algo en el fondo de sus ojos. Algo que Adrian no acaba de interpretar y que no le gusta.

Descarta la sensación y se quita el resto de la ropa. Mientras se coloca una toalla alrededor de la cintura, piensa en la sonrisa de Ginny. En sus mejillas sonrojadas por el tequila. Es guapa. Mucho más guapa de lo que recordaba.

Empieza la partida. Los chicos comen los platos fritos mientras Ginny picotea del plato de hummus y tabulé.

—Voy con todo —dice Tristan con la boca llena de patatas fritas y ese pelo castaño claro agitándose mientras mastica. Empuja todas sus fichas hacia el centro.

—¿Qué dices, colega? —replica Finch—. Es la primera mano.

Tristan se encoge de hombros.

Finch tira sus cartas sobre la mesa.

—Me retiro.

—Siempre tan conservador. —Tristan se lame los dedos y recoge un montoncito de fichas.

—Eso lo dice el hombre cuyo padre es la personificación del partido republicano —refunfuña Finch.

En la siguiente mano, Clay le da la vuelta a la tortilla: ocho de tréboles, seis de tréboles, nueve de tréboles.

—¿Quién tiene escalera de color? —pregunta antes de arrojar al centro fichas por valor de un dólar.

Tristan silba.

—Por aquí vamos bien.

Finch sacude su pelo rubio.

—Yo tengo una mierda.

Clay sonríe y junta las puntas de los dedos.

—Voy —dice Ginny, que saca fichas equivalentes a un dólar.

—Esa es nuestra chica. —Tristan sonríe todavía más—. Como dice mi padre, nunca se ha hecho fortuna sin gastar dinero antes.

—Cállate, Tristan —replican Ginny y Clay a la vez.

Juegan durante media hora. Clay prepara más bebidas. Tristan pierde todas sus fichas por una mala decisión e inmediatamente vuelve a comprar. Finch pierde dinero poco a poco, y el reguero de sus fichas sobre la mesa se asemeja al goteo de un grifo estropeado. Al final se da por vencido y agarra su guitarra para tocar «Slow Dancing in a Burning Room». Ginny hace todo lo posible por pasar de lo que le provoca en el estómago.

Cuando piensa en su primer año, piensa en la voz de Finch. La primera vez que lo oyó cantar (al otro lado de la mesa de *beer pong*, con un montón de vasos de Four Lokos entre ellos), sintió un millón de mariposas en el estómago. Tenía una voz suave y densa, como un caramelo entre los dientes. Vio que sus labios formaban la letra de una canción que ella solo podía oír a medias. Deseó poder rodear esos labios con las manos. Capturar la melodía entre ellos y llevársela a su dormitorio para escucharla siempre que quisiera.

Cuando piensa en su primer año, piensa en esos ojos, en su forma de seguirla allá donde iba. Piensa en aquel momento en Tasty Burger, descalza y con unos vaqueros cortos, compartiendo una bolsa de patatas fritas mientras Harvard Square giraba a su alrededor. Piensa en él dentro de ella. En su susurro: «Me gustas muchísimo».

Eso es lo que pasa por ser una mujer heterosexual en un grupo de amigos formado solo por hombres heterosexuales: es inevitable que haya complicaciones. O te enamoras de uno de ellos, o uno de ellos se enamora de ti. A veces, es mutuo. En la mayoría de los casos, no. Y en la peor situación de todas, uno de ellos va a por ti. E insiste sin parar, aunque le repitas que es una idea malísima. Y te persigue hasta que te rindes. Hasta que te enamoras de él.

Después te rompe el corazón y te deja hecha polvo.

Ginny comprueba sus cartas por sexta vez, con mucho cuidado de no desviar los ojos hacia el sillón de Finch.

Clay levanta su falafel y sus patatas fritas y lo sacude todo delante de la nariz de Ginny.

—¿Quieres?

Ginny mira la grasa. En otra época, habría aceptado. En otra época, la cena era una guerra de guerrillas. Ella contra sus tres hermanos, robando comida de los platos de los demás mientras Heather ponía los ojos en blanco en una esquina. En otra época, Ginny luchaba por su porción de macarrones, tiras de cebolla y patatas fritas, y cualquier otra deliciosa bomba calórica a la que pudiera echarle mano.

Ya no.

Extiende un brazo y se hace con una sola patata frita del montón, que se lleva a la boca.

—Ñam.

Clay la mira con los ojos entrecerrados. Ginny se tensa, esperando un comentario, una pregunta, incluso un interrogatorio. Se levanta murmurando una excusa sobre rellenarse la copa y echa a andar hacia la cocina.

De camino, pasa por delante de la estantería y se detiene para ver los autores: Zadie Smith, Sally Rooney, Kurt Vonnegut, Changrae Lee.

—¿De quién son estos libros? —pregunta.

—Míos.

Ginny se da media vuelta y se encuentra a Adrian apoyado contra la pared. Le sonríe mientras se tira del cuello.

—¿En serio? —pregunta.

—En serio.

Su mirada se detiene en el afilado mentón de Adrian. Lleva una camiseta blanca de manga corta con el cuello de pico, por el que asoma el vello encrespado de su pecho. Oscuro y todavía húmedo por la ducha.

Ginny lleva años sin sentir el menor interés por los hombres. Por ninguno. Finch fue el último que recuerda haber deseado de verdad. Lo intentó durante la universidad. Elegía al chico más guapo de la fiesta, le acariciaba el brazo, se iba con él a su dormitorio. Una vez en su cama hacía todo lo posible para animarse, para decirse a sí misma que estaba disfrutando. Pero cuando por fin la penetraba, estaba tan seca como el papel de lija.

En todas esas ocasiones, acababa con una tristeza sorda y apagada en el pecho. No entendía lo que estaba pasando. Pensaba que deseaba al chico en cuestión, pero cuando por fin lo conseguía, descubría que no le interesaba. Que no le apetecía hacer nada con él. Fingía un orgasmo. Se tumbaba sobre su torso y usaba su calor corporal como si fuera un jersey hasta que el sueño se apoderaba de ella.

Al final, dejó de intentarlo.

Ginny está mal. Lo sabe, pero no puede hacer nada al respecto. Su problema no es un error gramatical o un asunto mal redactado en un mensaje de correo electrónico que puede arreglar escribiendo y reescribiendo. Su problema es una ansiedad sin motivo que le aplasta el pecho con un peso tan grande como el de la nieve húmeda.

Sin embargo, cuando recorre con los ojos el pecho de Adrian y los hoyuelos de sus mejillas, el corazón le da un vuelco repentino, inesperado, como hacía tiempo que no sentía.

Carraspea.

—Tienes algunos de mis escritores favoritos.

—Y, algún día, tú estarás ahí con ellos, Gin —dice Clay, que levanta su vaso de plástico.

Tristan y Finch gritan:

—¡Eso, eso!

—¿Eres escritora?

Oye la pregunta de Adrian por encima de la algarabía. Cuando vuelve a mirarlo, algo ha cambiado en su expresión. Ya no está distante, en otra parte. Parece interesarle de verdad su respuesta.

Ginny se tira del bajo de la falda.

—La verdad es que no. Nunca he publicado nada.

—A ver —dice Clay, que se inclina sobre el respaldo del sofá y le da un codazo en el costado—, leí lo que me enviaste justo después de mudarte a Minnesota. Estaba genial.

Y sigue escribiendo. Todos los días. Porque lo malo de trabajar de nueve a cinco nada más salir de la universidad es que, después del trabajo, Ginny tiene cinco horas enteras que llenar antes de que llegue una hora aceptable para acostarse. «¿Cómo se supone que voy a vivir?», se preguntaba una y otra vez durante sus primeras semanas en Minnesota. «¿Cómo se supone que voy a ocupar el tiempo? ¿Qué hace un adulto responsable?».

Podría haberse unido a alguna asociación. Podría haber ido a clases de piano. Podría haber salido de copas para intentar hacer amigos. Pero, durante el día, come tan poco y trabaja tanto que, cuando llega la tarde, está agotada. No tiene energía para unirse a ninguna asociación, para ir a clases de piano, ni para hacer amigos. Está triste, hambrienta y sola.

Así que, una noche, abrió su portátil y se puso a escribir. Sin propósito. Lo que se le ocurría: un pescador en una bahía de Alaska; una madre que da largos paseos junto a las viejas vías del tren; un niño que vive cerca de Boundary Waters. Escribía sobre la tristeza, el hambre y la soledad.

Desde entonces no ha dejado de escribir.

Le envió su primera historia a Clay, pero las demás no. Las demás son solo para ella.

Lo que le gusta de escribir es que reclama toda su atención y llena las horas desocupadas. Reclama sus emociones y llena su cuerpo vacío. La transporta a otro lugar. Le permite vivir, por un momento, fuera de un yo que no le gusta demasiado.

—¿Y Sofra-Moreno? —pregunta Adrian—. ¿No trabajas en Comunicación?

Ginny se encoge de hombros.

—De momento. Pero no para siempre.

Aunque Adrian no hace más preguntas, ella siente el calor de su mirada. La pone nerviosa. Vuelve al sofá y comprueba sus cartas por séptima vez.

No se considera guapa. No se considera peculiar, ni burbujeante, ni creativa, ni ninguna de las otras palabras que la gente suele utilizar para describirla. De hecho, piensa en sí misma lo menos posible y solo en términos de si su cintura se está expandiendo o no. Para ser sincera, preferiría no existir.

Solo se ve como deseable cuando su peso está por debajo de una determinada cifra. Si es superior, cree que le saldrá papada, se le inflará la cara y adiós a cualquier atractivo sexual que pueda tener.

Sin embargo, el sexo ni siquiera le apetece. Con nadie. Desde hace años.

¿Verdad?

Sus ojos se desvían hacia Adrian y luego vuelven con rapidez a sus cartas. Por segunda vez esa noche, siente que se le encoge el estómago. Lo mismo que le pasaba cada vez que miraba a Finch.

Desde su lugar en la silla de madera de respaldo alto junto a la tele, Adrian observa a esa chica tan rara, allí en el piso. Ella le ofrece una copa. Reparte la siguiente mano de cartas. Se ríe. Le gusta su risa: es alta, sorprendente. Un sonido que podría asustar a las palomas.

—Bueno, Finch —dice Ginny, sin levantar la mirada de sus cartas—, ¿cómo está Hannah?

Hannah. La novia de Finch y su amor del instituto. Adrian no la conoce, pero su compañero de piso habla tanto de ella que es como si se la hubiera presentado. La pareja se conoció interpretando los papeles principales en la producción escolar de *West Side Story*. Ella es un año más joven que Finch y estudia en la Universidad Estatal de Ohio. Que Adrian sepa, llevan casi seis años sin cortar.

Finch deja la guitarra y le brillan los ojos.

—Pues está de maravilla. Disfrutando del último año de universidad. La veré en Acción de Gracias cuando estemos los dos en Cleveland.

Ginny le sonríe a Finch. La sonrisa no le llega a los ojos.

—Eso es estupendo.

Ella vuelve a concentrarse en sus cartas, pero Adrian sigue observándola. ¿Qué ha detectado en su tono? ¿Esa tensión, ese deje afilado? La Ginny que él conoce es todo risas y calidez, chistosa y alegre, tan bromista como Clay. Nunca se enfada. No se contiene.

¿Qué esconde?

Antes de que pueda pensarlo demasiado, Tristan tira las cartas sobre la mesa y grita:

—¡Ja! Escalera de color. —Se levanta de un salto del sofá, gira y empieza a menear el culo delante de sus amigos—. ¡Damas y caballeros, eso es lo que hay!

—No, gracias. —Clay coloca las manos en el trasero de Tristan y le da un buen empujón. Tristan cae de cabeza al sofá.

—Guau —dice Ginny—. Vaya mano. —Hace un mohín teatral con los labios y, mientras deja las cartas sobre la mesa, pregunta—: ¿Le gana una escalera real?

Todos los ojos se vuelven hacia ella.

Clay y Finch estallan en aplausos.

Tristan, boca abajo en el sofá, suelta un largo gemido. Clay le da una palmada en el hombro a Ginny.

—Esa es mi chica.

Ella le guiña un ojo y se lleva todas las fichas de la mesa.

—¿Podemos irnos ya? Estoy lista para bailar.

—Tranquila, fiera. —Clay levanta una mano—. Necesito otra copa o tres más antes de salir.

—De acuerdo. —Ginny asiente con seriedad, cubriendo con las manos las fichas que tiene delante—. Todos las necesitáis. Dios nos libre de someter a la buena gente de Manhattan a la imagen de Tristan bailando sobrio.

—¡Oye! —Tristan se sienta en el sofá y le da un codazo en el costado.

Ginny suelta una risilla y le devuelve el codazo.

Adrian observa y se pregunta si es así como se siente alguien que está totalmente cómodo consigo mismo.

Ginny y los chicos salen a la templada noche de octubre. Clay extiende una mano para pedir un taxi. Tristan comenta que a su padre solo lo llevan en Escalade negros. Finch lo empuja hacia un contenedor de reciclaje.

Ginny se pone de puntillas una y otra vez con sus zapatos blancos de plataforma. Una nueva adquisición, un intento de mezclarse con la multitud neoyorquina, siempre a la última moda. Se le pone la piel de gallina en los brazos. Siempre tiene frío.

—¿Estás bien? —le pregunta alguien que está justo detrás de ella.

Ginny se vuelve y descubre a Adrian mirándola. Una ligera brisa le agita el pelo negro de la parte superior de la cabeza. Deja caer de forma instintiva las manos con las que se estaba frotando los brazos.

—Sí —se apresura a contestar.

—¿Tienes frío?

—No —miente.

Adrian ladea la cabeza, pero no dice nada, así que ella mira hacia otro lado y se pone a observar la calle a su alrededor.

Nueva York es todo lo que Minnesota no es. Atrás han quedado los descendientes de noruegos regordetes y barbudos. Allí solo ve mujeres altísimas con piernas interminables. Cuerpos tan delgados como postes de teléfono. Ojos rebosantes de sueños. Ginny quiere ahogarse en todo eso.

Y no son solo las modelos. Son todos. Adolescentes desgarbados. Un hombre cuya cara parece haber pasado por un compactador de basura. Una mujer pechugona con mirada gélida, vestida con un traje que Ginny solo ha visto en James Bond.

¡Estilo! Todo el mundo tiene estilo. Mujeres elegantes con trajes hechos a medida, medias negras y botas de tacón. Una fotógrafa delgaducha agachada en una esquina, a la que le quedan tan grandes los vaqueros que están a punto de caérsele. Judíos jasídicos con los tirabuzones agitándose debajo de los sombreros negros. Un perro con tres patas. Un hombre de cejas gruesas, con unos enormes auriculares negros, abriéndose paso entre la multitud mientras grita la letra de una canción que nadie más puede oír.

«Heather encajaría aquí», piensa Ginny.

—El taxi está aquí —anuncia Clay, fingiendo el acento de Jersey Shore.

—¡El taxi está aquí! —repiten Finch y Tristan a voz en grito.

Todos entran como pueden en el pequeño vehículo amarillo. Sin saber cómo, Ginny acaba en el regazo de Adrian. Ninguno de los dos dice nada. El taxi acelera y los lleva hacia el bar.

Niagara está abarrotado. La barra, abarrotada. La parte posterior, abarrotada. El fotomatón, abarrotado. Las máquinas recreativas, abarrotadas. La pista de baile, abarrotada.

Los chicos conducen a Ginny entre la multitud. Gritan por encima de la música y las voces. Clay toma la delantera, con las manos levantadas por encima de su cabeza pelirroja. Ginny se mantiene cerca del asta de la bandera que es la figura de Adrian. Finch empuja de un codazo a Tristan hacia un grupo de chicas que están pidiendo vodka con gaseosa.

Una vez que llegan a la parte posterior, los chicos se lanzan a la pista de baile y empiezan a saltar mientras mueven el cuello de un lado a otro. Todos menos Adrian, que se inclina hacia Ginny y le pregunta:

—¿Pedimos algo?

Ginny asiente con la cabeza y se abren paso a codazos hasta la pequeña barra situada en el rincón del fondo.

—¿Coronas? —le pregunta Adrian.

—Sí.

Adrian se vuelve hacia el camarero.

—Cinco Coronas, por favor. —Saca la cartera y entrega su tarjeta de crédito.

—Gracias —dice Ginny.

Adrian se encoge de hombros. Después de que el camarero deje en la barra cinco botellas abiertas, con sus correspondientes rodajas de lima, Adrian le da dos a Ginny.

Ella titubea. «Una Corona son 150 calorías, más el tequila con limonada de antes, y...».

«¿Sabes qué? ¡Que le den!».

Ginny exprime la rodaja de lima en su botella y bebe un trago.

Debe de haberse bebido tres Coronas. Deben de llevar horas bailando. El DJ pone canciones de principios de los 2000 y Ginny canta tan alto como puede. Baila con sus chicos. Clay la levanta y la hace girar por la pista de baile como si no pesara nada.

No recuerda la última vez que se divirtió tanto.

Ginny quería conseguir que su vida en Minnesota funcionara. Y lo logró. Quería independizarse y demostrarse a sí misma que no necesitaba a nadie más para vivir feliz.

Se equivocó.

Durante toda su vida, había tenido a una prole de hermanos alrededor. Hermanos, amigos y amigos de hermanos. Llenaban su vida. La distraían de los pensamientos que habitaban en su cabeza, un lugar casi siempre bastante desagradable para vivir. La hacían reír, incluso cuando creía que no podía. Hasta ese momento, no se había dado cuenta de lo esenciales que eran los demás para su propia felicidad.

«Quiero mudarme a Nueva York».

El pensamiento la golpea como una pala en la cabeza.

«Quiero sentirme así todo el tiempo. Quiero mudarme a Nueva York».

En algún momento, a través de la bruma provocada por esa revelación, Ginny se da cuenta de que Adrian está hablando con una chica en un rincón. Bajita, de pelo castaño y con un mono blanco como la nieve. Tiene que ponerse de puntillas para gritarle al oído.

«Ah, de eso nada», piensa Ginny.

Adrian nunca ha sabido qué hacer con su atractivo. Para él, es un regalo que nunca ha pedido. Un regalo que no le pesa, pero que le ha provocado más confusión y atención no deseada que otra cosa.

Como en ese momento, por ejemplo. Lo único que quiere es salir una noche con sus amigos, pero un montón de chicas cuyos nombres no recuerda se le acercan y prácticamente le gritan al oído.

No es que sean feas. Las mujeres que se le insinúan en los bares (lo invitan a una copa, se acercan demasiado a su cuello o le ponen la mano en el hombro) casi nunca lo son. Son seguras de sí mismas, guapas, y le demuestran un evidente interés. Si quisiera, podría tirarse a cualquiera de ellas.

El problema es que no le apetece.

Nunca ha tenido novia. Nunca ha perseguido con ahínco a una mujer más allá de unas cuantas semanas. Nunca le ha apetecido. Y no es gay. O, al menos, cree que no lo es, porque tampoco se ha sentido atraído por los hombres.

Todo se resume en una frase muy sencilla: siempre que intenta enamorarse, fracasa.

Mientras la chica del mono blanco compite por su atención, Adrian capta algo con el rabillo del ojo. Ginny. Está moviendo las caderas en el borde de la pista de baile, acercándose a él. Respira aliviado. Viene a rescatarlo.

Cuando la música cambia a una canción de Outkast, Ginny se acerca a él. No lo toca, ni siquiera lo mira. Se limita a bailar cerca.

Ginny es diferente de la mayoría de las chicas que conoce. Expresiva. Directa.

Vive en Minnesota. Trabaja en una empresa cervecera. Le gusta patinar. Les gana a todos al póquer. Para ser sincero consigo mismo, es un poco rara.

Y eso parece gustarle.

De ahí que, lejos de titubear como hace siempre, le dé dos palmadas en el hombro a la chica del mono blanco antes de volverse hacia Ginny y tenderle una mano.

Adrian no acostumbra a sacar a bailar a las chicas. Es más de los que se queda a un lado, observando la acción. Pero Ginny tiene algo que le provoca el deseo de tomarle la mano y hacerla girar. Cantar con ella. Para devolverle la sonrisa.

Ginny baila sin inhibiciones. Gira, se balancea y ríe tan fuerte que puede oírla por encima de la música ensordecedora. Lo mira con esos enormes ojos verdes, relucientes bajo las luces que se mueven sobre la multitud. Una sonrisilla parece invitarlo a acercarse, parece invitarlo a pegarla a su cuerpo y a doblarla hacia atrás.

No recuerda la última vez que se divirtió tanto. Vuelve a poner a Ginny en posición vertical, y ella lo mira fijamente.

Están tan cerca que siente el calor que irradia su cuerpo.

Incluso se percata de las emociones indescifrables que pasan por su rostro. Parece un puzle que él quiere unir con desesperación.

Incluso siente los latidos del corazón en el estómago. ¿Eso es normal?

Tal vez se deba a su rareza. Tal vez se deba a su sonrisa. Lo más probable es que se deba a que vive en Minnesota, lo que significa que entre ellos nunca podrá haber algo real. Hay poco en juego. Es seguro.

Sea cual sea la razón, allí mismo, en medio de ese centenar de cuerpos en movimiento, Adrian toma la cara de Ginny entre las manos y se apodera de sus labios.

En el taxi de camino a casa, Adrian acuna la mano de Ginny como si fuera un bebé.

Ginny se desploma en el sofá de los chicos, mientras el tequila y la cerveza convierten los rincones del piso en una especie de sueño.

—¿Saco el colchón hinchable? —pregunta Clay.

—¿Por qué no duermes con Finch? —sugiere Tristan—. Así rememoráis el primer año de universidad.

Ginny se pone colorada. A Tristan le encanta hacer bromas incómodas sobre Finch y ella. Justo cuando abre la boca para decirle que se calle, Adrian aparece en el salón, vestido solo con los bóxers y la camisa.

—Puedes dormir conmigo si quieres.

Lo dice con total aplomo, con naturalidad. Sin insinuar nada, sin segundas intenciones. Como si estuviera ofreciéndole un sándwich.

Sin pensárselo, Ginny dice:

—Claro. Gracias.

Mientras sigue a Adrian a su dormitorio, mira una vez por encima del hombro. Clay y Tristan tienen las cejas tan levantadas que parece que se les vayan a salir de la frente. Abre mucho los ojos mientras los mira y luego entra en la habitación de Adrian. Cuando la puerta se cierra, se queda a solas con un chico por primera vez en un año.

Empieza a sudarle el cuello. ¿Y si intenta hacerlo con ella? ¿Y si, mientras se besan, empieza a empujarle la cabeza hacia abajo, como han hecho tantos chicos antes? Ginny sabe que, si lo hace, le seguirá el rollo..., lo desee o no. Para que no se enfade. Para no caerle mal.

Antes de decidir que lo mejor es irse, Ginny se sube a la cama. El colchón se mueve debajo de ella mientras echa un vistazo a su alrededor: paredes desnudas, una mesa vacía, un armario lleno de pantalones cortos de deporte y camisas de vestir.

—¿No te gusta decorar? —pregunta.

—No he tenido tiempo, la verdad. —Adrian se desabrocha la camisa y se la quita. Ginny se arropa mejor.

Adrian es alto y atlético. Tiene marcados los músculos del torso y los abdominales. En el costado izquierdo, le sobresale una costilla, como si fuera una tecla de piano rota. Se fija en sus muslos delgados y musculosos. Muslos de corredor. Aunque se ha pasado la mayor parte de su vida sentado a una mesa, Adrian se mantiene delgado sin esfuerzo.

Ginny detesta ser tan envidiosa.

Adrian apaga la luz y se mete en la cama a su lado. La luz de la luna se filtra por la única ventana, orientada hacia el edificio adyacente, e ilumina la pálida extensión del cuerpo masculino. Largo y etéreo, como el fantasma de una araña. Ginny se mantiene a la espera de que tire de ella para ponérsela encima y meterle la lengua hasta la garganta.

En cambio, la rodea con los brazos y apoya la cabeza en su almohada.

—¿Qué tal la vida en Minnesota? —pregunta.

Ginny duda. «¿Quiere hablar?».

Se lo piensa un segundo.

—Deprimente —contesta al fin—. ¿Cómo es Goldman Sachs?

—Deprimente —responde él, y ambos se ríen.

—¿Dónde creciste? —pregunta ella.

—En Indianápolis. Pero viví en Budapest hasta los nueve años.

—¿En serio?

—Sí. Luego mi madre se casó con un estadounidense y nos trajo a mi hermana Beatrix y a mí al Medio Oeste.

Ginny se da cuenta de que no menciona a su padre.

—¿Echas de menos vivir allí?

—A veces. —Adrian le pasa una mano por el brazo—. A quienes echo de menos es a mis abuelos.

—¿Están en Budapest?

—Muy cerca, en un pueblo llamado Szentendre.

—¿Vas de visita?

—Todos los años.

Ginny sigue esperando que Adrian se abalance sobre ella. Que se incline y le meta la lengua en la boca. Que le agarre una mano y se la lleve hasta los calzoncillos.

Sin embargo, no lo hace. Se limita a abrazarla.

Hablan durante media hora. Ginny le habla de Minnesota, de Sofra-Moreno, de su vida en Harvard. Va por la mitad de una anécdota sobre Finch, que trató de convencer a Tristan de que Martha Stewart era la líder de los Illuminati, cuando Adrian la interrumpe.

—¿Ginny?

—¿Sí? —Ella se acomoda entre sus brazos. Para ser tan delgado, su cuerpo irradia calor y suavidad—. ¿Qué pasa?

Adrian levanta una mano a modo de respuesta y la mueve de forma tentativa hacia su cara. Le roza la mejilla con la punta de los dedos. Ginny se queda muy quieta bajo el contacto. El aire entra y sale de forma irregular de sus pulmones. Adrian le coloca la palma de la mano en una mejilla. Luego se inclina hacia delante y la besa en los labios.

Es un beso dulce. Tierno. No intenta ir más allá. No le baja la mano por la espalda, no se restriega contra ella, ni la acaricia por debajo de la camiseta. Solo la besa.

Aunque está calentita e inmóvil sobre el colchón, Ginny tiene la impresión de que cae al vacío.

Es posible que, en un principio, el atractivo de Adrian fuese lo que la atrajo, pero lo que cimenta la sensación (lo que hace que le palpite el fondo del estómago) es que en ningún momento la toca por debajo de la cintura. Que parezca ajeno al resto del cuerpo que queda por debajo del torso que está abrazando con tanta delicadeza. Que se mantenga ajeno por completo a su cuerpo.

Y eso, más que cualquier otra cosa, es lo que Ginny siempre ha deseado.

PARTE II

Seis meses después

La primavera despierta en Nueva York con un fervor que Adrian no ha visto antes. En Boston, el invierno se alargaba todo lo que podía y dejaba montones de nieve a medio derretir grises y marrones que goteaban en los arcenes hasta bien entrado mayo. Pero no en Nueva York. En Nueva York, las estaciones funcionan con tanta eficiencia como la ciudad en sí. Tienen un principio y un final bien definidos, y a ninguna se le permite quedarse más de la cuenta.

Abril. Hace un año que salió de la universidad y todavía le queda otro antes de cumplir con los dos años que normalmente se necesitan para demostrarles a otras empresas que te entregas a tu trabajo. Que no es el caso de Adrian. Su trabajo le provoca el deseo de verter líquido inflamable por todo el número 200 de West Street y prender fuego para reducir el edificio a cenizas.

¿Esto es ser adulto? ¿Por eso te dice la gente que no crezcas?

En momentos así, Adrian piensa en Budapest. Piensa en ir en bici desde el piso de su madre hasta la casa de sus abuelos, pedaleando a toda velocidad por la orilla del Danubio para intentar batir su récord. Piensa en los bares cochambrosos, en el castillo sobre la colina.

Le entra un mensaje en la bandeja de correo, el tercero en cinco minutos. Los mandamases están hablando del proyecto más reciente: una oferta para comprar una empresa de cerveza artesanal. Cada mensaje de correo electrónico que envían significa más trabajo para Adrian. Más malabarismos con los números en Excel. Más ediciones de la presentación. Más pulsaciones de F2, F2, F2.

Todo por una ridícula cervecera que seguramente ni compren.

La cerveza. La cerveza hace que piense en Ginny. Clay le dijo que se muda a Nueva York esta semana. Cuando se enteró de la noticia, a Adrian se le cayó el alma a los pies. Ella le gusta, pero... seguro que piensa que van a empezar a salir, y él no tiene tiempo para eso.

Suspira y abre el Outlook para ver exactamente hasta qué punto va a pringar lo que le queda de semana.

La puerta de Sofra-Moreno Companies, LLC, es de cristal y la mitad está cubierta con cientos de etiquetas de marcas de cerveza. Ginny las reconoce todas, algunas por el año que ha pasado en la empresa y otras por haber bebido latas calientes en el sótano caluroso de alguna fraternidad.

Ha tardado seis meses. Seis meses de insistirle con delicadeza a su jefe, antes de insistir con menos delicadeza a su jefe para después mandar mensajes de correo electrónico a Recursos Humanos y, por último, hacer entrevistas vía Zoom para un montón de puestos distintos. Pero su duro trabajo ha dado sus frutos. Hoy, Ginny empieza su vida como la integrante más joven del equipo de comunicación global.

Vive en Manhattan.

¡Vive en Manhattan!

Ginny creció lejos de Nueva York, en la Península Superior de Michigan, en una minúscula ciudad llamada Sault Ste. Marie. Los lugareños lo llaman «el Soo», adaptando así la pronunciación del nombre francés. Todas las casas tienen una pila de leña en la parte trasera. El aeropuerto cuenta con una sola puerta. En las afueras solo hay graneros rojos con la pintura descolorida y alpacas de heno. La mayor atracción es el puente que sale de la ciudad para llevar a los turistas a Canadá.

Antes incluso de saber cómo se escribía su nombre, Ginny supo que iba a marcharse.

Los mejores amigos de Ginny eran sus hermanos. Dos mayores y uno menor: Tom, Willie y Crash. Uno serio, uno gracioso y uno al que le gusta hacer explotar cosas. Pasaban casi todo su tiempo libre con la consola de videojuegos, yendo en coche al Wendy's, convirtiendo el vecindario en grandísimas partidas de cazar al fantasma del cementerio y buscando cosas para que Crash les prendiera fuego.

Y, por supuesto, estaba Heather.

De pequeñas, Ginny y su hermana mayor no se llevaban bien. Ni por asomo. Pensándolo bien, es un poco triste. Después de pasar seis años siendo la única chica de la familia, seguro que Heather se emocionó al enterarse de que su madre estaba embarazada de una niña. Probablemente quería una muñeca, una American Girl de cincuenta centímetros con cuello de porcelana, faldas a cuadros y cara simétrica. A la que pudiera cortarle el pelo como quisiera. A la que pudiera pintarle los labios y poner guapa.

En cambio, le tocó Ginny.

Desde el principio, Ginny no era lo que su hermana quería. No le gustaban las muñecas. Le gustaban los dinosaurios y cavar agujeros. Jugaba a disfrazarse, pero solo para convertirse en vikinga, en vampiresa o en exploradora, nunca en princesa.

Heather, en cambio, no solo es femenina, sino que lo demuestra con agresividad. Esgrime la feminidad como un arma contra todos los que quieren hacerle daño. Bolsos más pesados que un rifle, tacones lo bastante afilados como para hacer sangre. Es tan guapa que desafía la lógica, como mirar directamente al sol.

De niña, cuando Ginny veía a su hermana moverse entre la multitud (con el bolso balanceándose, la minifalda bien ceñida y unas gafas de sol enormes colocadas en el puente de la nariz), sentía que conocía un secreto que nadie más conocía: «Esa rubia diminuta es capaz de matarte».

Dentro hay un guardia de seguridad sentado a una elegante mesa negra. A la izquierda, los torniquetes parpadean de rojo a verde a medida que los empleados van entrando.

—Hola —la saluda el guardia, un calvo en cuya chapa identificativa pone GARY—. ¿De visita?

—No. —Ginny sonríe—. Es mi primer día.

Está entusiasmada con su trabajo en comunicación global. En Minnesota, no la incluían en ningún anuncio, en ninguna reunión, apenas formaba parte de Sofra-Moreno. Descubrió de primera mano lo que se siente cuando tu empresa se olvida de ti. Lo solucionaría. Ella sería el puente que los conectaría a todos.

Claro que también se imagina aprendiendo de su jefe los trucos de los medios de comunicación externos: cómo relacionarse con los periodistas, cómo presentar una historia y cómo gestionar una crisis.

Nueva York. No se cree su buena suerte.

Durante mucho tiempo, Ginny pensó que podría conseguir que las cosas le fueran bien en Minnesota. Consiguió llegar a Harvard, ¿no? ¿Tan difícil sería aguantar unos años en las ciudades gemelas?

Lo que no tuvo en cuenta fue la soledad. La tristeza. Lo mucho que echaría de menos a sus hermanos. Lo mucho que echaría de menos a sus amigos. Lo mucho que los necesitaba. Un año matándose de hambre y llorando hasta quedarse dormida y convenciéndose a sí misma, cada día, de que estaba bien, aunque no lo estuviera. Un año, y después se fue.

Y cuando los chicos renovaron el contrato de alquiler hacía ya un mes y Adrian Silvas anunció que se mudaba a un estudio, pensó que moriría de felicidad. Se había mudado al que fue el dormitorio de Adrian hacía dos días, había colgado sus pósteres en las paredes que él tenía desnudas y había colocado marcos de fotos en su mesa, igual de desnuda. Cuando tomó aire, creyó oler los secretos que él había dejado atrás.

Ginny pasa cada minuto de tiempo libre en el salón. Duerme con la puerta abierta, solo para oír los sonidos que delatan la existencia de sus amigos.

Está empezando de nuevo. Todo es posible.

Si Heather estuviera en su lugar, no estaría nerviosa. Dirige su propio negocio, por el amor de Dios. Nada asusta a su hermana.

Clay, Finch y Tristan la ayudaron a mudarse. Subieron sus cajas —solo seis en total, ya que había dejado media vida en un contenedor de basura de Minneapolis— por cinco tramos de escaleras y las depositaron en la antigua habitación de Adrian. Tristan se pasó todo el rato haciendo bromas sobre el hecho de que Ginny se mudara al antiguo dormitorio de Adrian, diciendo que era «el último sitio donde tocó un pene». Finch le dijo a Tristan que dejara la fijación con los genitales de otros hombres. Clay les dijo a ambos que no volvieran a mencionar «Ginny» y «genitales de otros hombres» en la misma conversación o se pondría a vomitar.

«No tienen ni idea», pensó Ginny mientras los veía discutir.

Adrian Silvas. Se había pasado los últimos seis meses pensando en él. No de forma constante, pero sí repetidamente. Él la seguía cuando se dormía, aparecía en sus sueños, asomaba a su mente mientras se quedaba traspuesta en las reuniones. La verdad, era un poco inquietante; durante años, en su cerebro solo había espacio para la comida, el ejercicio y el trabajo. Comida, ejercicio, trabajo. Comida, ejercicio, trabajo. Pero cuando se despertó a la mañana siguiente de su primera noche en Nueva York, fue como si un nuevo bolsillo se hubiera abierto en su cerebro. Y en ese bolsillo se coló Adrian Silvas.

No intentó reprimir las fantasías. Parte de la gracia de Adrian Silvas consistía en que estaba a miles de kilómetros, lo que quería decir que su relación nunca llegaría a nada. Eso da seguridad.

Sin embargo, su empresa acabó destinándola por fin a un nuevo puesto, en esa ocasión en el Departamento de Estrategia Empresarial en Nueva York. Y, de repente, Adrian Silvas pasó de ser una fantasía a ser realidad.

Aunque todavía no lo ha visto. Pero lo hará. Sabe que lo hará.

Y se muere de ganas por saber qué va a pasar cuando lo haga.

Su primer día es un torbellino. En Minnesota, Ginny llegaba al trabajo a las nueve, saludaba a sus compañeros, charlaba junto a la máquina de café y se sentaba a trabajar tranquilamente. La oficina de Nueva York es algo totalmente distinto. Luces brillantes. Espacios abiertos para trabajar. Salas de reuniones acristaladas. Café frío de dispensador y un frigorífico lleno de cerveza gratis. Los compañeros de trabajo se mueven por el espacio con portátiles y recipientes de plástico llenos de ensalada en las manos. Siempre hay alguien levantándose para atender una llamada. Siempre hay alguien que tiene que asistir a una reunión «muy» importante, en este preciso momento, pero que vuelve «ahora mismo».

Es una locura. Es un hervidero de productividad.

A Ginny le encanta.

Es una buena trabajadora. No hay otra forma de decirlo: igual que se entregó a sus estudios universitarios con una especie de obsesión maníaca, también se desvive por las tareas que le asigna su nueva jefa, Kam. Levanta su mesa para poder trabajar de pie. Abre Slack y Outlook. Se lanza de lleno a su primera tarea y no descansa hasta el almuerzo.

Como supervisora de comunicación global, la primera tarea de Ginny es crear el boletín de noticias que se enviará cada semana a toda la empresa. Ella controla por completo la parte creativa del diseño del boletín. Es una prueba. Lo sabe. ¿Hasta qué punto es capaz de establecer una comunicación en una organización tan desconectada? ¿Hasta dónde está dispuesta a llegar? ¿Cómo va a averiguar qué pasa en una filial con más de dos mil empleados y oficinas en cinco continentes?

Ginny no está preocupada. Sacó notazas en el instituto. Calificaron su trabajo final de carrera como *magna cum laude*. Perdió diez kilos viviendo en un estado cuya comida principal son las bolitas de patatas fritas con cuajada de queso. No ha tocado una rebanada de pan en la vida. Sale a correr todas las mañanas.

Puede hacer cualquier cosa.

Después del trabajo, Ginny queda con los chicos para tomar algo en Washington Square Park. Técnicamente, beber al aire libre es ilegal, pero, como dice Clay: «Cualquier cosa es legal si está envuelta en una bolsa de papel».

—Por nuestra chica de la gran ciudad —dice Clay al tiempo que levanta su bolsa de papel por encima de la manta.

—¡Por nuestra chica! —repiten Finch y Tristan, que brindan con sus cervezas. Ginny esboza una sonrisa enorme y bobalicona, y le da un buen trago a su botella.

Son casi las ocho. El sol de abril acaba de ponerse, de modo que el grupo está bañado por sombras alargadas que juguetean en la descuidada hierba. Nadie ha cenado.

—¿Queremos tailandés o *shawarma*? —pregunta Tristan, que está ojeando su móvil.

—¿En serio vas a pedir que traigan comida al parque? —pregunta Finch a su vez.

Tristan agita una mano.

—Va a cuenta del fondo de cobertura.

—Que sea tailandés —dice Clay—. Tengo antojo de *pad see ew*.

Finch hace como que se seca una lágrima.

—Nuestro chiquitín tiquismiquis con la comida, cómo ha crecido.

Es verdad. Durante su primer año en Harvard, Clay no tocaba nada que no se pareciera a una hamburguesa con queso. Ahora come sushi dos veces por semana.

—Gin, ¿qué quieres? —Tristan teclea en el móvil.

—Pollo con anacardos —contesta sin pensar—. Con mucha verdura.

Clay hace una mueca.

Ginny tarda un segundo en avergonzarse. Ha vuelto a las andadas, pidiendo proteínas y verduras. ¿No se había dicho a sí misma que las cosas cambiarían en Nueva York? ¿No había jurado que pasaría página?

—Escuchad esto. —Finch empieza a tocar en su guitarra un montón de notas irreconocibles—. Hoy en clase he recibido un mensaje de Hannah. Me dice que está en la fiesta de una fraternidad (en miércoles, ahí es nada. ¡Dios, cómo echo de menos el último año!) y que se ha puesto ciega de cerveza con el hijo del consejero delegado de Beck Pharmaceuticals. Lo juro por Dios. Según parece, han tenido bronca por la legislación sobre patentes.

—Cómo no. —Clay se ríe—. Hannah discutiría con una piedra por la sanidad.

—¿Beck Pharma? —pregunta Tristan—. Eso no es nada. Si miras el precio de sus acciones comparado con Pfizer, es que ni punto de comparación…

—Cierra la boca, Tristan —dicen Clay y Ginny sin mirarlo siquiera.

Cuarenta minutos más tarde llega la comida, colgada de la muñeca de un hombre en bicicleta con cara de agobiado. Tristan distribuye los recipientes. Al otro lado de la manta, el teléfono de Clay se ilumina con un mensaje de texto. Extiende un brazo. Después de echarle un vistazo, dice:

—A Silvas lo están machacando en el trabajo.

Ginny casi se atraganta con un pimiento.

—Silvas, ¿eh? —Una sonrisa rara aparece en los labios de Finch—. ¿Lo has visto ya, Gin?

Ella se da unos golpes en el pecho.

—Me he mudado hace dos días.

—Pero vas a verlo, ¿verdad?

Ginny detesta que Finch haga eso. Insiste demasiado en que salga con otros hombres, como si obligarla a encontrar la felicidad borrara de algún modo lo que él hizo.

—Es posible —contesta ella.

—Es posible. —Finch pone los ojos en blanco—. Para el viernes que viene ya se habrá metido en su cama. Me apuesto lo que queráis.

Ginny resiste el impulso de pegarle.

Por supuesto, aunque jamás lo admitiría, espera en secreto que tenga razón.

Al día siguiente, Ginny está de pie a su mesa mientras intenta concentrarse en la tarea de elaborar el boletín de noticias. Llegó a las ocho de la mañana —media hora antes que Kam, como estaba previsto— y pasó la primera hora en la oficina curioseando en Slack, en un intento por averiguar quién trabaja para qué marca. La segunda hora la pasó investigando a los trabajadores de Sofra-Moreno en LinkedIn, anotando las publicaciones que habían hecho recientemente sobre grandes victorias y guardando sus fotos para añadirlas al boletín. «Todo es contenido», se dice.

No tarda mucho en llegar la hora bruja. Esa mañana ha corrido cinco kilómetros y no ha desayunado. A las diez de la mañana, su atención ya ha empezado a flaquear. Se le embota la mente, el mundo se le nubla en los bordes. No para de mirar del portátil al iPhone, que tiene boca abajo en la mesa —que, por cierto, sigue en la posición más alta porque nunca trabaja sentada; prefiere la multitarea, teclear y quemar calorías al mismo tiempo— y que guarda un irritante silencio. Solo lleva tres días en la ciudad, pero por algún motivo inexplicable, necesita mandarle un mensaje a Adrian con desesperación.

«Para —se ordena—. Ni siquiera te gusta mandar mensajes».

Por supuesto, hubo un tiempo en el que sí le gustaba mandar mensajes. Antes de la universidad. Antes de que la comida ocupara hasta el último rincón de su espacio mental. Tuvo novios en el instituto. Andy fue el que más duró. Le encantaba cómo coqueteaban por mensaje, esa capacidad de mantener una conversación infinita sobre nada. Recordatorios esporádicos de que alguien pensaba en ella. De que valía algo. De que la deseaban.

Claro que la última persona con la que se mensajeó así fue Finch, y solo había que ver cómo acabó.

Mira de reojo el móvil. Clava de nuevo la vista en el portátil.

«Para».

Alarga la mano y le da la vuelta al teléfono. No hay nada en la pantalla. Teclea el código, toca MENSAJES y escribe el nombre de Adrian:

GINNY: Hola! Q haces?

Deja de teclear. ¿De verdad lo está haciendo? Cuando le dio su número a Adrian en octubre, creyó que al menos tendría noticias suyas de vez en cuando. Pero su nombre no apareció ni una sola vez. ¿Eso quiere decir que su amabilidad —sus tiernas caricias, el beso que le rondó los labios varias semanas después— solo fue teatro?

Tiene el pulgar sobre la flecha azul. Son las diez de la mañana. Seguramente él ya esté trabajando.

Cuando tienes ansiedad, cada mensaje que mandas es como saltar de un avión sin paracaídas.

GINNY: Hola! Q haces l viernes x la noche?

Pulsa para mandarlo.

El bocadillo sube a la conversación, volviéndose de ese color azul que indica que sí, que lo has enviado y ya no hay vuelta atrás. Coloca el móvil boca abajo y lo aleja todo lo que puede del portátil.

La única ventaja de trabajar en un banco de inversiones —además del dinero, claro— es que Adrian rara vez llega al trabajo antes de las diez. Nadie lo hace. Todo el mundo estuvo despierto hasta las cuatro de la madrugada la noche anterior.

Siempre que puede, Adrian se levanta temprano para correr. El ejercicio físico siempre ha sido la forma más fácil de mantener la cordura. Al aire libre, con las piernas y los brazos en movimiento y la mente concentrada. En Budapest, seguía el curso del Danubio en bici; en la universidad, remaba en el río Charles; ahora sigue el curso del Hudson corriendo.

La noche anterior fue especialmente horrible. Esta mañana, se ha despertado con un mensaje de su subdirector diciéndole que no se preocupe por llegar antes del mediodía, así que se pone las zapatillas de deporte y se dirige al río. Justo cuando enfila el carril bici, le vibra el móvil. Lo saca del bolsillo esperando que sea otro mensaje de su subdirector, seguramente diciéndole que no, que vaya lo antes posible.

GINNY: Hola! Q haces l viernes x la noche?

Ginny. Interesante. Adrian se guarda el móvil. Responderá, pero no en este momento.

Sigue corriendo. Lo más probable es que no pueda salir el viernes. Hace meses que no sale del trabajo antes de las nueve. Claro que si su subdirector no lo hace pringar con algo nuevo…

Quizá estaría bien verla, aunque solo fuera una hora.

Ese pensamiento lo sorprende. Normalmente, anhela la soledad. Pero después de un mes en su estudio, ha quedado claro que pasar demasiado tiempo a solas es malo para él. Su mente… se acelera. Salta de un pensamiento a otro como una polilla que revolotea de llama en llama.

Mientras corre siguiendo el curso del Hudson, se sorprende al descubrir que esos pensamientos se concentran en Ginny. En su sonrisa, de lado sobre su almohada. En el sonido de su risa. En su sabor: a lima de la Corona, a menta de la pasta de dientes.

Adrian menea la cabeza. Casi no ha pensado en Ginny desde aquella noche.

Mejor no empezar ahora.

Pasan doce horas, pero Adrian responde. Otras dos y conciertan una cita: copas en Dante, en el West Village.

Ginny se siente en una nube el resto de la semana. Desayuna todas las mañanas. Un desayuno pequeño, pero desayuno al fin y al cabo. A mediodía, sale con sus compañeros de trabajo a comer tacos a Tacombi. En la cena, se permite un puñado de fécula. Una tarde, incluso sale a tomar un helado con Clay.

Adrian tarda mucho en contestar a propósito. Para él, lo de Ginny no es nada serio. Es algodón de azúcar: dulce y caprichoso, pasajero por naturaleza. Destinado a disolverse en cuanto toca la lengua.

Por supuesto, lo que no sabe es que cuanto menos caso le hace, más lo desea Ginny.

El viernes, Adrian es el primero en llegar. Se desabrocha la chaqueta, se acomoda en una de las desvencijadas sillas de madera del patio de Dante y pide un Aperol Spritz. Hizo la reserva para las nueve y ya son las nueve y cinco, pero Ginny le parece el tipo de chica que llega diez minutos tarde a cualquier cosa.

Ni siquiera está seguro de por qué aceptó quedar con ella. En ese momento no tiene tiempo para una relación seria ni tampoco interés. La verdad, habría sido más caballeroso por su parte decir que no.

Y sin embargo...

Sin embargo, Ginny Murphy tiene algo cautivador. Tal vez se deba a su desenfadada melena a la altura de los hombros. Tal vez a sus delicadas y escuálidas muñecas. O tal vez a que la ve acercarse por MacDougal Street patinando a toda velocidad, con el pelo recogido bajo un casco lleno de pegatinas.

Es rarísima.

Adrian nunca se ha permitido el privilegio de ser raro. ¿Cómo iba a hacerlo cuando, a los nueve años, se trasladó a Estados Unidos sin hablar ni una palabra de inglés? Se pasó los años previos a la pubertad —una de las etapas más sensibles de la vida, en la que los niños no se cortan a la hora de ser crueles y selectivos— intentando entender la nueva cultura a la que lo habían arrojado sin que él tuviera voz ni voto. Para él, el éxito dependía de la asimilación. Asimilar el idioma, hacer amigos y encajar.

Ginny llega patinando hasta su mesa, literalmente.

—¡Hola!

—Mmm… Hola.

—Lo siento. —Se deja caer en la silla que hay en frente de él y empieza a desabrocharse los patines—. Es mi medio de transporte.

—¿Has venido patinando desde el SoHo?

—En realidad, desde el trabajo. —Se quita el primer patín y menea el pie enfundado en un calcetín antes de meterlo en el zapato que saca de la mochila—. Me he quedado hasta tarde hoy. La primera semana que mando el boletín de noticias.

—¿Desde el trabajo? Un momento…, ¿no trabajas en Flatiron?

—Ajá. —Se quita el segundo patín.

—Pero está…

—A veintitrés manzanas. Lo sé. —Sonríe—. Una pasada, ¿a que sí?

Adrian menea la cabeza, porque le hace gracia.

—En fin. ¿Qué vamos a beber?

Él levanta el papelucho que es la carta y dice:

—He pedido un Aperol Spritz.

Ginny arruga la nariz.

—Mira que eres europeo.

—Es que técnicamente soy europeo.

—No hace falta que lo digas.

El silencio se alarga.

—Creo que me tomaré una cerveza —dice ella.

Cuando vuelve el camarero, Adrian pide una hamburguesa; Ginny, una cerveza y ensalada de col rizada.

—¿Nada más? —pregunta Adrian, que le devuelve la carta al camarero.

—Sí. No tengo mucha hambre.

Adrian piensa que su aspecto es de llevar años pasando hambre.

—Bueno —dice Ginny al tiempo que apoya la barbilla en una mano—, háblame de Hungría.

Eso hace que Adrian se tense. Esperaba que le preguntase por el trabajo o por lo que había hecho el fin de semana. Esas cosas de las que normalmente habla la gente de su edad. Podría contar con los dedos de una mano la cantidad de personas que le preguntaron durante sus cuatro años en Harvard por su infancia en Hungría.

—¿En plan… sobre el país? —pregunta.

Ella se encoge de hombros.

—Lo que tú quieras contarme.

—Bueno. —Adrian se echa hacia atrás en la silla. El camarero llega con las bebidas y las deja en la mesa de madera—. Para empezar, es corrupto de cojones. El primer ministro, Victor Orbán, lleva como veinte años en el poder, aunque desvía dinero sin cortarse un pelo hacia sus partidarios mientras deja que las infraestructuras del país se desmoronen. Mucha gente lo considera un dictador.

Aunque Ginny no responde, se da cuenta de que le está prestando atención.

—Pero nada de eso formaba parte de mi mundo cuando era pequeño. Vivía en un pueblecito de artistas con mis abuelos. Estábamos bastante desconectados de la política de la ciudad.

Adrian no sabe por qué siente la necesidad de añadir lo último. No habla mucho de su pasado, pero ve algo en los ojos de Ginny que lo hace pensar que ella quiere saberlo. Que lleva toda la vida esperando para oír hablar de esto.

—¿No vivías con tus padres? —le pregunta ella.

Adrian bebe un sorbo del Aperol. Está frío y amargo.

—A veces me quedaba con mi madre, pero ella siempre estaba trabajando. Y mi padre… murió hace mucho tiempo.

La tristeza asoma a los ojos de Ginny. Adrian se prepara para lo que viene, para la lástima y las disculpas que siempre siguen a esa información. Lo asalta un deseo ya conocido de marcharse. De ponerle fin a eso antes de que empiece. No entiende cómo han llegado a esa conversación, apenas diez minutos después de que empiece su primera cita.

Sin embargo, Ginny no se disculpa. En cambio, pregunta:

—¿Cómo murió?

—Un accidente de tráfico. —Como Ginny no reacciona, añade—: Era invierno y…, en fin, el puente estaba helado. —Es una historia de la que se habla muy poco en su familia, pero que Adrian se ha contado miles de veces. Siempre que lo hace busca la manera de que tuviera otro final: si su padre hubiera tomado otra ruta, si no hubiera sido de noche…—. Sucedió una semana antes de que yo naciera.

Ginny parpadea.

—¿Lo dices en serio?

—Sí.

—Es… una de las historias más trágicas que he oído.

Adrian mira su vaso. Aquí viene. «Lo siento mucho, no me imagino siquiera…».

—¿Cómo era?

Él levanta la mirada.

—¿Quién? ¿Mi padre?

Ginny asiente con la cabeza.

Adrian casi se echa a reír.

—¿No has escuchado lo que acabo de decir? No lo conocí.

—No, no. Quiero decir… ¿qué sabes de él?

Dios, a esa chica le encanta hacer preguntas. Adrian no cree haber conocido a nadie tan dispuesto a meter las narices donde no lo llaman. Espera la llegada de la irritación. Del familiar rechazo que siente cuando los demás husmean en su pasado. Pero cuando mira esos ojos verdes, tan abiertos, tan curiosos, auténticos y sin prejuicios, se da cuenta de que quiere contárselo. De que quiere hablar de su padre. De Hungría. De todo.

¿Qué está pasando?

—Era profesor —dice.

—¿Profesor de qué?

—De Matemáticas.

Piensa en las pocas veces en las que le ha preguntado a su *anya* —su madre— por su padre. Cierra los ojos. Se repliega físicamente sobre sí misma. Y le ofrece respuestas cortantes, de una o dos palabras como mucho, como si hablar le supusiera una herida física.

Estaban enamoradísimos. Eso sí que lo sabe.

Y después ella lo perdió.

Adrian piensa en su padre todos los días. Casi siempre de pasada, como una señal de tráfico entre pensamiento y pensamiento, porque demorarse más abre la puerta a la culpa. Una culpa negra y pegajosa, espesa como el alquitrán. Se cuela en su pecho, envolviéndole los huesos y los vasos sanguíneos. Y luego siempre arranca de cuajo la culpa de los duros huesos de su torso y los limpia hasta que solo queda un leve residuo.

Su madre solo conserva una fotografía de su padre; pero, que Adrian sepa, nunca la mira. Él descubrió la foto de niño mientras buscaba debajo del fregadero el aerosol para limpiar una mancha de zumo de naranja de la alfombra antes de que Scott la viera. Debajo de una caja de toallitas Swiffer, escondida entre todas las bolsas de plástico y latas de Shout, había una Biblia.

Aquello no tenía sentido. Su madre es una devota católica que sigue asistiendo a misa todas las tardes y tiene un montón de Biblias de diferentes ediciones en el salón, donde todo el mundo puede verlas. Encontrar una escondida era raro.

Sin embargo, lo más raro fue que cuando la abrió, el interior estaba hueco. Habían cortado las hojas con un cuchillo de modo que solo quedaban los bordes y un centro vacío.

«¿Su madre había destruido una Biblia?».

Y allí, dentro del hueco: su padre.

Adrian supo de inmediato que era él. Nunca había visto a su padre, pero lo sabía. Por el montón de libros que tenía debajo del codo derecho, por los largos dedos que se apoyaban en la puerta de un coche amarillo claro, por el alborotado pelo oscuro y por los ojos marrones, tan oscuros que casi podían considerarse negros. Era justo el aspecto que siempre había imaginado que tendría su padre. Cuando le dio la vuelta a la foto, en la esquina inferior izquierda, vio con la letra menuda de su madre en mayúsculas: ADRI, 1992.

Se metió la foto en el bolsillo de los pantalones cortos y cerró el armarito de golpe. Subió corriendo la escalera hasta su dormitorio. Le devolvería la foto esa misma semana, pero de momento quería tener a su padre para él solo.

—Debió de ser muy inteligente —dice Ginny.

—Lo era. Lo respetaban mucho. —Adrian sonríe mientras recuerda las historias de su abuela. A diferencia de su madre, a su *nagyanya* se le ilumina la cara por el orgullo cada vez que se menciona a su hijo—. Prácticamente la ciudad entera asistió a su funeral. —Le señala el vaso—. Ni siquiera has tocado la cerveza.

—Sí que lo he hecho. —Se lleva el vaso a los labios y bebe un buen trago. Cuando lo deja de nuevo sobre la mesa, tiene un bigote de espuma sobre el labio superior—. ¿Ves?

Adrian se ríe. Siente el impulso de inclinarse sobre la mesa y quitarle la espuma de la boca con un beso. En cambio, se quita la servilleta que tiene en el regazo y se la ofrece.

—Tienes...

—¿De verdad? —Ginny jadea y se tapa la boca—. Qué vergüenza.

Eso hace que Adrian se ría con más ganas.

Ginny sonríe y se limpia la espuma del labio con su propia servilleta.

—Bueno. —La deja caer de nuevo en su regazo—. ¿Cómo era el colegio en Hungría?

—¿El colegio?

—Sí, el colegio.

—Mmm... —Adrian bebe un sorbo de su vaso mientras se lo piensa—. Pues muy parecido a Estados Unidos.

—¿En serio?

—En fin... —Por primera vez en años, recuerda su viejo colegio a las afueras de Budapest. Recuerda los pupitres y las pizarras. Las taquillas y los pasillos. Un profesor estricto. El algodón almidonado de su uniforme.

Sin embargo, también recuerda otras cosas. Recuerda la espartana arquitectura soviética. Las comidas en bolsas marrones. Los techos que amenazaban con caérsete encima. Desfilar.

—Desfilábamos —dice, sorprendiéndose—. En la clase de Educación Física.

—Que hacíais... ¿qué?

—Desfilábamos. Durante, no sé, media hora. Ese era el ejercicio que hacíamos.

Durante un segundo eterno, Ginny se limita a mirarlo con los ojos como platos. Adrian cree que la ha asustado, pero después echa la cabeza hacia atrás y se ríe tan fuerte que las carcajadas resuenan en todo el restaurante.

—¿Qué pasa? —pregunta Adrian, desconcertado.

—Eso es… —Ginny se seca las lágrimas. El verde de sus ojos parece incluso más brillante—. Eso es lo más típico de la antigua Unión Soviética que he oído en la vida.

Los labios de Adrian esbozan una sonrisa.

—Supongo que sí.

—¿Nadie te ha preguntado nunca por estas cosas?

—La verdad es que no.

Ella menea la cabeza.

—Y después te mudaste a Estados Unidos cuando tenías nueve años. ¿Cómo fue?

—Difícil —contesta—. No entendía nada de lo que decían a mi alrededor.

—Seguro que echaste muchísimo de menos Budapest.

—Pues sí.

—No me puedo creer que nadie te haya preguntado por estas cosas. Tienes la vida más fascinante de todas las personas que conozco.

Adrian se ríe.

—Si eso es cierto, ya puedes ir saliendo un poco más.

Ginny no sonríe. En cambio, bebe otro sorbo de cerveza. Lo mira fijamente.

—No —dice ella al cabo de un rato—. No, no creo que me haga falta.

Cuando acaba la cena, Adrian no está preparado para que la cita termine…, algo que lo sorprende a él más que a nadie.

—En fin —dice Ginny mientras enfilan MacDougal Street—, ha sido muy…

—¿Te apetece venir a mi casa a tomarte algo?

Ginny se para.

—De acuerdo.

—Deja que los lleve yo. —Adrian extiende las manos hacia los patines.

—¿Seguro?

—Claro.

—Por supuesto.

Ya en Chelsea, Adrian abre la puerta de su bloque sin ascensor y lleva a Ginny escaleras arriba. Nunca había llevado a una chica a su estudio solo para pasar el rato. No porque no haya tenido la oportunidad; las chicas prácticamente se le echan encima cuando está en los bares. Pero si vienen a casa con él, es para una sola cosa y no requiere mucha conversación.

Su estudio es la única vivienda del edificio y está encima de un pequeño restaurante. Consiste en una única estancia espaciosa, con una cama situada bajo un ventanal con forma de mirador con moldura blanca. En una esquina hay una chimenea que no funciona. En la otra, un largo sofá. Pero su zona preferida del estudio, el sitio que lo mantiene cuerdo durante los largos fines de semana que pasa trabajando solo, es la terraza cuya puerta está justo al lado del sofá.

—Guau —dice Ginny, que deja el bolso en el suelo—. Comparado con esto, vivo en un cuchitril vergonzoso.

—Oye, que yo vivía antes en ese cuchitril.

Ella sonríe.

—Cierto.

—¿Qué quieres beber? —Adrian se acerca a la cocina—. Tengo tequila, *whisky*… —Abre el armarito que hay encima del frigorífico y se detiene al ver la botella de Coca-Cola de dos litros metida al fondo—. La verdad… —Alarga la mano y la saca.

—¿Qué es? —Ginny aparece junto a su hombro.

—Vino casero de cerezas ácidas. Me lo mandó mi abuela.

Ginny pone los ojos como platos.

—¿Lo ha hecho ella? ¿En Hungría?

Adrian guarda silencio. Cuando le llegó la botella por correo, no pensó en compartirla con nadie. Su intención era bebérsela después de largas jornadas de trabajo, copa a copa, para saborearla lo máximo posible. Pero algo le decía que Ginny sabría apreciarlo.

—Pues sí.

Después de servir dos copas de vino, Adrian la lleva a la terraza. Ella inspira hondo y se fija en los altos muros de ladrillo, en las guirnaldas de luces, en el sofá acolchado de exterior.

—No puedo creer que vivas aquí —dice.

—Yo tampoco. —Y es verdad. El estudio era una ganga, un secreto bien guardado que se pasaba de analista a analista en Goldman Sachs.

Se acomodan en el sofá. Ginny cruza las piernas y apoya el vaso en una rodilla.

—Bueno... —empieza ella—, si no me falla la memoria, odias tu trabajo.

Adrian piensa en los días que trabaja hasta las cuatro de la madrugada, en los incesantes mensajes de correo electrónico de los gerentes y en los mensajes directos, en un trabajo tan rutinario y aburrido que en ocasiones cree que se le va a salir el cerebro por las orejas. A veces, desea que sea así.

—Exacto.

—¿Y por qué no lo dejas?

—Lo pienso todas las mañanas.

—¿De verdad?

—Ajá. —A través de la cristalera de doble hoja mira fijamente la cama en la que ha pasado poquísimo tiempo desde la graduación de la universidad—. No quiero trabajar en banca para siempre.

Ginny se acerca a él un poco en el sofá.

—¿Y qué quieres hacer?

Un recuerdo aflora en su mente: la alfombra tejida del suelo de madera de la casa de sus abuelos. Una botella de Bambi de naranja. El viejo televisor Zepter, en el que veía dibujos animados húngaros y películas dobladas de Disney todos los sábados por la mañana. Un capricho. Algo que su *nagyanya* solo le dejaba hacer durante un par de horas antes de decirle que saliera a montar en bici.

Y después de llegar a Estados Unidos: otro suelo, otro televisor. En esa ocasión, iluminado por el brumoso sol de Indiana. Personajes animados que parloteaban con sílabas toscas y sin pulir, totalmente irreconocibles en su lengua materna. Al principio, intentar ver la televisión estadounidense era tan frustrante como los largos días en el colegio, cuando sus compañeros movían los labios y levantaban la voz como si el volumen pudiera hacerlo entender. Pero, con el tiempo, la televisión y el cine se convirtieron en un refugio. Un lugar donde podía practicar el idioma sin miedo a meter la pata. Un lugar donde esconderse.

—Películas —dice Adrian.

—¿Qué?

—Siempre he querido trabajar en el cine y la televisión.

—¿En serio? —Al oírlo, Ginny se emociona visiblemente.

—Sí. Cuando me mudé de Budapest a Indiana, la televisión me salvó la vida. No entendía nada de lo que decían los niños en la escuela y me daba miedo intentar hablar con ellos. Pero la televisión era una forma segura de aprender.

—Es fascinante —dice Ginny.

Adrian sonríe. Se miran fijamente durante un buen rato, sin decir nada, y Adrian se sorprende de las ganas que tiene de besarla. Lo ha hecho antes, ¿verdad? Tomarle la cara entre las manos, inclinarse, pegar los labios a los suyos. Es sencillo. ¿Por qué no puede hacerlo en ese momento? ¿Por qué los quince centímetros que los separan parecen muchos más?

—Bueno… —Ginny carraspea y agacha la mirada—. ¿Has tenido novia en serio alguna vez?

Adrian casi se atraganta con el vino.

—No te andas por las ramas, ¿verdad?

Ella se encoge de hombros.

—Se te da fatal lo de mandar mensajes. Según mi experiencia, eso significa que la persona nunca ha tenido a alguien con quien mensajearse de forma continua.

—No —replica él—. Se me da fatal lo de mandar mensajes porque lo odio. Aunque tuviera una novia en serio, eso no cambiaría. —La mira—. No voy a cambiar quién soy para gustarle a otra persona.

Ginny parpadea.

«Bésala». Las palabras le llegan desde un bolsillo oculto en su cerebro.

«No puedo —piensa—. Ahora mismo no. Un sorbo más. Solo necesito uno más. Después seré valiente».

—¿Alguna vez has estado enamorado? —pregunta Ginny.

Adrian casi se echa a reír. No solo no ha estado enamorado en la vida, sino que nunca ha permitido que nadie se acerque lo suficiente como para contemplar siquiera la idea del amor. Cada vez que una relación pasa de dos citas, la corta. Nunca le ha gustado nadie lo suficiente para dejar que vaya a más. Y si no está convencido al cien por cien de que está enamorado, prefiere estar solo.

Seguramente hará lo mismo con Ginny.

Sin embargo, de momento, disfruta de la conversación. Disfruta de la cara que pone Ginny cuando mira el cielo nocturno, como si cada vez que lo viera fuera la primera. Su presencia es como un tónico. Un tónico que restaura la vida que Goldman Sachs le chupa. Con Ginny, no se siente tan vacío. Con Ginny, tiene la extraña sensación de estar en casa.

Ginny no entiende lo que está pasando. Ya es más de medianoche. Lleva casi cinco horas con Adrian. Se han tomado tres vasos de vino de cerezas ácidas, y él ni siquiera ha intentado tomarla de la mano.

Es triste, decide. Que siga allí, cuando él le demuestra ese evidente desinterés. Ningún hombre ha dejado pasar la oportunidad de besar a una chica que lleva tres horas sentada en su sofá. A menos que no se sienta atraído por ella.

Y, sin embargo, ¿cómo es posible que no sienta lo mismo que ella? Las chispas que saltan; el deseo que espesa el aire y le obstruye la garganta, la marea. Cada vez que lo mira, experimenta una dolorosa opresión en el pecho. Desea extender una mano hacia él. Para apoyarla en los duros planos de su pecho. Y besarlo en los labios.

Si sucumbe, haría el ridículo.

Se sacude los pantalones mientras se levanta. Se los puso con la esperanza de que él se los quitara después. Qué idiota.

—Bueno —dice—, supongo que debería irme.

—¿Cómo? —pregunta Adrian, claramente sorprendido—. ¿Te vas?

«Pídeme que me quede».

—Sí.

Adrian mira su copa de vino.

—De acuerdo.

—De acuerdo —repite Ginny.

Él titubea. Luego se pone en pie y dice que la acompaña escaleras abajo. Cuando llegan al rellano de la planta baja, Ginny se queda esperando a que se incline y la bese. No lo hace. En cambio, la abraza. Sin fuerza. Es un abrazo que no transmite nada, ningún mensaje oculto, ningún significado duradero. A Ginny se le pasa por la cabeza que es el tipo de abrazo con el que podrías marchitarte y morir.

—Adiós —dice.

—Adiós —repite él.

Se aleja de Adrian y sale por la puerta del edificio. No mira por encima del hombro.

Una vez fuera, Chelsea le parece inusualmente tranquilo. Los bares, donde siempre reina el bullicio y la animación, están muy silenciosos. Cruza la calle Siete y pone rumbo al sur. El agujero de su pecho que ha remendado durante años al amparo de la soledad vuelve a abrirse.

Rechazo. Una palabra con la que podría ahogarse. Le resulta increíble haber pasado seis meses pensando en alguien que ni siquiera quiere darle un beso de buenas noches.

—¡Que le den! —dice en voz alta.

—¡Eso, que le den! —exclama un sintecho al otro lado de la calle, al tiempo que levanta un puño.

Ginny se echa a llorar. Unas lágrimas cálidas que se deslizan por sus mejillas. Le entran en la boca, que tiene abierta por los suaves sollozos y siente el familiar sabor salado en la lengua. Llora hasta que le duele la cabeza y el rímel le mancha las mejillas. Llora hasta que por fin acepta la verdad: Adrian no está interesado en ella, y eso es evidente y doloroso.

Le encantaría darse de tortas. Se suponía que las lágrimas acabarían en cuanto se mudara de Minnesota. Se suponía que Nueva York arreglaría las cosas.

—¡Que le den! —repite, en un susurro en esta ocasión, solo para sí misma.

«¿Por qué no me he lanzado para besarla?».

Adrian está mirando fijamente la puerta de entrada de su edificio. Mira el frío metal que unos segundos antes enmarcaba la cálida sonrisa de Ginny.

De vuelta a Sullivan Street, Ginny empuja la puerta del 5E y la abre. Se quita los zapatos y se abraza como si así pudiera protegerse de su propia ansiedad.

Son más de las once en la Costa Oeste, donde Heather vive su vida perfecta con su marido perfecto. Podría hacerle una videollamada de FaceTime; seguramente contestaría. Pero no lo hace. Nunca llama a su familia cuando está triste o ansiosa. No quiere que lo sepan.

En su dormitorio, se desnuda y se pone delante del espejo. Ahí están: las crecientes colinas de sus pechos, las suaves protuberancias de sus caderas y, lo peor de todo, la capa de grasa alrededor del abdomen.

Ya lleva cinco. Cinco años manteniendo un peso lo bastante bajo como para que su cuerpo sufra una perenne incomodidad, pero no tanto como para llamar la atención. Nunca ha sido Ginny Murphy, la Esquelética. Pero recortó el culo, las tetas, la barriga, los muslos. Lo suficiente como para satisfacer esa profunda ansia de vacío.

Cuando volvió a casa después del segundo año en la universidad, su madre abrió la puerta con una gran sonrisa, dispuesta a darle la bienvenida a su hija. Sin embargo, se le borró en cuanto la vio.

—Has adelgazado —dijo.

—¿Y? —replicó Ginny, que pasó a su lado llevando el macuto a cuestas.

—Que pensaba que en la universidad se engordaba.

—Cuentos de viejas.

Su madre le quitó el macuto de las manos.

—Cariño —Ginny se tensó. Hacía años que su madre no usaba esa palabra—, de entrada tenías poco de donde perder.

Cuando estaba fuera, le resultaba fácil evitar la preocupación de su madre (ojos que no ven, corazón que no siente; al fin y al cabo, tenía otros dos hijos viviendo en casa); pero cada vez que volvía, el problema volvía a surgir.

El asunto llegó a un punto crítico hacía unas semanas, durante las dos semanas que pasó en la casa familiar de Michigan mientras se mudaba de Minnesota a Nueva York. Su madre intentó obligarla a comer carbohidrato tras carbohidrato, llevando a casa todos los dulces que le encantaban de pequeña: tartaletas glaseadas de The Queen's Tarts, *cupcakes* de Thyne's, la mezcla preparada para hacer *brownies* que cuando salía del horno burbujeaba con una espesa capa de chocolate. Ginny se las ingenió para no comer nada. A veces, inventaba excusas y fingía dolor de estómago. Otras veces, se los metía en la boca, masticaba y sonreía para que su madre se diera cuenta, y luego los escupía en el fregadero cuando no la veían. Se convirtió en una mentirosa experta. En una embustera de categoría.

Al cabo de las dos semanas, su madre la miró, compungida, mientras hacía las maletas para el viaje a Nueva York.

—No lo entiendo —dijo con la voz entrecortada—. Te he atiborrado de comida.

Heather estaba en casa esa semana. Llevó a Ginny al aeropuerto. Cuando dejó a su hermana pequeña, la miró fijamente a los ojos y le dijo:

—Ponte las pilas y engorda, o me planto en Nueva York y te doy dos bofetadas. ¿Entendido?

Lo entendió.

En el avión de regreso a Nueva York, en esa especie de paréntesis que provocan los viajes aéreos en el que todo parece posible, Ginny hizo otra promesa: «Se acabó». Ese periodo de su vida había terminado. Derribaría sus muros. Comería pan, arroz, dulces y todos los demás alimentos que llevaba años sin tocar.

La habitación flota a su alrededor. ¿Cómo ha permitido que ocurra eso? Conoce bien el riesgo de los hidratos de carbono. Sabe que las hamburguesas, los *bagels* y las cervezas hacen que su cuerpo crezca.

Sin embargo..., se ha dejado llevar por la pereza. Se ha permitido disfrutar de la novedad de Nueva York, de sus numerosas delicias y placeres, y no ha hecho ejercicio. No ha corrido, ni ha montado en bicicleta, ni ha levantado pesas, ni ha hecho ninguna de las demás actividades que mantenían su cuerpo prieto y musculado hasta la obsesión en Minnesota. Se ha limitado a patinar, un ejercicio que no basta para mantenerse delgada. Por supuesto que su cuerpo ha crecido. Ella es la responsable. La culpa es suya. Solo suya.

Ginny está mareada. Muy mareada. Ese cuerpo anguloso se dobla y flota delante de ella. El alcohol que tiene en el estómago empieza a subirle por la garganta. «Mierda». Sabe lo que va a pasar a continuación. Lo ha visto un montón de veces en la universidad, cuando montones de universitarios borrachos acababan vaciando el contenido de sus estómagos a lo largo de Mt. Auburn Street.

Así que hace lo mismo. Corre al cuarto de baño, se apoya con las manos en el inodoro y vomita.

Por la mañana, lo primero que hace Ginny es volver a mirarse en el espejo. Solo lleva una holgada camiseta de algodón y unas bragas de encaje. Se levanta el dobladillo de la camiseta y se coloca de lado para inspeccionarse el abdomen.

Para su gran alivio, no está tan abultado como la noche anterior. La vomitera de las dos de la madrugada debe de haber revertido el daño.

«Mmm... —piensa—. Es un buen truco».

—¿¡Pasasteis cinco horas juntos anoche y ni siquiera te besó!?

Es sábado por la mañana. Ginny ha comprado *bagels* en Blackseed para los chicos. Están sentados en torno a la mesita del sofá, untando queso crema mientras analizan la noche de Ginny. En el rincón, Tristan y Finch se pelean por el control del cable auxiliar, un ritual diario para ellos. Finch siempre quiere poner grupos *indie* de los que nunca han oído hablar. Tristan siempre quiere poner a Doja Cat.

Ginny usa el cuchillo para hacerse con una triste cantidad de queso crema con cebollino.

—Pues no.

—Pero si ya habéis dormido en la misma cama —dice Tristan por encima del hombro mientras intenta en vano arrebatarle el cable de la mano a Finch.

—Lo sé.

—Y entonces no tuvo ningún problema para besarte.

—Lo sé.

—¡Venga ya! —exclama Clay, que le da un mordisco a su *bagel* de sésamo—. Estamos hablando de Silvas. Nadie entiende nada de lo que hace.

Ginny arrastra el cuchillo por el queso crema, dejando un largo surco. No quiere comerse el *bagel*. No quiere comer nada.

—A lo mejor es que no le gusto, ya está.

Clay agita una mano.

—Nadie pasa cinco horas con una chica que no le gusta.

Ginny no está de acuerdo. Aunque hayan pasado años desde la última vez que deseó que la desearan, recuerda cómo funciona el juego. Lo recuerda por Andy, y por Finch. Recuerda que las demostraciones físicas (los besos, las caricias, el sexo) son prueba de la atracción de un hombre. Si Adrian no la besó, ¿qué otra cosa debe suponer?

Ginny nunca se preocupó por su aspecto físico mientras crecía. Por su atractivo. Dado su pelo rubio, su cara simétrica, su piel clara, sus caderas generosas y su cintura delgada, sabía que los chicos la deseaban. Incluso después de que Andy cortara con ella, el continuo deseo de acostarse con ella que le demostraba le dejaba claro que, como mínimo, la encontraba deseable. Atractiva.

Durante el primer año de universidad, empezó a dudar. Empezó a sospechar que tal vez había algo malo en ella. Fue un pensamiento sin más, una semilla, pero cayó en el suelo blando de su mente y germinó.

Por supuesto, una vez que aceptó la dictadura interna que es la anorexia, los hombres desaparecieron de sus pensamientos. No había espacio; su mente estaba totalmente consumida por la comida. Echó barro sobre la semilla y fingió que no estaba allí. Funcionó.

Hasta ahora.

—No te estreses, Gin. —Es el primer aporte de Finch a la conversación. Ginny lo mira. Él no la está mirando, está pendiente de la música de su teléfono—. Silvas es buena gente, pero en lo referente a las mujeres nunca toma la iniciativa. Nunca. —Toca una canción en la pantalla y empieza a sonar una música de guitarra por el altavoz. En ese momento, la mira—. Necesitas estar con alguien capaz de luchar por ti.

Ginny le devuelve la mirada. «¿Como tú no hiciste, quieres decir?».

Su teléfono vibra sobre la mesa. Todos lo miran. Es Adrian.

Ginny contiene el aliento.

—Vaya, vaya, fíjate… —dice Clay, que se apoya en el respaldo del sofá y se coloca las manos detrás de su cabeza pelirroja—. Las cosas empiezan a calentarse.

Ginny está viendo Netflix en la cama cuando el *bagel* empieza a subirle por la garganta. Es una sensación muy extraña: un bulto justo en el centro del esófago que parece estar llamando a una puerta situada debajo de su barbilla. «Hola —dice la comida—. Soy yo otra vez».

Se presiona la laringe con dos dedos. ¿Qué le pasa? ¿Por qué no baja la comida? ¿Es el queso crema? Sabe que la digestión de los lácteos es complicada. Claro que también puede deberse a la vomitera de la noche anterior. Es posible que el esófago siga todavía funcionando al contrario.

Mira con impotencia a su alrededor. En la mesa ve una botella reutilizable Nalgene vacía. Como no se le ocurre otra cosa, desenrosca la tapa y se la lleva a los labios. Acto seguido, hace fuerza con los músculos de la garganta y…

La comida apenas digerida cae con un discreto plic, plic, plic al fondo de la botella. Mira dentro. La comida es espesa y viscosa, como un cadáver que empieza a descomponerse. Poco después siente más golpecitos en la puerta.

Necesita seis arcadas. Seis empujones, seis salpicaduras, una serpiente de ácido estomacal que sale por su boca de cabeza. Su comida renace. Se acumula en el fondo de su botella de agua. Es muy fácil. Demasiado. «Tengo un problema —comprende—. ¿Reflujo ácido?».

Una vez que siente el estómago vacío, levanta la botella y observa el contenido amarillento y viscoso. Supone que después tendrá que lavarla.

Antes de que alguien la vea, guarda la botella en la mochila y cierra la cremallera.

No hay tregua entre la anorexia y la bulimia para Ginny, no hay respiro. Pasa de una a otra con la misma fluidez que un testigo en una carrera de relevos. La vida es como una carrera de relevos cuyos testigos son muchos tipos de enfermedades mentales.

Es lunes otra vez. Adrian está editando su quinta hoja de cálculo de la tarde cuando oye una notificación del móvil. Le da media vuelta, esperando un mensaje de Ginny. Sin embargo, es un mensaje de correo electrónico. No de su cuenta del trabajo, sino de la personal.

ASUNTO: [DELPHIC] Se buscan analistas. ¡Ven a trabajar a Disney!

Empieza a palpitarle el corazón. Mira por encima del hombro para ver si su supervisor está cerca. No está. Traga saliva y pulsa Abrir.

Hola a todos:

Os escribo para informaros de la oferta de trabajo de Disney en Estrategia Internacional. Más abajo incluyo la descripción completa del puesto. Llevo trabajando aquí desde que me gradué y no se me ocurre mejor...

—¿Le estás mandando un mensaje a tu novia? —oye que le preguntan por encima del hombro.

Adrian se sobresalta y con el respingo se le escapa el móvil de las manos y se le cae al suelo enmoquetado.

—Mierda. —Se agacha debajo de la mesa.

Cuando se endereza se encuentra a Chad, el analista que ocupa la mesa situada junto a la suya, detrás de su silla, con una ensalada Chopt en la mano.

Chad levanta una ceja.

—Tranquilo, colega. Todos vemos porno en el trabajo.

Adrian se pone colorado.

—No estaba...

—Claro, lo que tú digas. Te guardaré el secreto si tú haces lo mismo. —Le guiña un ojo y le da un golpecito en un hombro.

Adrian suspira y se deja caer en la silla. No se molesta en leer el resto del mensaje que le ha llegado al correo electrónico. Es demasiado arriesgado. Tendrá que esperar hasta llegar al estudio. Deja el móvil boca abajo sobre la mesa e intenta retomar la hoja de Excel.

Ese día, cuando Ginny regresa a casa después del trabajo, exhausta y agotada, se encuentra a Finch tumbado en el sofá verde bosque nada más entrar por la puerta.

—Oh. —Deja su mochila en el suelo—. Hola.

Finch la saluda con una mano.

—Hola.

—¿Ya has vuelto de clase?

—Las clases rara vez duran hasta después de las cuatro. —Señala el libro de texto abierto en la mesita—. Clay y Tristan trabajan hasta muy tarde. Así que...

—Ya.

—Así que solo estamos tú y yo.

Cuando aceptó mudarse con los chicos, Ginny sabía que pasaría mucho tiempo con Finch. Pero no había tenido en cuenta que parte de ese tiempo lo pasarían solos, sin ninguno de sus otros amigos como amortiguación.

—¿Tienes hambre? —le pregunta—. Voy a hacer verduras salteadas para cenar.

—Claro.

Alinea una fila de cebollas junto a una olla de agua hirviendo. Repasa los pasos.

Primero: pelar.

Segundo: cortar a la mitad.

Tercero: picar.

Mete las uñas debajo de la piel de una cebolla y empieza a tirar. La verdad sea dicha, ha perdido la práctica. Aunque en la universidad cocinaba platos extravagantes para sus amigos todas las semanas, cuando se mudó a Minnesota solo preparaba huevos revueltos y verduras asadas. No le parecía lógico deshuesar un pollo solo para una persona.

En Minnesota, pasaba las horas desocupadas después del trabajo escribiendo. Era su vínculo con la cordura, la única forma de llegar a la hora de acostarse. Tenía un sinfín de ideas. El diálogo aparecía en su cabeza mientras miraba caer los gruesos copos de nieve por la ventana de la oficina. Lo oía en bucle, como la letra de una canción. Lo anotaba en un documento de Word, en el móvil, en el reverso del borrador de algún manual de instrucciones. Sus historias se extendían por un montón de papeles distintos, además del diario que siempre abría para anotar los pensamientos que tenía sobre su propia vida. Era frecuente que los pensamientos del diario aparecieran en la historia imaginada. Los márgenes eran borrosos y la realidad se mezclaba con la ficción.

Una vez peladas las cebollas, Ginny aferra el cuchillo cebollero y corta la primera por la mitad.

Cuando era pequeña, acostumbraba a cocinar para su familia. No es que a su madre no le gustara cocinar, es que a ella le gustaba más. Le encantaba ver la cara de sus hermanos cuando sacaba una bandeja con galletas recién horneadas, una *pizza* casera o un cuenco de *pretzels* con una salsa de queso para mojar. Sus hermanos entraban en tromba en la cocina y se abalanzaban unos sobre otros para hacerse con una porción mientras aún estaba caliente.

Heather, por supuesto, ponía los ojos en blanco y decía que no le gustaban las galletas, la *pizza* o cualquier cosa que hubiera preparado. Pero cuando Ginny se despertaba al día siguiente, siempre faltaba una galleta.

En Harvard, cocinar la tranquilizaba. La ayudaba a aliviar la presión de los exámenes parciales, de los finales, de la vida social, del amor… o de la falta de él. Le encantaba sentir el peso de un cuchillo grande en la mano. Le encantaba la concentración necesaria para picar ajo o cilantro. Le encantaba la gratitud en los ojos de sus compañeros de piso cuando les ofrecía un cuenco lleno de guacamole.

«Esto es lo único que quiero hacer —pensaba mientras veía a los chicos comer, mientras le daban las gracias a gritos y con la boca llena—. Nunca querré hacer otra cosa».

Así que, después del primer año, mientras la mayoría de sus compañeros hacían prácticas en bancos, en *start-ups* y consultorías, Ginny empezó a asistir a una escuela de cocina.

Una vez partidas por la mitad, coloca las cebollas en la tabla, apoya la punta del cuchillo en la madera y empieza a cortar con rapidez, observando las pequeñas medialunas que deja a su paso.

La primera regla que aprendió en la escuela de cocina: mantener siempre afilado el cuchillo. Es la clave para cocinar bien. Cuanto más afilado está, más fácil es cortar la carne y el hueso. Lo primero que hacía el chef antes de empezar con su demostración diaria era sacar un enorme maletín negro —pesado, alargado y protegido con un pequeño candado de plata— y abrirlo sobre la encimera. Después extendía los bolsillos interiores, aumentando el tamaño del maletín como si fueran las páginas centrales de una revista.

Y empezaba a afilar.

Ginny utiliza el dorso de la hoja para echar la cebolla cortada en una sartén.

En la escuela de cocina fue donde perdió la mayor parte de su peso. Es una paradoja y lo sabe. Cuando volvió al campus, todas las chicas que la vieron exclamaron: «¡Joder, chica! ¡Eres la única persona que conozco capaz de ir a la escuela de cocina y adelgazar!».

En realidad, perder peso no fue difícil. Ese verano andaba tres kilómetros todos los días hasta la escuela de cocina local de Sault Ste. Marie y después se pasaba casi seis horas de pie en la cocina de prácticas. No se les permitía comer nada de lo que hacían. Si lo intentaban, el chef gritaba:

—¡Esto no es un restaurante!

El almuerzo duraba media hora. Apenas tenía tiempo para comerse las ensaladas que se llevaba. Hasta aquel entonces no bebía café, pero allí fue donde empezó a beber expresos como si fueran agua. Era lo único que la ayudaba a sobrevivir al día a día.

Al final de la primera semana, entendió por qué tantos chefs consumían cocaína.

Apenas si era consciente de su adelgazamiento. Cuando se percataba, le provocaba admiración. Le gustaba pensar que, a medida que afilaba sus habilidades con el cuchillo, también afilaba su cuerpo.

Añadió más cosas a la sartén: cebollas, maíz tierno, tirabeques, ajo.

Cuando volvió al campus, se sintió invencible. Por primera vez en la vida, después de haber crecido firmemente implantada en medio de un mar de niños, de existir en la media de la popularidad, en la media académica del mar de estudiantes de Harvard, Ginny tenía una identidad. Era la Chica de la Comida. ¿Quién no querría ser la que mejor cocinaba? ¿Quién no querría pasarse toda la tarde cocinando para sus mejores amigos, preparándoles menús *gourmet* de tres platos que luego servía en platos de papel en una habitación sin mesa, insistiendo en que se lo comieran todo, en que no dejaran nada en los platos, sin probar ni un bocado?

Ginny recuerda la promesa que se hizo en el avión: derribar los muros. Comer pan, arroz, dulces y todos los demás alimentos que lleva años sin tocar. Puede hacerlo. Esa noche, incluso comerá arroz con el salteado de verduras.

Y después lo vomitará.

Cuando termina, hay comida suficiente para alimentar a una familia de siete miembros.

—Guau —dice Finch, dejando la guitarra—. ¿Esperamos compañía?

—No. Es que me he pasado preparando la cena.

Alarga el cuello para echar un vistazo a la cocina.

—Ya te digo.

—En fin. —Ginny se sirve unas cucharadas de verduras salteadas en un cuenco y se da media vuelta para llevárselo a su dormitorio—. Que aproveche.

—Espera. —Finch se levanta del sillón—. ¿No vas a comer conmigo?

—Mmm… —Recorre el borde del cuenco con los dientes del tenedor—. ¿Bueno?

—Estupendo.

Ginny se acomoda en el sofá, de modo que deja un palmo de distancia con Finch.

Él se hace con el mando a distancia.

—¿Quieres ver algo?

—Claro.

—Te gusta *New Girl*, ¿verdad?

—Sí.

—Estupendo. —Pulsa el botón central del mando a distancia y elige un episodio de la tercera temporada que tiene en la lista. Durante los primeros diez minutos, comen tranquilamente, riéndose en todos los momentos oportunos. Después, mientras los compañeros de piso buscan al gato de Winston en la serie, Finch se vuelve hacia Ginny y le pregunta—: ¿Qué tal tu jefa?

—Es un puto robot.

Él se ríe.

—¿En serio?

—Te lo juro por Dios. No me malinterpretes, lo que hace es increíble. Vive y respira comunicación, y dirige nuestro equipo como si fuéramos una máquina bien engrasada. Pero esa mujer no reconocería la creatividad ni aunque la golpeara en plena frente.

—Joder. —Finch se acomoda en su sillón—. Eso debe de ser muy frustrante para alguien como tú.

Ginny deja su cuenco vacío sobre la mesita.

—¿Qué quieres decir?

—Quiero decir que eres creativa, Gin. Siempre lo has sido. Es una de las cosas que más me gustan de ti.

Ella hace un gesto con la mano para rechazar el cumplido.

—No es para tanto. En todo caso, su falta de creatividad me ofrece la oportunidad de destacar.

—Claro que sí. —Sonríe—. Pero lo digo en serio. La historia que escribiste en Minnesota...

—Espera. —Ginny levanta una ceja—. ¿Clay te la ha enseñado?

—Por supuesto. A Tristan y a mí.

Ginny se frota la frente.

—Lo mato.

—¿Por qué? Era buena. Buenísima. No deberías estar perdiendo el tiempo trabajando para una empresa. Deberías estar persiguiendo tu sueño.

—No tengo ningún sueño.

—¿No?

—La verdad es que no.

—No te creo.

—Puedes creer lo que quieras. Ahora mismo, estoy centrada en mi carrera profesional. Intentando aprender todo lo que puedo sobre comunicación, impresionar a mi jefa, ascender. Ya sabes. —Le da un golpecito en la pierna con el dedo del pie, el primer contacto que tienen desde que se abrazaron cuando ella se mudó—. Controlar el tema.

Finch levanta ambas manos.

—Me parece bien.

Ella le da un giro a la conversación y le pregunta por la Facultad de Medicina. Cuanto más hablan, más vuelven a la relación fácil que tenían cinco años antes, cuando acostumbraban a sentarse en la desvencijada cama del dormitorio de Finch y se reían de todas las personas extravagantes que conocían en Harvard. Para sorpresa de Ginny, parece que no hubiera pasado el tiempo.

El episodio termina. Empieza uno nuevo. Ginny no le presta atención. Está totalmente concentrada en Finch, en su descripción de la primera vez que entró en el quirófano.

Al final, la conversación se interrumpe. Ginny mira la tele, pero siente los ojos de Finch clavados en ella.

—Te echo de menos, Gin.

El corazón le da un vuelco. No le devuelve la mirada.

—Eso es absurdo. Vivimos juntos.

—Tú ya me entiendes.

Sí que lo hace. Recuerda sus paseos junto al río Charles. Recuerda cuando él le cantaba, normalmente Eric Clapton o John Mayer. Recuerda hablar durante horas, sin que se les acabaran los temas de conversación.

Fue su mejor amigo aquellos primeros meses en la universidad. No Clay. No Tristan. Finch.

Al final, enfrenta su mirada.

—¿Qué estás diciendo exactamente?

—Quiero volver a intentarlo. —Finch se acerca a ella en el sofá—. Quiero que seamos amigos. Amigos de verdad, como lo éramos antes.

Ginny mira el cuenco vacío sobre la mesita. Se fija en la salsa de soja que lo mancha y en el trozo de pimiento rojo pegado al borde. Después levanta la vista.

—De acuerdo. —Sonríe—. Yo también quiero.

Sin embargo, mientras acepta su propuesta, mientras se emociona por la sonrisa bobalicona con la que Finch la mira, oye una voz el fondo de su mente que susurra una pregunta: «¿Alguna vez fuimos amigos de verdad?».

Semana de orientación para los de primero, Harvard.

La habitación de Ginny está debajo de la de tres chicos que rápidamente la adoptan como su cuarta compañera. Ginny pasa casi todas las noches en su futón, bebiendo cerveza Keystone Light, jugando a Mario Kart y pidiendo a Domino's a las dos de la madrugada.

No echa de menos a sus hermanos. Ha encontrado tres más.

Semana de orientación para los de primero, Harvard.

Adrian no llora cuando su madre lo deja en la residencia de estudiantes. Intenta imaginarse a su padre de pie junto a ella, algo que hace a menudo, pero la imagen se tambalea y se desvanece rápidamente, sacudida por la culpa que burbujea en su interior cada vez que piensa más de la cuenta en el hombre al que nunca conoció. Le gustaría que sus abuelos estuvieran allí.

En cuanto se instala, enciende el ordenador y llama a su *nagyanya* por Skype.

Durante sus llamadas semanales por Skype, Adrian y sus abuelos siempre tratan los mismos tres temas: el tiempo (nublado), sus parientes (bien) y la política húngara (corrupta). Tras una década manteniendo la misma conversación, Adrian tiene motivos de sobra para pedirles que no lo llamen. Para decir que está muy ocupado, que ya hablarán la semana siguiente.

Sin embargo, en ese caso echaría de menos la luz del sol que entra por la ventana de la cocina. Los tarros de hortalizas encurtidas alineados en el alféizar. Las arrugas alrededor de la nariz de su abuela, el apretón que su abuelo le da en un hombro con esa mano callosa que levantó la casa en la que viven. La prueba de que el amor existe. El atisbo de la vida que él podría haber llevado.

Otoño de primer curso.

Finch empieza a ir detrás de Ginny. Ella lo evita todo lo que puede volviendo a casa temprano, no saliendo algunas noches y poniendo excusas como algún trabajo pendiente o el agotamiento. No quiere estropear la dinámica de su grupo de amigos.

No quiere perder a los mejores amigos que ha tenido en la vida.

Sin embargo, Finch es persistente. Se esfuerza al máximo.

Y hay otro problema: a ella también le gusta.

Otoño de primer curso.

A las chicas les gusta Adrian. Les gusta mucho. Se le echan encima en las fiestas. Dos veces en el transcurso de un mes una chica llora porque no quiere acostarse con ella.

Sus nuevos amigos lo miran con recelo. ¿Por qué no aprovecha lo que le ponen en bandeja? No lo entienden. No saben lo que es vivir dentro de su cuerpo: una enredadera en un río, que sigue la corriente de la vida, rara vez impulsada por el deseo.

Otoño de primer curso.

Finch y Ginny se acuestan. Él es el segundo, el primero al que deja que la penetre desde Andy.

Después se quedan abrazados en la cama de Finch, que le canta hasta que se queda dormida.

Otoño de primer curso.

Adrian se acuesta con tres mujeres distintas, y a todas ellas les dice que no quiere nada serio.

A su edad, la mayoría de la gente ya se ha enamorado o, al menos, cree haberlo hecho. Adrian sabe que en su caso no es así. Empieza a sospechar lo que más adelante será evidente: que es incapaz. Que el amor es un puñado de arena tosca que se le escapará de entre los dedos por más que intente conservarlo.

Otoño de primer curso.

Todo el mundo vuelve a casa para las vacaciones de Acción de Gracias.

Finch vuelve con su ex.

Se lo cuenta a Ginny en su primera noche de vuelta al campus, sentados con las piernas cruzadas en la cama en la que lo habían hecho una semana antes. Mientras habla, Ginny siente un rugido en los oídos, como el sonido de una tormenta de verano que atraviesa el Lago Superior.

Le dice a Finch que no pasa nada. Que entre ellos todo va bien. Ella se lo guarda, se guarda todo el dolor y la pena. Se lo mete en un bolsillo en alguna parte. Lo hace por el bien de su grupo de amigos, por no perder a sus chicos.

Al día siguiente se come un huevo duro para desayunar y nada más hasta la cena.

La primera vez que quedan es para comer en el Shake Shack de Madison Square Park. La Facultad de Medicina de la Universidad de Nueva York está en Gramercy Park; el trabajo de Ginny en Flatiron District. Optan por encontrarse en el medio.

El Madison Square Park es un hervidero de actividad. Hay hombres paseando perros. Niñeras empujando cochecitos de bebé. Entrenadores dirigiendo a un sudoroso grupo de mujeres en una clase de *kickboxing*. Un hombre que debe de pasar de los setenta años dando vueltas y más vueltas por los sinuosos senderos en un monopatín. Ginny serpentea entre todos ellos mientras se abre paso hacia la multitud que hay justo en el centro.

Finch aparece ante sus ojos al mismo tiempo que el Shake Shack. Está sentado a una de las mesas verdes, justo debajo de una guirnalda de luces, y la saluda con la mano. Ginny le devuelve el saludo.

—¿Tienes hambre? —pregunta él al tiempo que se pone en pie.

—Me comería una vaca.

Finch pide un sándwich de pollo frito, una Shackburger, patatas fritas y un batido. A Ginny le cuesta la misma vida no pedir su hamburguesa envuelta en lechuga para evitar el pan. Se llevan las bandejas a una de las mesas verdes y se sientan frente a frente.

—Bueno… —comienza Finch al tiempo que levanta el sándwich de pollo frito con una mano—, Amistad en Pruebas, Día Uno.

Ginny sonríe y bebe un sorbo de agua de su vaso de plástico.

—Supongo que podrías llamarlo así.

—¿Cuál debería ser la primera prueba? ¿Deberíamos poner a parir a nuestros conocidos y ver si nuestras opiniones coinciden?

—Por favor… Eso es hacer trampas. Ya sabes que sí.

—Cierto. —Finch asiente con la cabeza y le da un mordisco a su sándwich—. Creo que por eso sintonizamos tan rápido el primer año. ¿Te acuerdas de cuando nos poníamos en un rincón durante las fiestas de la residencia Wigglesworth y psicoanalizábamos a toda la gente de la habitación?

Ginny se ríe.

—¿Cómo se me va a olvidar? Tristan casi te dio una paliza cuando te oyó llamarlo «el ejemplo perfecto del complejo de Edipo».

Finch levanta las manos.

—A ver, yo no tengo la culpa de que el muchacho tenga toda la pinta de estar reprimiendo el deseo de matar a su propio padre.

—Creo que lo que más lo molestó fue lo de acostarse con su madre, Alex.

Finch se pone derecho.

—Alex —repite—. Ya nadie me llama Alex.

—¿Ni Hannah?

Finch hace ademán de comerse una patata frita, pero la vuelve a dejar en la caja de cartón.

—Ella es la única. —Clava la mirada en la cara de Ginny—. Y supongo que ahora tú también.

—Si quieres.

—Pues la verdad es que sí.

—Muy bien.

Se quedan sentados en silencio. Ginny desvía la mirada hacia la familia sentada a su izquierda. La madre y el padre beben zumo de arándanos en botellas de plástico, dos niños comen sándwiches de mantequilla de cacahuete y otro se limita a correr en círculos alrededor de ellos.

—¿Sabes algo de Adrian? —pregunta Finch.

Ella niega con la cabeza.

—A lo mejor le mando un mensaje por si quiere salir este fin de semana.

—A lo mejor se lo mandas... —Finch se echa hacia atrás en su silla y se lleva una mano al corazón—. Vaya, vaya, Virginia Murphy, qué moderna eres.

La madre se ha bebido todo el zumo de arándanos. Su marido se inclina hacia ella y vierte un poco de su zumo en la botella vacía.

—Ajá —replica ella—, porque comportarse como un cachorrito necesitado de afecto es muy moderno.

—No te estás comportando como si estuvieras necesitada. Solo vas a invitarlo a salir. No es para tanto.

—De acuerdo, pero a mí sí que me lo parece.

—Eso es porque estás enamorada de él.

—¿Qué dices? No estoy enamorada de nadie.

Finch se lleva el batido a la boca y bebe un buen sorbo.

—Ah, eso sí que es una pena.

El jueves, durante su pausa para el café a las seis de la tarde, Adrian se saca el móvil del bolsillo con la esperanza de que la vibración que nota sea la respuesta a la solicitud de empleo que mandó a Disney hace unos días. Sabe que es pronto, pero...

Es un mensaje de Ginny.

GINNY: Oye, nos tomamos algo x la mañana ste finde?

Se queda quieto. Puede elegir. Puede dejar a Ginny en plan tranquilo, como lo haría con la mayoría de las chicas. Sería sencillísimo. Cuatro palabras, tecleadas con las yemas encallecidas de sus pulgares: «Lo siento, estoy ocupado». Lo ha hecho muchísimas veces.

Sin embargo, luego recuerda la risa de Ginny. Sus enormes ojos verdes concentrados en él, en nada más, como si intentase levantarle la piel para estudiar lo que hay debajo. Recuerda la tensión que flota en el aire cada vez que ella está cerca. El puño en sus entrañas. El deseo.

ADRIAN: T hace a las 12?

El fin de semana siguiente, Ginny come hasta reventar durante un desayuno tardío en el East Village con Adrian. Bebe demasiadas mimosas y Adrian se ríe mientras ella recorre a saltitos el Tompkins Square Park.

Se compran unos cafés en un puesto callejero y se sientan en un banco del parque.

—Bueno… —comienza Ginny—, ¿cuándo perdiste la virginidad?

Adrian se atraganta con el café.

—¿En serio?

—En serio.

Él se lo piensa un momento.

—Tenía dieciocho años.

—¿Quién era?

—Una chica de donde vivía.

—¿Tu novia?

Niega con la cabeza.

—¿Y tú?

—Diecisiete. Mi novio.

—Eso parece bonito.

—Pues no lo fue.

Se suponía que iba a perder la virginidad en su cumpleaños. Eso fue lo que Andy y ella acordaron. Él hubiera preferido que sucediera antes, por supuesto, pero a su favor debía admitir que nunca la presionó. Ni siquiera se lo pidió. Fue ella quien eligió la fecha señalada. Fue ella la que le dijo: con diecisiete años está bien. Con diecisiete años es suficiente.

En el fondo, Ginny tenía dudas. A veces, cuando se besaban en la cama de Andy, de repente la asaltaba la aterradora certeza de que tenía que cortar con él. En ese preciso momento. «Él no es el hombre de tu vida», le susurraba su cerebro.

«Pero me gusta», susurraba ella en respuesta.

«Pero ¿de verdad? ¿Te gusta de verdad?».

Era la ansiedad. Sabía que se trataba de eso. La ansiedad es un cirujano muy hábil a la hora de abrir en canal cosas que es mejor no tocar siquiera. Examina tu vida desde todas las perspectivas posibles. En busca de grietas, de abrasiones, de puntos débiles, de dudas. Y cuando encuentra algo, lo disecciona, hueso a hueso, preocupación a preocupación, hasta que ya no distingues la verdad de la ficción.

Y eso hizo con el sexo.

Por aquel entonces, Ginny todavía se estaba recuperando del sentimiento de culpa provocado por quince años de catolicismo. Le gustaba la idea del sexo —le gustaba la sensación que experimentaba cuando cierta parte de su pelvis se frotaba contra cierta parte del muslo de Andy—, pero también sabía que era algo malo. Obsceno. Y todos los libros que leía, todas las películas que veía, todos los artículos de la revista *Seventeen*... mostraban la idea de que perder la virginidad era una especie de umbral: una vez cruzado, no había vuelta atrás. Ya no eres la misma. Nunca lo serás.

Cuanto más se acercaba su decimoséptimo cumpleaños, más pánico empezaba a sentir.

Se puso a pensar. Mucho. Hizo una lista de pros y contras: «¿Hacerlo ahora o esperar?». Le escribió mensajes a Andy sin mandarlos. Los borró. Escribió más. Los borró de nuevo. El cirujano estaba trabajando a tope. Al final, ya ni recordaba por qué quería hacerlo siquiera.

Eso es lo que pasa con la ansiedad en cuanto se agarra a un problema, no puedes pensar ni razonar para librarte de ella. Es el equivalente mental a perseguir coches por la autopista.

La noche de su cumpleaños, mientras Andy le deslizaba hacia abajo una mano por el abdomen, la asaltó el pánico. Empezó a sudar.

—La verdad... —empezó—. ¿Y si solo...?

A él le cambió la cara.

Durante las seis semanas siguientes, discutieron más que en todo el año previo. Ella no dejaba de darle vueltas a lo que debía hacer, se decidía a lanzarse, luego se echaba atrás y, después, una lluviosa tarde junto al campo de fútbol, cortaron.

—¿Estabais enamorados? —le pregunta Adrian.

¿Estaban enamorados? Durante mucho tiempo, Ginny pensó que sí. De aquel primer año, recuerda largos paseos por el lago Michigan, besándose en la vegetación espinosa de las dunas; largos días de verano en la piscina del jardín trasero de Andy, mientras sacaban a escondidas cervezas de la nevera de su padre; largas noches de verano sobre sus hombros en el Lollapalooza, con el cuerpo cubierto de purpurina y la identificación falsa metida en el bolsillo de sus pantalones cortos.

—No eres como las demás chicas, Ginny —le decía Andy a menudo—. Eres mágica.

Cuando Andy cortó con ella, Ginny se pasó un fin de semana completo en la cama. Les dijo a sus hermanos que estaba enferma. Les dijo a sus amigos que necesitaba tiempo. Después dejó el móvil en la mesita de noche y lo estuvo mirando durante cuarenta y ocho horas seguidas, con la esperanza de que apareciera el nombre de Andy.

No apareció.

Cada hora que pasaba, su depresión se hacía más profunda. Tenía la sensación de que se le estaba abriendo poco a poco un agujero en el pecho.

«Lo quiero —se dio cuenta—. Siempre lo he querido».

El domingo por la noche, usó el móvil para mandarle un mensaje.

GINNY: Tenemos q hablar

ANDY: Cuándo?

GINNY: Ahora

Ginny usó el Volvo de sus padres sin permiso y condujo hasta su casa. Se coló en su sótano por la puerta del garaje. Le hizo señas para que se acercara al armario, ya que temía que sus padres bajaran al sótano.

En el interior, una solitaria bombilla colgaba de una cuerda en el techo. Los estantes estaban llenos de *whisky* y puros.

—¿Qué pasa? —preguntó Andy.

Ginny inspiró hondo.

—Quiero hacerlo contigo.

—¿Cómo dices?

—Que quiero hacerlo —insistió—. Contigo.

De modo que lo hicieron. Ginny le permitió que se lo montara con ella de forma torpe y brusca en el armario de la limpieza donde su padre guardaba el *whisky* y los puros.

Recuerda aquella noche. Los golpes que se dio en la espalda con los estantes. Los roces que acabaron provocándole una serie de arañazos ensangrentados que después le dejaron cicatrices. No se quejó en ningún momento. De hecho, ni se dio cuenta. Porque sentía un dolor mucho más fuerte, intenso y raro entre las piernas.

Pasaron meses así. Ginny se colaba a hurtadillas en casa de Andy, lo hacían y después ella se iba. Cada vez que sacaba el tema de volver, él decía que no estaba preparado.

Se le hacía muy raro colarse, como una ladrona, en una casa en la que llevaba tanto tiempo entrando como una invitada a la que recibían con los brazos abiertos. Cuando iba de camino, con la certeza de que pronto estaría entre sus brazos, el agujero de su pecho se llenaba de forma temporal de arcilla porosa. Cuando volvía a su casa, la arcilla se vaciaba por completo. Lloraba. Se odiaba. Pero no podía parar. Lo quería. Y como lo quería, necesitaba estar con él, y el sexo era la única posibilidad.

—No —dice al cabo de un rato en respuesta a la pregunta de Adrian—. No, no era amor. Creí que lo era en su momento, pero ahora…

Adrian le permite dejar la frase en el aire. Permite que el silencio rellene lo que falta.

Pasan dos horas en ese banco. Ginny acribilla a Adrian a preguntas, una tras otra, moviendo una rodilla arriba y abajo mientras escucha sus respuestas. El café hace que la sangre le corra al doble de velocidad. O tal vez sea por lo cerca que tiene a Adrian. Sus piernas están separadas por apenas un centímetro, y dicho centímetro parece cargado de electricidad, parece suplicarle que se pegue por completo.

Al final, Adrian decide que ha llegado su turno.

—¿Cómo eran los veranos en Michigan? —le pregunta—. ¿Parecidos a los de Indiana?

Ginny sonríe. Nada puede compararse a Michigan en verano. El zumbido de las cigarras. El destello de las luciérnagas. El aire, cargado y gordo por la humedad después de haber aspirado el agua de los Grandes Lagos como si fuera refresco que te bebes con una pajita. En verano, Ginny y sus hermanos metían a todo el vecindario en la parte trasera de su Dodge Ram y se iban a una de las arenosas playas del lago Hurón. En las raras ocasiones en que Heather se unía a ellos, siempre iba de copiloto, lo que obligaba a Ginny, a Willie y a Crash a apretujarse en el asiento trasero de la Dodge Ram. Llevaban balones de fútbol americano y cartones de Franzia rosado. Todos se emborrachaban; todos jugaban en las olas. Ginny se ponía biquinis morados. La mayoría de los chicos sabía que ella era intocable y los que no lo sabían aprendían la lección deprisa. Aunque era el más joven y el más bajito del grupo, a Crash se le daban muy bien los puños.

Ginny intenta explicárselo todo a Adrian lo mejor que puede. Él escucha atentamente, con los ojos entrecerrados. Cuando termina, él dice:

—Háblame de tus hermanos.

Desde pequeños, estaba claro dónde acabarían sus hermanos. Tom sería abogado en Detroit. Willie asistiría a The Second City en Chicago. Y Crash..., en fin, lo único que esperaban era que llegase de una pieza a los dieciocho. Todo indicaba que no había sitio para Ginny en el Soo.

De modo que estudió.

Tenía un don natural para el colegio. Se sentaba en la última fila de la clase, donde podía jugar a una versión vulgar del ahorcado en hojas arrugadas de papel con sus amigos al mismo tiempo que se inclinaba hacia ellos para ayudarlos con las preguntas más difíciles.

Nunca salía entre semana. Anteponía los deberes a todo lo demás. Los chicos la llamaban «Harvard».

Sin embargo, también era capaz de tragarse una lata de cerveza Busch Light tan deprisa como cualquiera de ellos. Nunca se maquillaba. Le gustaban George Strait y Bob Dylan, y también tirarle de los calzoncillos a sus amigos en los pasillos. En general, se la conocía como el cuarto Murphy.

Aunque eso no quería decir que no la comparasen con su hermana. Claro que lo hacían. Heather Murphy era la chica más guapa que había pasado por el instituto Soo High. Se hacía toda su ropa y protagonizaba todos los musicales. Era la Gigi Hadid de la Alta Península. Entró en la escuela de moda de Los Ángeles y lleva una vida glamurosa en el Oeste, con el sol y las supermodelos y un Instagram profesional con más de doscientos mil seguidores.

Dicen que a veces no nos definimos por lo que nos hace parecernos a los demás, sino por lo que nos diferencia. Y así sucedió en el caso de Ginny y Heather. Ginny quería dejar el Soo, igual que su hermana; pero a su manera, usando sus propias habilidades.

Pensó: licenciatura en Humanidades. Pensó: la Universidad de Michigan, la de Indiana o la Northwestern, con suerte. Envió la solicitud para Harvard a modo de broma, como burla al apodo que había llevado toda la vida. No esperaba entrar, y mucho menos conseguir una beca.

Ginny le cuenta todo esto a Adrian. Se acerca, le roza la rodilla con la suya, le coloca una mano en un hombro. Cualquier cosa para demostrar su interés. A esas alturas, tiembla por la expectación. Cada vez que él sonríe —momentos fugaces e infrecuentes que iluminan cada línea cansada de su rostro—, los escalofríos le recorren los brazos. Su cuerpo ejerce un extraño poder sobre ella. Cuando sus emociones cambian, ella lo percibe. Él también tiene que percibirlo, no le cabe duda.

Sin embargo, a medida que el sol se mueve por el cielo y empieza a desaparecer el efecto de las mimosas, llega la decepción. No la ha tomado de la mano. No le ha rozado la mejilla. No va a besarla. Ni siquiera le gusta. Ginny no sabe qué es eso, pero no es una cita romántica ni mucho menos. Se levanta y dice que debería volver a casa.

Para su sorpresa, Adrian se pone en pie de un salto.

—Te acompaño.

Cuando llegan a la puerta de Ginny en el SoHo, ella espera de nuevo. Empieza a charlar de nada en concreto y da golpecitos con los tacones en el escalón de piedra. Adrian sigue sin hacer ademán de besarla. Se despide y mete la llaves en la cerradura. Empieza a sentir que el agujero de su pecho se ensancha.

—Espera —dice Adrian al tiempo que le aferra una muñeca.

Ginny se da media vuelta.

Antes de que termine de volverse, tiene los labios de Adrian sobre los suyos. Sorprendida, retrocede un paso y se golpea con la puerta. Adrian la rodea con los brazos y la acerca a él. Se funde con él; no le queda cuerpo sólido.

En cuanto Ginny entra por la puerta, Clay y Tristan se abalanzan sobre ella. Llevan sendas copas de vino blanco. Por encima de sus hombros, a través del pasillo, ve una botella de chardonnay abierta en la ajada mesita del sofá.

—¿Y bien? —pregunta Tristan.

—¿Cómo ha ido? —pregunta Clay.

—¿Te ha besado?

—Habéis pasado mucho tiempo juntos.

—¿Ha pagado él la comida?

—Muchísimo tiempo.

—¿Te ha obligado a pagar la mitad de la cuenta?

—Tiempo de sobra para…

—¡Chicos! —Ginny se ríe y los espanta con la mano—. Dejadme que pase de la puerta por lo menos.

Recorre el corto pasillo, con Clay y Tristan pegados a sus talones, sin dejar de atosigarla a preguntas. Le da un empujón a Clay cuando le pregunta qué tarjeta de crédito tiene Adrian. Entra en el salón mirando por encima del hombro entre carcajadas. Después mira hacia delante y se para. Clay choca con ella, y él derrama vino por el borde de la copa.

Finch está sentado en su sillón de siempre, tocando la guitarra. Levanta la cabeza con expresión tranquila, como si acabara de darse cuenta de que Ginny ha vuelto.

—Hola.

Ella titubea.

—Hola.

Él mira de nuevo la guitarra.

—¿Cómo ha ido la cita?

El beso de Adrian todavía le cosquillea en los labios. Levanta los dedos, con el deseo de sentirlo, de recordar su calidez, pero el aire frío que desprende Finch lo está borrando poco a poco.

—Bien.

Finch asiente con la cabeza sin levantar la mirada.

Clay y Tristan, ajenos a la tensión, la conducen al sofá y le sirven una copa de vino. Se sientan uno a cada lado de ella, dando botes.

—¿Y bien? —pregunta Clay.

Ginny clava la mirada en la copa de chardonnay barato. Con el rabillo del ojo, ve que Finch los mira.

—Y bien ¿qué? —replica.

—Que cómo ha ido —insiste Clay—. ¿Mejor que la otra vez?

Observa el líquido amarillo claro mientras lo hace dar vueltas en la copa. La mirada de Finch se le clava en la mejilla. ¿Qué es? ¿Rabia? ¿Celos? ¿Nada de eso? Está segura de una cosa: lo que diga a continuación es importante. Significa algo para él.

El problema es que no sabe el qué.

Al final, aparta la mirada de la copa y la clava en los cálidos ojos azules de Clay. Como siempre, tiene arruguitas en los rabillos, resultado de una sonrisa casi perenne en la cara. Ver esos ojos hace que sienta una calidez inmediata, ya que eliminan el frío que la ha calado a medida que Finch la miraba.

Ginny sonríe.

—Ha sido perfecta.

Es sábado y Adrian está trabajando. Otra vez. Una TIR, urgente, que su gestor dice que necesita al día siguiente a primera hora o de lo contrario...

Le llega un mensaje de Ginny al móvil. Lo levanta y ve que le pregunta si quiere tomar un café en el ELK de Charles Street. Quiere, sí. Bien sabe Dios que preferiría tomarse un café a sentarse delante del portátil en la minúscula mesa de su minúsculo estudio. Pero no le queda alternativa.

Ginny se llevará una decepción. Lo sabe. Luce sus emociones como si fueran pañuelos de brillantes diseños; son lo primero en lo que te fijas y lo último que ves al alejarte. Sus colores llenan toda la estancia.

Ya han quedado dos veces. Adrian se acerca a su límite. Al punto en el que suele cortar con las chicas. Seguramente debería hacer lo mismo con Ginny. Debería soltarle el discurso que ya ha recitado cientos de veces.

Sin embargo...

Sin embargo, ninguna de esas chicas era ella. Ninguna se reía como ella. Ninguna de ellas patinaba por Manhattan ni se pasaba el tiempo libre escribiendo novelas. Ninguna de ellas le hizo tantas preguntas sobre Hungría que se quedó sin historias que contar. Ninguna lo hizo olvidar la necesidad de fingir.

Ginny es la primera chica que le ha hecho querer quedarse.

Aunque no puede. No en ese momento. Si se rige por todas las citas que ha tenido que cancelar, Adrian es físicamente incapaz de mantener una relación seria con su trabajo actual.

¿Por qué sigue en Goldman Sachs? No quiere ascender en el escalafón. No quiere convertirse en supervisor, después en subdirector, luego en director asociado y, por último, en director general. Le dijo a Ginny que quería trabajar en el cine, pero a veces ni siquiera está seguro de que sea verdad. A veces, no está seguro de nada.

Cuando su madre desarraigó a su familia y los trasladó al otro lado del océano, él no tuvo ni voz ni voto, ni tampoco lo pusieron sobre aviso. No le quedó más remedio que subirse al avión y aceptar su nueva vida. Después de aquel día, comprendió que las cosas son así por naturaleza. Que no tenemos control sobre nuestras vidas. Que somos hojas agitadas por el viento, siguiendo siempre al que sopla más fuerte, al más lógico.

Quizá por eso nunca se ha enamorado. Quizá el amor sea una elección. Una que él jamás será capaz de tomar.

Ginny está orgullosa del boletín de esta semana. Ha aumentado sus tres secciones habituales —artículos, herramientas de Recursos Humanos y Ganador de la Semana— al entrevistar a dos compañeros de trabajo e incluir fragmentos de las conversaciones como puntos a destacar. Ni siquiera le ha pedido ayuda a Kam. Lo hecho todo sola.

Las palabras siempre han sido su especialidad. De niña, siempre llevaba un diario encima. Lo llenaba de descripciones de sus hermanos, del puente y de la pastelería que había en la I-75. Lo anotaba todo, acaparando detalles y recuerdos. Soñaba con escribir libros algún día. Libros largos, libros de verdad.

En la universidad, cambió el diario por un cuaderno de espiral. Tenía que escribir ensayos y subrayar libros de texto. Descubrió un sueño nuevo, más a corto plazo: mantenerse a flote. Dejó que su antiguo sueño cayera al río Charles y que la corriente se lo llevara lejos, lejísimos.

En Nueva York vuelve a hacer lo mismo. Deja las historias cortas que llenaban su tiempo en Minnesota por los mensajes de correo electrónico, los boletines de noticias y la reuniones de una hora con los colaboradores externos de relaciones públicas. Se queda hasta tarde en la oficina. Quiere hacerlo bien. Quiere impresionar a Kam.

Entre reunión y reunión, encuentra la manera de vomitar de forma discreta.

Esconder el vómito es mucho más fácil de lo que crees. En las películas, vomitar es siempre un gran acontecimiento: hay que correr al baño, abrir la puerta de golpe, tirarse al suelo y colocar la cara sobre el inodoro justo a tiempo para soltar una catarata de ácido estomacal de color verde rojizo que en su mayor parte acabará manchando la porcelana limpia. Pero esa no es la verdad. Al menos, no para ella.

El truco está en no darle demasiada importancia. ¿Caminar a toda velocidad al baño del restaurante y hacer ruidos como si fueras un animal? No. No. Eso es de aficionados. Ginny es capaz de vomitar un bol entero de palomitas en una taza de café mientras está acurrucada en el sofá junto a sus compañeros de piso. En serio. Solo tiene que abrir el esófago sin hacer el menor ruido y dejar que el vómito suba. Después se lleva la taza a la boca y finge sorber algo mientras escupe las palomitas de mantequilla a medio digerir, dejando que escurran por la cerámica y se acumulen en el fondo. Luego vuelve a hacerlo. Una vez y otra, y lo repite hasta que experimenta la maravillosa sensación de tener el estómago vacío.

Y ya está. Eso es todo.

Para el trabajo, ha comprado una botella reutilizable Nalgene opaca y la guarda en su mesa, como hace Kam. Pero en vez de llenarla de café o de agua, la llena con el desayuno o el almuerzo, y la va vaciando poco a poco hasta que vuelve a estar limpia.

Todas las noches friega la botella con detergente, pero el fuerte olor a vómito nunca desaparece del todo.

Adrian no puede mantenerse alejado. Lo intenta. Bien sabe Dios que lo intenta. Se pasa toda la semana siguiente sumergido en el trabajo, haciendo cualquier cosa que lo distraiga de pensar en ella. Pero Ginny es como tinta negra en el agua clara de su mente. Solo necesitaba una gota para oscurecerla.

El fin de semana siguiente tiene la agenda libre. Nadie le pide una presentación ni ninguna hoja de Excel. Después de levantarse demasiado tarde, compra dos cafés con leche con hielo y queda con Ginny en la autopista West Side.

El Hudson sigue tranquilo ese día. Los transbordadores y remolcadores dejan suaves estelas en su superficie. En el paseo, los corredores (entre los que suele estar él) pasan a toda velocidad. En Pier 45, hay parejas tumbadas en mantas, bebiendo vino rosado en vasos de plástico.

—¿Cómo crees que es estar enamorado? —le pregunta Ginny.

Adrian mira hacia el agua. Piensa en sus relaciones pasadas; sucedidas todas hace años, y ninguna de más de un par de semanas de duración.

—No tengo ni idea.

—He leído que se parece a la adicción a las drogas —dice ella—. Tienes una sensación de euforia cuando estás con la persona en cuestión: vértigo, más energía, un subidón de dopamina… y después, cuando te quedas solo, te da el bajón y quieres que vuelva enseguida.

—No me parece una situación muy estable.

Ginny se encoge de hombros.

—Siempre he pensado que el amor consistía en la comodidad y la seguridad. —Adrian se mete las manos en los bolsillos—. Que un buen día estás con alguien y lo sabes sin más. Que de repente estás cien por cien seguro de que es la persona con la que quieres pasar el resto de tu vida.

—Es posible. Puede que las dos cosas sean ciertas.

En el otro extremo del muelle, un hombre le ofrece una mano sudorosa a su novia y tira de ella para que se detenga junto a la barandilla.

—Bueno, en cualquier caso —dice Adrian—, tú debes de saberlo mejor que yo.

—¿Por qué?

—Porque una vez pensaste que estabas enamorada. De tu novio del instituto, ¿no?

Ginny agacha la mirada.

—Cierto.

—¿Qué sentiste?

Se queda callada durante un buen rato. Se mira los pies y se esmera en alinearlos con las grietas de la acera. Tras un minuto de silencio, Adrian cree que no va a contestarle, pero en ese momento dice:

—Dolor.

Adrian inspira hondo y aprieta un puño.

Ginny sigue.

—Dejé que me hiciera daño, una y otra vez, porque pensaba que lo quería, y deseaba muchísimo que me correspondiera.

Adrian no dice nada. Quiere hablar, pero le pasa algo raro en la garganta. Es como si la ira, la violencia, le hubieran provocado un nudo tan grande como un ladrillo. Arde en deseos de buscar a quien le hizo daño Ginny para aplastarle la cara a puñetazos.

Ese impulso lo sobresalta. Porque no es un hombre violento.

En el muelle, el hombre sudoroso busca algo en un bolsillo.

Adrian carraspea.

—¿Dónde has leído todo eso? ¿Lo del amor y la dopamina?

—¿Tú qué crees? En Internet.

—Una fuente muy fiable.

Ginny se ríe.

—También he interrogado a la gente —dice—. A la gente que ha estado enamorada. A mi madre, a mis hermanos, a mi hermana, a Clay, a Finch... Todos dicen lo mismo: que lo supieron sin más. —Suspira—. Muy poco útil.

En el muelle, la mano sudorosa del hombre se cierra en torno a un estuche de terciopelo.

—Te interesa mucho este tema, ¿eh? —pregunta Adrian.

Ginny aparta un guijarro de una patada.

—Tengo miedo, ¿sabes? De no reconocer el amor cuando lo tenga delante de la cara.

Adrian mira hacia el muelle. Ve una bandada de gaviotas, una nube de tormenta, un hombre y una mujer apoyados en la barandilla; el hombre con la mano metida en el bolsillo.

Decide que a él no le asusta no reconocer el amor. ¿Por qué iba a asustarse si ya sabe que es incapaz de sentirlo?

Cuando regresan del paseo, son las cuatro, esa hora intermedia tan rara, demasiado tarde para almorzar y demasiado pronto para cenar. En el exterior las nubes ocultan el sol. En el interior son las paredes del estudio las que ocultan a Ginny y Adrian.

Van al estudio de Adrian. Como siempre. Dicen que es por privacidad, porque en el piso de Sullivan Street siempre están los chicos, así que es cierto. Lo hacen por eso. Pero no admiten lo que esa privacidad les proporciona: invisibilidad. La promesa de que, si esa relación implosiona, pueden fingir que nadie lo sabe. Pueden fingir que nunca ha sucedido.

Cuando Ginny entra ese día en el estudio, siente que todo el espacio está envuelto por ese estado de transición de las cuatro de la tarde.

Esa brumosa ruptura de la realidad que se adhiere a todas las superficies como una fina capa de polvo.

En ese momento sabe que van a hacerlo.

Hace mucho tiempo que Ginny no practica el sexo. En la universidad, cuanto más restringía su dieta, menos pensaba en los chicos. Cuando estaba sobria, solo pensaba en comida, en lo que iba a comer en la siguiente, en lo que no debería haber comido en la anterior. Pero cuando estaba borracha, su mente divagaba. Se fijaba en los chicos guapos. Hacía contacto visual con hombres que estaban al fondo de la azotea de Felipe's. Pero cuando los besaba, no sentía nada. Ni mariposas en el estómago. Ni emoción.

A veces, incluso se los llevaba a su dormitorio de la residencia. Sin embargo, en cuanto se encontraba en la cama con un hombre, la asaltaba el pánico. Empezaba a pensar en el momento en que él iba a quitarle los pantalones para intentar acostarse con ella, y se le hacía un nudo en la garganta. Le empezaba a sudar la espalda. Quería salir corriendo. Pero no sabía cómo hacerlo sin parecer desconsiderada y ¡ella odiaba ser desconsiderada!

Así que lo hacía. Se dejaba llevar por la situación y cumplía con el ritual —los suspiros, la respiración agitada—, aunque no lo deseaba. Aunque estaba completamente seca, con los pezones blandos y las entrañas frías y tensas. Aunque la idea de tener algo en su interior, lo que fuera, le daba tanto asco que le provocaba arcadas.

Hasta ese momento.

Ginny se sienta en los pies de la cama de Adrian.

—¿Quieres agua? —le pregunta él, que saca dos vasos del armario.

—Mmm...

Adrian coloca los vasos en la mesita de noche. Como siempre, se sienta a su lado, pero a un palmo de distancia. Abre la boca, seguramente para decir algo sobre el tiempo que entra por la ventana abierta, pero antes de que pueda pronunciar palabra, Ginny lo agarra del cuello y lo acerca para besarlo en los labios.

La boca de Adrian es cálida y familiar. Tiene unos labios carnosos que parece llevar siempre hidratados con algún bálsamo labial, aunque nunca lo ha visto usar uno. Sus labios saben a café. No la toca con las manos, no al principio. No se las pasa por el pelo ni le toca el pecho. De hecho, se queda tan quieto que Ginny se pregunta si sigue respirando.

Ella es todo lo contrario. Quiere sentir cada parte de su cuerpo. Echarle el pelo hacia atrás, desabrocharle la camisa y acariciar la dura línea de su mentón. Adrian no le da ninguna indicación, de manera que se sube a la cama para sentarse a horcajadas sobre él, en su regazo. Agarra la parte inferior de la camiseta y se la quita pasándosela por la cabeza. Aunque fuera hay una temperatura de más de veinte grados, no ve ni una sola gota de sudor en su cuerpo. Nunca la ha visto. Se pregunta adónde va todo el sudor.

Ese simple acto, quitarle una capa de ropa y arrojarla a un lado, hace que Adrian reaccione. Lo relaja. Le coloca las manos en los costados. La acerca con suavidad a su pelvis. Tiene los ojos oscuros, entrecerrados, incluso parecen más negros que de costumbre. Ginny le pone una mano en el pecho y lo empuja hacia atrás hasta que queda tumbado boca arriba. Él no habla. Se limita a mirarla mientras ella se quita la camiseta. No lleva sujetador. Nunca lo hace porque no es necesario con unos pechos tan pequeños como los suyos. Siente un espasmo en el estómago, justo en la parte inferior, pero espera que él no lo note.

Adrian levanta una mano y le recorre despacio el torso, desde la clavícula hasta la pelvis. Ella cierra los ojos y se deja tocar. El roce de sus dedos le resulta muy extraño, como si fuera la primera vez que tocan su piel desnuda.

—Hazlo otra vez —susurra sin abrir los ojos.

—Voy.

Sin embargo, cuando la toca de nuevo, no es en la clavícula. Es en esa zona sensible de encima del pecho, donde traza lentos círculos. Se le endurecen los pezones y se le escapa un gemido bajo.

Lo normal sería que en ese momento la invadiera el pánico. Que se cuestionara si quiere acostarse con esa persona o si solo lo hace porque es lo que se espera de ella. Lo normal sería que estuviera tan metida en su cabeza que no le prestara atención a su cuerpo.

Abre los ojos.

—Quítate los pantalones —dice.

Adrian se desabrocha el cinturón y se quita los vaqueros oscuros. Debajo lleva unos calzoncillos negros ajustados. Vuelve a sorprenderse de nuevo por lo delgado que está. La zona del estómago es como un cráter y se le notan las costillas. Ginny quiere ocupar todo ese espacio. Apretarse contra esa zona cóncava y crear la ilusión de dos cuerpos que se funden.

Le apoya una palma en el pecho y empieza a mover las caderas hacia delante y hacia atrás. La falda se le ahueca en las caderas. Él le coloca las manos en las piernas, por debajo de la tela. A medida que se mueve, la presión empieza a aumentar en la base de su pelvis. Deseo, una sensación familiar, pero que olvidó hace tiempo. Presiona contra la dura erección que se adivina bajo los calzoncillos. No es suficiente, ni siquiera se acerca.

No siente ansiedad por lo que está pasando entre ellos. Ninguna duda. Ni culpa. Adrian separa los labios. Quiere oírlo hablar. Oírlo decir su nombre. Y en ese momento cae en la cuenta de que no recuerda haberlo oído nunca de sus labios.

—¿Tienes un condón? —susurra.

Adrian se detiene un instante, con las manos todavía calientes sobre sus piernas.

—¿Estás segura?

—Sí.

Y lo está. Por primera vez en su vida, lo está.

Adrian es incapaz de sacar el condón del envoltorio. Está desnudo, y Ginny también, y no puede sacar el dichoso condón del dichoso envoltorio.

—Déjame a mí. —Ginny aparece a su lado. Le besa el hombro, le quita el condón de las manos y rompe el envoltorio con los dientes.

El sexo no lo motiva tanto como a otros hombres. Lo disfruta, claro, pero no se pasa semanas persiguiendo a mujeres con el único propósito de acostarse con ellas. Ni siquiera planeaba acostarse con Ginny ese día. Pero ahora que está sucediendo, le parece algo inevitable, una ola que por fin llega a la orilla.

Casi todas las mujeres con las que se ha acostado han sido rollos de una noche. Ligues que conoció en un bar o en el Delphic. No sentía ningún vínculo emocional con ellas. Solo el deseo básico, alimentado por el alcohol.

Con Ginny es distinto.

Se coloca sobre él y lo acaricia con suavidad. Mientras la observa, descubre que lo que siente no es deseo básico. No piensa en sus pechos ni en sus caderas ni en la suave curva de sus labios. Se pregunta si tiene frío, si ha puesto el aire acondicionado demasiado alto. Se pregunta si está cómoda, si le gusta hacerlo así. Piensa en todos los momentos que han compartido en el último mes. En las preguntas que ella le ha hecho. En los secretos que le ha contado. En su forma de escucharlo cuando le habla. En su manera de hacerlo creer que por fin puede sentirse bien consigo mismo.

Hasta que desciende sobre sus caderas tomándolo en su interior, momento en el que Adrian se olvida de todo por completo.

Ginny echa la cabeza hacia atrás, y el pelo le roza los hombros. Utiliza la musculatura de sus muslos para subir y bajar el cuerpo. Adrian apenas puede hilar dos pensamientos, pero sabe que no le gusta la idea de que ella tenga que hacer todo el trabajo, así que se levanta para sentarse y la rodea con los brazos, estrechándola contra su pecho. Ella le echa los brazos al cuello y le apoya la frente en un hombro. Experimenta una oleada de placer que le recorre la pelvis, el abdomen, el torso y allí donde la mano de Ginny lo toca. Juntos se mueven arriba y abajo, arriba y abajo, hasta que los dos jadean y las gotas de sudor recorren sus cuerpos como largos riachuelos.

—Adrian —susurra ella.

El sonido de su nombre en la boca de Ginny le provoca un efecto raro. Se le tensan los músculos y la atrae hacia él. Siente que una extraña tensión se acumula en su interior, diferente de la habitual, de esa escalada que precede al orgasmo. Es algo cálido y denso, como las suaves raíces de una planta afianzándose en el suelo. Es incapaz de identificarla y tiene algo que lo asusta.

Gira sobre el colchón, llevándose a Ginny con él y la deja con la cabeza apoyada en la almohada. Se coloca sobre ella, torso contra torso. El calor de su piel parece penetrarle hasta el estómago. Ya no le parece sexo normal. No hay trucos, ni gemidos exagerados. Solo están Ginny, él y la suave música de su respiración.

Las oleadas de placer aumentan y le resultan casi abrumadoras. Intenta ralentizarlo todo para no correrse antes que ella, pero es tan intenso que no logra contenerse durante mucho tiempo. Cuando termina, no parece que la tensión que llevaba dentro se libere en el aire, en la nada. Es como si se filtrara de su cuerpo al de Ginny, como si ella tuviera ahora un trozo de él.

Se aparta de ella y cae sobre las sábanas arrugadas. Extiende un brazo y Ginny se acerca y le apoya la cabeza en el pecho.

Siente la caricia de los dedos de un pie en la pantorrilla, y al instante Ginny apoya una pierna entre sus muslos.

—Ha estado bien —susurra ella.

—Sí. —Adrian sonríe y empieza a acariciarle un hombro trazando círculos—. Ha estado bien.

Después de eso, se quedan en silencio. Dos cuerpos a la deriva en un mar apacible. Adrian cierra los ojos. Está cansado. Siempre está cansado. Pero descubre que, de entre todas las formas en las que se ha dormido desde que se mudó a Nueva York (en la cama, en el sofá, debajo de la mesa del trabajo, en el metro), esa es la que más le gusta.

Después del sexo, Ginny hace todo lo posible por comportarse con naturalidad. No saca el tema de «qué somos», ni le habla de la tristeza que suele invadirla después de acostarse con alguien. Le ofrece a Adrian la versión ligera de Ginny, como a todos los demás.

Sin embargo, es una batalla perdida. Y lo sabe. Verás, es que Ginny ofrece amor a manos llenas. Lo va repartiendo como quien reparte folletos en la calle. Acepta a cualquiera, se hace amiga de cualquier cosa. Y cuando termina de darlo todo, todo el amor que lleva dentro, no le queda ninguno para sí misma.

Después de ese fin de semana, se ven cada vez más.

El fotógrafo húngaro favorito de Adrian expone sus obras en una galería del SoHo; Ginny mira cada fotografía con tanta atención que a él le sorprende que no acaben ardiendo.

Recorren a toda velocidad los senderos de Central Park, él en bicicleta y Ginny en patines. Atraviesan grupos de despedidas de soltera y madres con carritos de bebé. Ginny se agarra al sillín de su bicicleta y él tira de ella para subir las cuestas más empinadas.

Van a una cafetería de Brooklyn donde hay juegos de mesa y barajas de cartas repartidos en mesitas bajas y baúles restaurados. Beben tres tazas de café cada uno y, al final, la pierna de Ginny se mueve más rápido que un pájaro carpintero. Cuando gana al Yahtzee, grita tan alto: «¡Sí, joder, me cago en la puta!», que la mitad de la clientela se vuelve para mirarla.

Cada vez que Ginny lo invita a salir, él está a punto de decirle que no, pero acaba cambiando de opinión.

Se niega a pensar que tienen una relación. Fue a Harvard porque era la decisión lógica. Presentó su candidatura a vicepresidente del Final Club porque era la decisión lógica. Aceptó el trabajo en Goldman Sachs porque era la decisión lógica.

No piensa acabar manteniendo una relación porque sea la decisión lógica. Esperará a que llegue el amor, sin importar lo que tarde, aun cuando sea incapaz de sentirlo, aunque se quede solo para siempre.

Por la mañana, Ginny llega al trabajo sin haber desayunado nada y con la cabeza llena de las endorfinas provocadas por la hora que ha pasado en la cinta de correr del sótano del edificio para despejarse a la fuerza. Se dirige a su mesa, siempre dispuesta para trabajar de pie, saluda a sus compañeros y abre el portátil. Contesta unos cuantos mensajes de correo electrónico y se desplaza por la lista de tareas del día.

A las once en punto, llega un mensaje de Finch.

Shake Shack?

Ese se ha convertido en su ritual. Quedan a mediodía en Madison Square Park, donde, tras engullir rápidamente dos hamburguesas y unas patatas fritas, se llevan los vasos de Coca-Cola Light y dan un paseo por el laberinto de aceras.

Y hablan.

Y hablan.

No rehúyen lo doloroso, lo incómodo.

Hablan de todas sus relaciones, de todos sus desamores, de todos los momentos que desearían poder olvidar. Se saben de memoria los nombres de todos sus ex.

—¿Cara fue la que intentó darle un puñetazo a Hannah? —pregunta Ginny.

—No, esa fue Miranda, la chica que dejé la semana anterior al baile de bienvenida.

Durante años, Ginny había pensado que Clay y Tristan eran sus mejores amigos. Pero las cosas están cambiando. Las cosas han cambiado.

—¿Sabes qué es lo más fácil de salir contigo? —le pregunta Finch ese lunes mientras rodean una zona verde vallada, donde un hombre con manoplas de boxeo se deja golpear por una mujer con guantes de boxeo—. Me veo reflejado en ti. Mirarte es como..., como mirar un estanque transparente.

—¿Qué quieres decir?

—Es diferente de mirarse en un espejo. Me veo a mí mismo, pero también veo otras cosas. Cosas que están bajo la superficie del agua. Es como si me ayudaras a ver partes de mí que ni siquiera sabía que estaban ahí. ¿Tiene algún sentido?

—Pues sí. —Ginny se vuelve para que no vea su sonrisa—. Y yo siento lo mismo contigo.

—Es ridículo, ¿verdad? —Finch mordisquea el extremo de su pajita—. Que hayamos desperdiciado tantos años casi evitándonos cuando las cosas podrían haber sido así todo el tiempo.

—Es ridículo. —Giran al llegar a otra curva, en dirección al edificio Flatiron—. Pero al menos ya no estamos perdiendo el tiempo, ¿no?

—Exacto.

Ginny sabe que lo mucho que le gusta estar con Finch está mal. Está mal que le palpite el corazón de esa manera cuando recibe su mensaje diario para almorzar. Está mal que después de estar con él sienta un subidón de energía, provocado por la adrenalina y las endorfinas, como si su simple presencia fuera una especie de droga. Él tiene novia, y ella queda con Adrian. Está mal.

Claro que tampoco es que hagan nada malo, ¿verdad? No se abrazan, no se besan, no se tocan en absoluto.

Tal vez eso sea lo que se siente al encontrar a tu alma gemela, piensa. Un alma gemela platónica. El mejor amigo cuya mera presencia es capaz de sacarte del pozo más negro de tu mente y dejarte a tope de alegría.

¿Qué más da si, de vez en cuando, comparten una mirada que dura un segundo de más? ¿Qué más da si la llama «guapa», siempre como algo inocente, diciéndole que «es tan guapa que por supuesto que Adrian quiere estar con ella»? ¿Qué más da? No significa nada.

Son amigos. Solo amigos, nada más.

La cena siempre es la comida más importante de Ginny. Aunque a lo largo del día come más que en los últimos cinco años, al menos vomita la mitad, y para cuando llega a las nueve, está muerta de hambre.

Después de cenar, Finch suele quedarse en el salón, lo que supone un problema para ella. Ir al baño siempre que come sería demasiado obvio, así que desarrolla un método furtivo para purgarse sin que la detecten: abre el grifo, se obliga a regurgitar, inclina la cabeza hacia un lado y finge beber del chorro. Luego, mientras bloquea con la cabeza la visión de los demás, deja que la comida blanda le salga por la comisura de los labios y se vaya por el desagüe.

Para Ginny, lo mejor de vomitar es lo fácil que se ha vuelto.

La anorexia era dura; requería una contención sobrehumana, la represión total de los instintos humanos normales. Al principio, la bulimia también lo fue, pero ¿a esas alturas? Ni siquiera tiene que intentarlo. Simplemente se pone delante del inodoro, hace fuerza hacia arriba con los músculos del cuello y la comida vuelve a salir, en trozos y casi entera. O se pone delante del fregadero de la cocina y escupe en el desagüe mientras lava los platos. O se levanta de la mesa para dar un paseo y va escupiendo en los arbustos como si fuera un aspersor. Es ingeniosa con sus purgas.

No siente náuseas. No experimenta ningún sabor metálico en la boca ni tiene que respirar hondo para apaciguar la tormenta que lleva dentro. Su cuerpo se prepara sin más para vomitar. La comida presiona contra el esófago, lista para subir, un hábito practicado. Conoce bien el proceso: todo lo que baja debe volver a subir.

No es bulímica como tal. Por supuesto que no lo es. Sí, vomita al menos una vez al día, normalmente dos, pero no se obliga a hacerlo; le sale sin más, es tan fácil como abrir el grifo de la cocina.

Y no se da atracones, ni por asomo. Según la definición del *Manual diagnóstico y estadístico de los trastornos mentales* (que consultó poco después de que empezaran los vómitos), los atracones son la mitad de la bulimia. Primero te das un atracón y luego te purgas. Así que, en todo caso, ella es solo medio bulímica. Lo suyo es una bulimia *light*.

Un sábado por la mañana, recibe una videollamada por FaceTime. Saca el móvil. Heather.

Responde por primera vez en varias semanas.

—Por fin. —Pelo rubio ondulado. Pómulos bronceados. Un rostro que parece un retrato francés. La cara de Heather, de belleza angelical, no desmerece ni a través de la cámara de un iPhone—. Te he llamado como cuarenta y siete veces desde que te mudaste.

Ginny se sienta en la cama, se sacude el pelo y levanta la cabeza para que no se le vea la papada.

—A la cuadragésima octava va la vencida.

—Eres prácticamente una ermitaña. ¿Se puede saber dónde te metes?

—En mi agujero. Allí no hay cobertura.

Separarse. Eso fue lo único que necesitaron Ginny y Heather para dejar de pelearse. Heather se marchó de Michigan para estudiar moda y, de repente, llamaba a su hermana pequeña todas las semanas para cotillear sobre las chicas de su clase y sobre los chicos a los que besaba en las fiestas. Ginny no se lo podía creer. Durante los primeros meses, cada vez que llamaba, Ginny activaba el manos libres y dejaba el móvil en la palma de la mano mientras lo miraba. Lo miraba. Esperaba con la respiración contenida, como si la voz de su hermana fuera una bomba que pudiese estallar en cualquier momento.

A día de hoy, Ginny no sabe qué fue lo que provocó el cambio en su hermana. Quizá echase de menos el hogar. Quizá fuera por nostalgia. Quizá los casi cinco mil kilómetros que las separaban la ayudaron a superar la vergüenza de la evidente falta de feminidad de Ginny.

Sea como fuere, Heather le hace videollamadas por FaceTime a su hermana pequeña todos los sábados, justo antes que salga a correr, mientras se toma un café en la cama con su marido. En Minnesota, Ginny siempre contestaba. Pero desde que se mudó a Nueva York… no lo sabe. Algo ha cambiado.

—¿Te gusta el piso nuevo? —le pregunta Heather.

—Me encanta. —Ginny cambia a la cámara trasera para que Heather vea el diminuto armario y las láminas enmarcadas que ha colocado en la mesa—. Mi dormitorio es minúsculo, pero no esperaba otra cosa en Nueva York.

—¿Y el trabajo?

—Todavía no tengo la menor idea de lo que estoy haciendo. —Ginny se aparta un mechón de pelo de la frente—. Pero el café gratis está bien.

Heather resopla. Se oye el frufrú de las sábanas, y Ginny sabe que su hermana se está levantando de la cama para empezar a maquillarse.

—Pues lo mío aquí es una locura. —La cámara se mueve mientras Heather camina por el pasillo de su piso en Venice—. La colaboración con esa *influencer* de YouTube fue un exitazo. Lo vendimos todo en cinco minutos.

—Increíble.

Heather deja el móvil sobre el tocador.

—¿Cómo va la comida?

Ginny suspira. Heather siempre formula la pregunta de la misma manera, como si el acto de comer fuera una criatura que le perteneciera, un ser vivo que pudiera estar bien o mal.

—Va bien —contesta. Y es cierto. Está comiendo. Solo que después vomita.

—Estupendo. —Heather se pasa un cepillo por el pelo—. ¿Quieres que te mande las muestras de nuestra próxima línea?

Heather está casada. Heather tiene su propia empresa. Heather cena *pizza* y come *cupcakes* de postre sin engordar ni un kilo. Algún día, tendrá un bebé y perderá el peso en tres días.

—Eso ni se pregunta —contesta Ginny, que nunca estuvo destinada a ser como su hermana, pero que nunca ha dejado de intentarlo.

La entrevista telefónica con Disney va bien. Adrian pasa a una segunda ronda y después a una tercera. Las entrevistas son largas y agotadoras, y a veces incluyen componentes suplementarios, como pruebas de aptitud diseñadas para clasificar el ajuste cultural. Las hace en cafeterías, en salas de reuniones vacías o, una vez, incluso en un armario de suministros. Sus compañeros no deben enterarse de lo que está haciendo; le harían la vida imposible.

Ginny es un gran apoyo. Se pone en contacto con él a menudo, le pregunta cómo le han ido las entrevistas o lo ayuda a encontrar tres adjetivos para describirse. Se descubre respondiéndole los mensajes de texto. Es agradable sentir que está de su parte.

Cuanto más tiempo pasa con ella, menos la comprende. Normalmente, es todo sonrisas y luz, pero a veces... hay cierta expresión distante en sus ojos, un lugar al que se va. Se da cuenta justo después de las comidas, o en mitad de una conversación, y mientras están en la cama después de hacerlo. Ella parpadea, abre mucho los ojos y se aleja. En esos momentos, lo abruma un terror sordo, como si Ginny se hubiera marchado a un lugar del que nunca podrá sacarla.

Cada vez que se acuesta con Ginny experimenta una sensación desconocida muy rara. Como si intentara aprenderse la letra de una canción nueva. Ella es distinta en la cama. En el resto de ámbitos de la vida, todo en ella le parece muy grande: su sonrisa, su familia, su risa y sus historias. Por eso le choca cuando recorre su suave piel con las manos y recuerda lo pequeña que es. Lo frágil que es. Nunca sabe cuándo besarla ni hasta dónde querrá llegar. No quiere dar por sentado que, solo porque ya se han acostado, ella querrá hacerlo siempre.

Toda esta relación... es rara. Ginny aparece en sus pensamientos todo el rato. Su mente sigue acelerada —sigue saltando de un pensamiento a otro como un CD defectuoso—, pero es como si hubieran añadido a Ginny a la canción de su vida. Cada pocos minutos... ahí está ella. Así que se ve obligado a volver a la realidad a menudo y retomar lo que estaba haciendo.

Dos semanas después de la entrevista, Chad mira fijamente a Adrian cuando vuelve del armario de suministros.

—¿Te ha dado un apretón o algo?

—Solo quería cambiar de aires.

—Ajá. —Chad hace clic con su bolígrafo retráctil—. Pues como todos.

Cuando Adrian suelta el portátil, Chad estira el cuello para mirar la pantalla. Adrian cambia de postura y le bloquea la visión.

Ginny sabe que no debería hacerlo. Lo tiene clarísimo. Pero no puede evitarlo.

Persigue a Adrian.

No sabe qué es lo que tiene exactamente. Tal vez sean sus tiernas caricias. Tal vez su forma de pestañear —con rapidez, como un colibrí— cuando medita la respuesta a una de las incontables preguntas que ella le hace. Sea lo que sea, cuando Adrian la besa, no se siente vacía; se siente llena de una especie de calidez burbujeante, desde las puntas de los pies hasta la coronilla.

Cuando quedan, Adrian comprueba el móvil cada quince minutos.

A la espera de un mensaje de correo electrónico que le exija que vaya a la oficina, a la de ya. Está cansado. Para Ginny es evidente. Las bolsas que tiene debajo de los ojos son bloques de hormigón púrpura; se le caen de la cara, le tiran del torso, le encogen los hombros, lo arrastran como un cuerpo bajo el agua. A veces, justo antes de la hora a la que han quedado, Adrian cancela la cita, diciendo que su supervisor acaba de pedirle una presentación o un análisis. La ansiedad le susurra a Ginny que esas excusas son mentiras, evasivas, pruebas de que, en el fondo, no le gusta. Ginny acepta esos susurros y se los guarda. Le manda otro mensaje el fin de semana siguiente.

A veces, se siente avergonzada. Se supone que las chicas no deben perseguir a los chicos. Deben ser tímidas, hacerse las difíciles, hacer una pompa con el chicle, poner los ojos en blanco y decirles que «en otro momento». Seguro que parece desesperada.

Sin embargo, nunca ha entendido cómo ser una chica. No como lo hace Heather, con sus biquinis, su pelo rubio y sus uñas largas como cuchillos. La verdad, hasta que conoció a Adrian, a Ginny era un tema que no le importaba. Se contentaba con eliminar su feminidad, llevar el pelo corto, jugar a la consola y estar en grupito con sus chicos en las fiestas, riéndose de las chicas que aparecían con tacones y minifalda. «Seguro que son de Wellesley», pensaba entre carcajadas.

Ahora se pregunta si su desconexión con la feminidad es el motivo de la reticencia de Adrian para besarla.

Según sus experiencias previas, en cuanto un chico y ella se besan por primera vez —y sobre todo después de haberse acostado—, cae una barrera. Se pasa un umbral. Después de eso, se besan a placer.

En el caso de Adrian, no es así. A veces, espera horas para que él la bese. En otras ocasiones, se sientan en los pies de la cama de Adrian, hablando de Dios sabe qué, y ella solo atina a mirarle fijamente los labios mientras le suplica en silencio que se incline de una vez hacia ella.

Cada vez que se acuesta con él es como si fuera la primera. Es tan callado, tan introvertido, que cada vez que lo desnuda se enfrenta a un nuevo enigma. «¿Dónde debo tocarlo? ¿Qué le dará placer?». Su cuerpo es todo músculo y hueso, una telaraña de ángulos duros que nunca le resulta familiar, por más veces que lo vea.

Estar con Adrian Silvas no tiene nada de rutinario ni de aburrido. Cuando él le recorre la espalda con los dedos, se estremece. Cuando él suspira contra su boca, ella desearía poder capturar su satisfacción, inhalarla y convertirla en parte de su propio cuerpo. Cuando él toca sus partes más sensibles, se enciende un fuego y ella tiene que contener los gritos por miedo a espantarlo.

Lo redescubre una y otra vez. Redescubre todas las partes que él le oculta al resto del mundo.

Sin embargo, y pese al fuego que crece en su interior, Ginny se mantiene distante. Mantiene las cosas en plan informal. Sí, es ella quien toma la iniciativa para verse, pero no lo presiona para que reconozca esos encuentros como citas románticas. No quiere presionarlo. No quiere pedirle más de lo que él puede darle.

Una noche, después de su habitual purga tras la cena, Ginny desbloquea el teléfono y repasa el Instagram profesional de Heather, mirando a las modelos de biquinis que lucen los diminutos trozos de tela que crea su hermana. Se fija en la curva interior de sus cinturas, en sus afilados mentones. Mujeres pagadas por su impecable feminidad. Heather aparece en las fotos con ellas, riendo, como si su belleza fuera el chiste más gracioso que haya oído en la vida.

Ginny sabe que nunca saldrá en ninguna de esas fotos.

Intenta relajarse. Al fin y al cabo, ¿de qué tiene que preocuparse? El trabajo le va bien. Vive con sus tres mejores amigos. Le gusta un chico que a veces parece corresponderle.

Aunque nada de eso le importa a la Ansiedad. En cuanto se da cuenta de que Ginny está sentada, sin distracciones, sin peligro, empieza a rastrear. A hurgar. En busca de algo malo.

Verás, la Ansiedad es un diablillo astuto. Se hace pasar por tu amiga, como una parte necesaria de tu vida, a la que le permites que te diga adónde ir, qué comer, con quién entablar una amistad y, lo que es más importante, qué debes evitar. Su control es tan fuerte porque cree que te está protegiendo. Cree que busca tigres…, pero tú abandonaste la jungla hace siglos.

Por eso las cosas se torcieron tanto en Minnesota. Sola, sin nada ni nadie que evitase que Ginny se concentrara en sus pensamientos, la Ansiedad se apoderó de ella. Encontraba tigres por todas partes: en beber demasiado, en comer demasiado, en hacer muy poco ejercicio. Controlaba todos los actos de Ginny, desde cuándo debía levantarse por las mañanas hasta cuántos episodios podía ver cada noche en Netflix.

La Ansiedad es una dictadora.

Sin embargo, cuando Ginny está cerca de Adrian, sucede algo raro. Su Ansiedad se calma. Ginny no siente la necesidad de planificar obsesivamente cada minuto de su día a día. Puede olvidarse del trabajo. Puede comer y, al menos hasta que se aleja de su presencia, no siente la necesidad de vomitar.

Levanta el móvil. Busca su contacto. Su dedo vacila sobre el botón llamar. Nunca lo había hecho antes. No sabe si a él le parecerá raro o empalagoso.

Pulsa en LLAMAR.

Son las once y media de la noche. Es muy probable que Adrian todavía esté en la oficina. Que no pueda responder, aunque quiera hacerlo.

—¿Hola?

A Ginny se le sube el corazón a la garganta.

—¿Adrian?

—Sí, hola.

—¿Estás en la oficina?

—No, estoy en casa. He salido temprano.

—Ah. Eso está bien.

—Sí.

Echa un vistazo por su dormitorio (que antes era el de él) mientras piensa qué decir. Después de una larga pausa, suelta:

—¿La vecina de al lado también practicaba escalas musicales en plena noche cuando vivías aquí?

A Adrian se le escapa una carcajada, que suena sorprendida.

—Sí que lo hacía.

—Se le da fatal, ¿verdad?

—Es malísima. Yo me tenía que poner los auriculares.

—Yo he empezado a darle porrazos a la pared con un puño mientras gimo como si lo estuviera haciendo hasta que para.

—Seguro que a tus compañeros de piso les encanta.

—No es nada que Finch no pueda ahogar con su guitarra.

—Dios, se me había olvidado eso. —Adrian gime—. Entre la vecina y él, me sorprende que pudiera dormir algo en ese piso.

—No dormías. Siempre estabas en el trabajo.

—Cierto. —Parece que Adrian quiere decir algo más, pero no lo hace. En cambio, se queda callado.

Eso no es raro. Durante toda su etapa en el instituto, Ginny se decantó por chicos como Andy y Finch: habladores, seguros de sí mismos, encantados de aportar su granito de arena. Adrian no es así. Adrian raciona las palabras como en tiempos de guerra: dice justo las que necesita, ni una sílaba de más.

Al principio, sentía la necesidad de llenar todos los silencios. La necesidad de que se le ocurriera alguna pregunta, alguna anécdota, una distracción para la falta de palabras entre ellos. Pero cuanto más tiempo pasa con él, más comprende que no es necesario que llene el silencio. Si espera, si tiene paciencia, al final él dirá lo que piensa.

—¿Ya te has pasado por Morgenstern's? —le pregunta Adrian.

—No —contesta Ginny—, ¿qué es?

—Mis compañeros de trabajo dicen que allí venden el mejor helado de Nueva York.

—En ese caso, supongo que tendremos que probarlo.

—Supongo que sí.

Se quedan callados de nuevo.

Son parte de Adrian, esos silencios. Forman parte de él tanto como su pelo, su pasado o las arrugas que le salen en la frente justo antes de besarla. Si lo elige a él, lo elige con esos silencios.

Ese fin de semana, el último de junio, compran unos helados en Morgenstern's y se sientan en un banco del Washington Square Park.

—¿Cuál es el puesto de tus sueños en un estudio de cine? —pregunta Ginny—. ¿Productor? ¿Director?

—No lo sé —contesta Adrian.

—No pasa nada. —Ginny inclina su cucurucho y lame el helado derretido que se desliza por la galleta. Ya no se preocupa por la comida que entra en su cuerpo. Sabe que no tiene que hacerlo; sabe que en cuanto termine de comer, puede regurgitar hasta el último bocado—. Tenemos veintitrés años. No estamos obligados a saber qué queremos hacer con nuestra vida.

Adrian se muerde el labio inferior.

—¿Qué? —pregunta Ginny.

Él titubea.

—He llegado a la última ronda de entrevistas en Disney.

—¿¡Que qué!? —Ella se vuelve en el banco—. ¿Lo dices en serio? ¿Cuándo?

—Recibí el mensaje de correo electrónico la semana pasada.

—Joder. —Esboza una sonrisa de oreja a oreja—. Estoy muy orgullosa de ti. Es increíble.

—Ya, en fin..., la cosa está difícil. No sé cuántos candidatos quedan para el puesto, pero... —Aparece una sonrisa detrás de su cucurucho de menta y chocolate—. Sería increíble si lo consigo.

Antes de que pueda darle demasiadas vueltas, Ginny se inclina hacia él y le besa la mejilla.

—Vas a conseguirlo.

Se arrepiente nada más hacerlo. Adrian y ella nunca se muestran afecto en público. Solo se besan en la intimidad de su dormitorio, y casi siempre a iniciativa de ella.

Aunque si el beso lo molesta, no lo demuestra. Él le da un lametón al helado de menta y chocolate antes de preguntar:

—¿Cómo llevas lo de escribir?

—Ah... —Ginny hace una pausa y observa el helado que cae derretido por el cucurucho—. Últimamente no he estado escribiendo mucho.

—¿No?

—Pues no. Estoy muy ocupada con el trabajo, intentando escalar puestos y tal.

—Oh.

Adrian parece más apenado de la cuenta por la noticia. Ginny siente un ramalazo de vergüenza y se apresura a redirigir la conversación hacia Disney:

—¿Cuándo es la entrevista?

—El miércoles que viene.

—Pues seguro que la bordas. —Hace una pausa—. Si consigues el trabajo, tendrás más tiempo libre que ahora, ¿no?

—Supongo que sí.

Una llamita de esperanza cobra vida en el estómago de Ginny. Ahora mismo, Adrian está demasiado ocupado para mantener una relación de verdad. Pero si consigue el nuevo trabajo...

Ataja esos pensamientos antes de que puedan desarrollarse más.

—¿Qué harás con todo ese tiempo libre? —pregunta.

Adrian le da un bocado a la galleta del cucurucho.

—Dormir.

Ginny se echa a reír.

—Quiero decir además de eso.

Él desvía la mirada hacia el parque y observa los chorros de agua que salen de la fuente del centro.

—Leer —dice al cabo de un buen rato—. Leería tantos libros como pudiera.

—¿En serio? —Ginny cambia de postura en el duro banco de madera—. ¿Como qué? ¿Novelas?

—Desde luego. O relatos. De todas formas, eso es lo que suelo leer.

—Ah. Bueno… —Ginny clava la mirada en el helado de galleta y nata derretido que se asienta en el fondo de su cucurucho. «Hazlo, díselo sin más», se dice. Toma una honda bocanada de aire y luego alza la mirada—. Podrías leer los míos. Si quieres, claro.

Adrian se vuelve hacia ella, con los ojos muy abiertos. Tiene un trocito de la galleta del cucurucho pegado a la comisura de los labios. Le da el aspecto de un niño sobresaltado.

—¿En serio?

—Pues claro. —Avergonzada, se da la vuelta y le habla al parque, a los puestos de perritos calientes y a los ancianos que están sentados frente a los tableros de ajedrez de piedra, desafiando a los turistas a una partida—. A ver…, solo si te apetece. No quiero dar por sentado que…

—Sí.

Ginny lo mira de nuevo.

—¿Sí?

Una sonrisa muy poco habitual asoma a los labios de Adrian.

—Sí. —Levanta la mano libre y le acaricia la sien con dos dedos, provocándole un escalofrío por toda la piel—. Me encantaría echarle un vistazo al interior de esta mente tan brillante que tienes.

De vuelta a casa, el helado de Ginny brota en pequeñas arcadas, como un niño. Hace fuerza con la garganta, y el helado derretido y a medio digerir le llena la boca. Lo retiene ahí hasta que llega a una manzana libre de transeúntes, donde se inclina hacia la calzada y lo escupe.

Repite esta acción tantas veces como le es necesario, dejando manchitas negras y blancas por toda la ciudad, en arbustos y esquinas, en charcos, detrás de coches aparcados. Las manchitas marcan su camino a casa, como un reguero de miguitas de pan que cualquiera podría seguir si supiera dónde mirar.

La purga voluntaria no se parece en nada a vomitar por enfermedad. No se parece a vomitar por un virus, porque comiste sushi en mal estado o porque te pasaste bebiendo alcohol. En esos casos, en tu interior nada algo malo de verdad, algo peligroso de verdad. Tu cuerpo hace todo lo necesario para deshacerse de ese algo. Hace que lo que tienes dentro te suba por el esófago y lo expulsa por propia voluntad. Tu cuerpo está luchando para salvarse.

Cuando empiezas a purgarte de forma voluntaria, tu cuerpo está confundido. ¿Por qué actuamos como si estuviéramos enfermos? ¿Por qué estamos actuando como si tuviéramos veneno dentro? No lo hay. Solo hay comida. Solo azúcares y grasas y proteínas. Nada malo. Nada peligroso.

Sin embargo, te has convencido de que la comida es mala. De que es peligrosa. De que conlleva una especie de amenaza inherente contra tu bienestar. La comida es una enfermedad. Si quieres mejorar, tienes que sacarla de tu cuerpo. Tienes que estar vacío.

Así que lo haces. Te metes los dedos en la garganta o elevas el esófago o empleas cualquier otro método que se te ocurra para sacar la enfermedad de tu organismo.

Al principio cuesta. Estás intentando invertir un proceso fundamental, desarrollado durante millones de años de adaptación y evolución. Se supone que la comida debe bajar, no subir. Lo que tienes dentro no sube de buena gana por el esófago. Se atrinchera. Te clava los dedos. Se ve arrastrado, en contra de su voluntad, hacia arriba y de vuelta al mundo.

Aunque no te rindes. Le dices a tu cuerpo que está enfermo. Se lo dices una y otra vez.

Y, con el tiempo, tu cuerpo empieza a creerte.

A Adrian se le hace raro subir la escalera de su antiguo piso. Y todavía le resulta más raro subirla antes de las ocho de la noche. Puede contar con los dedos de una mano la cantidad de veces que volvía a casa mientras era de día.

«A casa».

Sin embargo, ese piso ya no es su casa. Es la de Ginny.

No sabe cómo se siente al respecto.

¿Dónde está su casa? ¿En su estudio? ¿En Harvard? ¿En Indiana? Quizá. Le gusta bastante Indiana en ese momento, pero, al principio, lo pasó mal. Aprender inglés fue una pesadilla. Esas consonantes resbaladizas y esas vocales inconsistentes no se parecían en nada al húngaro. Durante un mes entero, sus compañeros le hablaron con entusiasmo en este nuevo y feo idioma, y él solo atinaba a sonreír. En Estados Unidos, Adrian empezó a aprender a fingir las emociones humanas. A fingir felicidad, ira o alegría, cuando en realidad no sentía nada.

Y luego, por supuesto, estaba su padrastro.

Adrian nunca tuvo que forzar sonrisas en Budapest. Su *nagyanya* era estricta, pero tierna; su *nagyapa*, entusiasta, con un martillo o una llave inglesa siempre en la mano. Lo aceptaban tal y como era: de buen humor, de mal humor o de cualquier otro estado intermedio.

Su hermana tuvo una transición mucho más fácil que él. A diferencia de Adrian, Beatrix participó de forma activa en las clases de inglés a las que su madre los envió antes de mudarse. Cuando llegaron a Indianápolis, ya era capaz de nombrar todos los objetos de su nuevo patio. Los sábados por la mañana, cuando Adrian y su hermana veían dibujos animados sentados en el suelo del salón, ella le traducía los diálogos para que él pudiera reírse un segundo después que ella.

No. Siendo sincero, cuando su avión aterriza en el aeropuerto internacional Ferenc Liszt…, ese es el momento en el que experimenta una mayor sensación de volver a casa.

Es Budapest. Siempre ha sido Budapest.

Sin embargo, para sus amigos húngaros, como Jozsef Borza, Adrian es el chico que se fue. Que creció en Estados Unidos. Que fue a Harvard. Ya no pertenece a ese lugar. No pertenece a ningún sitio.

Mientras llama a su antigua puerta, con una botella de vino tinto a un costado, Adrian se pregunta si todos los veinteañeros se sienten como él. Sin ataduras. En busca de un sitio al que llamar «casa».

Ginny abre la puerta envuelta en una nube de harina y con los guantes de horno en las manos. Tiene las mejillas y la nariz manchadas con un polvillo blanco, como si hubiera estado esnifando cocaína en vez de cocinando. Lleva el pelo recogido en un moño caótico. Tira de él para abrazarlo y después se da media vuelta y le hace señas con un guante para que entre.

—Pasa, pasa. —Se aprieta las tiras del delantal mientras recorren el pasillo—. Llegas justo a tiempo para el aperitivo.

—¿Aperitivo?

—Pues sí. Nos espera todo un festín.

A Adrian le ruge el estómago en señal de aprobación. No ha comido desde la ensalada del mediodía.

—¡Colega! —Un torbellino de pelo rojo es lo primero que ve. Clay. Como de costumbre, envuelve a Adrian en un abrazo lo bastante fuerte como para exprimirle las entrañas. El siguiente es Tristan, que le da una palmada en la espalda. Y después… Finch. Está sentado en su sillón habitual, con la guitarra sobre las piernas. No se levanta. Se limita a seguir tocando notas y a saludarlo con un breve gesto de la cabeza.

—¿Qué te cuentas? —le pregunta.

—Me alegro de verte —replica él.

En realidad, no se alegra.

El piso está tal cual Adrian lo recuerda. Pero se percata de las diferencias cuando se fija más y descubre los detallitos que Ginny ha ido dejando: una planta de plástico en el alféizar de la ventana; fundas de discos de Johnny Cash y Bob Dylan en las estanterías; un juego completo de cuchillos de cocinero junto al microondas.

Y luego, por supuesto, el olor.

El ambiente está cargado de olor: orégano, perejil, carne salteada, tomates a fuego lento. De repente, Adrian tiene seis años y está sentado a la mesa en la cocina de su *nagyanya*, donde siempre había algo cocinándose a fuego lento. Aferra con más fuerza el cuello de la botella. De repente, le da miedo que se le caiga.

Como si le leyera la mente, Ginny se aparta de la cocina y mira la botella.

—¿Has traído vino?

—Sí. Sé que te va más la cerveza, pero he pensado que igual te apetecía cambiar.

Ella sonríe.

—Me encanta el vino. Deja que la vea. —Le da la botella y ella lee la etiqueta. Un buen vino de seis dólares comprado en Trader Joe's—. Vendrá estupendo con los espaguetis. Muchas gracias, Adrian.

Se sonríen con cierta incomodidad. Adrian se pregunta si ella se está dando cuenta de lo mismo que él: es la primera vez que están rodeados de sus amigos desde que empezó todo.

—¿Espaguetis? —Adrian se inclina hacia delante para ver la comida humeante que ella tiene a la espalda.

—Sí. —Los nervios acaban con su expresión sonriente—. Espero que te vaya bien…

—Me va estupendamente —se apresura a decir—. No sabía que cocinabas.

—¿No lo sabías? —pregunta Clay desde el sofá mientras se come un trozo de queso de cabra con arándanos—. Colega…, si prácticamente esa es su personalidad.

—Me gusta creer que soy algo más —replica Ginny, pero Adrian capta lo orgullosa que está.

—En serio. Que fue a la escuela de cocina.

—¿Qué? —pregunta Adrian—. ¿De verdad?

—Pues sí —responde Clay—. El verano después del primer curso.

Tristan moja una galleta salada con semillas en una rueda de brie medio fundida.

—Cuando volvió, nos preparaba unas cenas estupendas todos los miércoles. En plan comida francesa de lujo. De la buena.

Adrian se lo imagina: los cuatro congregados alrededor de una mesa de centro destartalada comprada en el mercadillo de bienvenida a los estudiantes en Harvard, demasiado sucia como para albergar el magnífico festín que tiene encima. Se imagina pantalones de chándal, vasos de plástico llenos de vino barato y a Ginny mientras sirve generosas raciones con una espátula que robó del comedor. Esa capacidad suya para llenar un dormitorio de residencia monótono y estándar de calidez, de mantequilla y azúcar, del olor del hogar.

«Los chicos orbitan a su alrededor —piensa Adrian—. Ginny es el sol».

—Decía que era la mejor manera de perfeccionar su educación —añade Finch—, pero estoy bastante seguro de que solo le gusta presumir.

Ginny vuelve la cabeza para sonreír por encima del hombro y saca la lengua. Finch esboza la misma sonrisa pícara que siempre irritaba a Adrian cuando vivían juntos. Cuando Ginny se vuelve hacia la olla, la sonrisa desaparece de la cara de Finch, pero él no aparta la mirada. Sigue observándola mientras cocina. Y su mirada cambia. Se le suaviza. Se le vuelve casi anhelante.

Antes de que Adrian pueda darle muchas vueltas a lo que implica esa expresión, Ginny se gira y deja la botella de tinto abierta en la mesa.

—Bebed, chicos —dice—. Os quiero bien lubricados para cuando salga la comida.

—Bueno, Gin —dice Clay, que deja caer el tenedor en el plato vacío y se acomoda en el sofá—, ¿te gusta vivir con chicos?

Ginny resopla.

—Imbéciles, estuve viviendo con vosotros toda la universidad.

—¿De verdad? —pregunta Adrian.

—Oh, sí. —Ginny se acerca más a él en el sofá. Se bebieron la botella de vino incluso antes de que se sirviera la cena. Ahora hay un arcoíris de cervezas hefeweizens e IPA esparcidas por la mesita, todas elegidas de la colección personal de Ginny. El alcohol ha hecho lo que siempre hace: calma la ansiedad, suelta la lengua, alegra el ánimo... y hace que ella quiera sentarse lo más cerca posible de Adrian—. El primer curso no, pero luego nos trasladamos a una habitación cuádruple de Lowell House los tres años restantes.

—Venga ya. ¿No te cayó bien ninguna de las chicas que conociste?

Ginny bebe un sorbo de su cerveza.

—Nunca he sido muy de chicas.

—¿No?

—No. A ver, crecí con tres hermanos, ¿recuerdas? Me pasaba la mayor parte del tiempo jugando con la videoconsola o untándome barro en la cara. —Se encoge de hombros—. Supongo que se me quedó grabado.

—Sí. —Finch se inclina hacia delante, sonriendo—. Gin es una chica de chicos. Es un chico más.

Ginny le lanza un espagueti mojado a la cara.

Él lo esquiva entre risas.

—¿Qué pasa? Es verdad. Sabes cómo pasar tiempo con los chicos. —Apoya la barbilla en ambas manos y pestañea de forma exagerada—. Dinos, oh, sabia, ¿cómo es ser una chica de chicos?

—Ah, es fácil. —Ginny se pone derecha y coloca ambas manos en las rodillas—. Si quieres ser una chica a la que le van los chicos, ser una más del grupo, solo tienes que convertirte en una mentirosa redomada. Como primer paso, recomiendo plantarse delante de un espejo y decir las siguientes palabras —carraspea y añade—: Nadie quiere acostarse conmigo.

Clay estalla en carcajadas.

—Repite la mentira hasta que te la creas al menos el cuarenta por ciento de las veces —sigue Ginny—. Nadie quiere acostarse conmigo, nadie quiere acostarse conmigo, nadie quiere...

—Para. —Clay agita una mano—. No soporto hablar de hombres que quieren acostarse contigo sin que me entren ganas de darles una paliza. —Hace una pausa y le guiña un ojo a Adrian—. Excluyendo al aquí presente, claro.

Ginny golpea a Clay con una cuchara de madera.

—Oye —protesta Tristan—, déjame algunas indirectas con lo de Adrian y Ginny.

Ginny golpea a Tristan aún más fuerte.

Sin embargo, no mira a Adrian. Le da demasiado miedo lo que pueda ver en su cara.

—Para cambiar de tema lo más rápido que sea humanamente posible —dice—, ahora que ya llevamos un año fuera de la universidad, ¿qué os parece a todos la vida después de la graduación?

—¿En qué sentido en concreto? —pregunta Finch.

—Es que tengo la sensación de que..., no sé. Cuando me mudé a Minnesota, me agobiaba constantemente la sensación de que no estaba haciendo algo que debería hacer.

—¿Te refieres a algo como... los trabajos de clase? —pregunta Clay—. Vamos, Gin. Dime que no los echas de menos.

—No, no me refiero a eso. En fin, puede que sí. Solo sé que... durante toda la vida, me han marcado el camino: primaria, secundaria, universidad. Y ahora ¿qué? Nos lanzan al mundo, libres para hacer básicamente lo que queramos, siempre y cuando podamos pagar las facturas.

Tristan chasquea la lengua.

—No lo que queramos así sin más.

Ginny pone los ojos en blanco.

—En fin, para cualquiera que no sea Tristan y no saliera del vientre materno planeando compras apalancadas de empresas…

—Me encanta cuando me dices guarradas —la interrumpe Tristan.

—Puedes hacer cualquier cosa. Puedes conseguir un trabajo en una empresa, o estudiar medicina, o convertirte en funcionario, o vivir en una puta tienda de campaña en la playa y comer pescando con arpón. Puedes hacer cualquier cosa. ¿No os resulta…, no os resulta caótico? ¿No os parece demasiado? En Minnesota, llegaba a casa del trabajo, me sentaba en el sofá y pensaba: «¿Y ahora qué cojones hago?». —Suspira—. Por eso empecé a escribir. Solo para llenar las horas.

—Sé lo que quieres decir, Gin —le asegura Finch. Ella lo mira por encima de la mesa—. Así es como me siento a veces con la música. En plan de si no estoy estudiando o en clase, tengo que estar haciendo algo al menos medianamente productivo. No puedo estar sentado tocándome las narices.

—Sí. —Ginny golpea la mesa—. Justo a eso me refiero. No puedo permitirme tiempo de descanso.

—Pues yo no tengo ni idea de lo que habláis —dice Clay—. Lo único que quiero es tiempo de descanso.

—Yo mataría por un sábado libre —dice Tristan.

—No, no lo harías —lo contradice Clay—. Matarías por tener más horas para lamerle el culo a tu director general.

Sin embargo, Ginny no le presta atención a su discusión. Está demasiado ocupada mirando a Finch.

Le encanta esa faceta suya. La que escucha. La que la entiende. Durante el primer curso, podía apoyar la cabeza en el regazo de Finch durante horas mientras analizaban sus infancias, su tristeza y sus inseguridades en un intento por entender por qué eran como eran. Nunca se quedaban sin temas de conversación.

Desvía la mirada hacia un lado, a Adrian, y después vuelve a Finch.

«No. Para. Estos pensamientos no pueden llevar a nada bueno».

—Es que… —Se obliga a salir de su mente—. A lo mejor es porque crecí en una familia muy bien avenida y, después, en la universidad, no te piensas en dónde «se supone» que tienes que estar; pero en Minnesota era como..., no sé. Como si ya no tuviera un sitio al que llamar «casa». —Menea la cabeza—. ¿Tiene sentido eso?

—Sí —dice Adrian, la primera palabra en varios minutos—. Sí que lo tiene.

Ginny lo mira, sorprendida. Adrian ha estado muy callado durante toda la cena. En varias ocasiones, se ha descubierto preocupada por la posibilidad de que no se lo estuviera pasando bien. Se miran a los ojos un buen rato, y algo aflora a la mirada de Adrian que no termina de entender.

—En fin, Ginny..., eso ya no será un problema. —Tristan hace un gesto para abarcar el piso, sin darse cuenta del duelo de miradas—. Ahora estás en la gran ciudad. No hay tiempo para pensar, mucho menos para una crisis existencial.

—Gracias a Dios —dice Ginny, que aparta la mirada—. Es que literalmente pagaría hasta el último céntimo que tengo en la cuenta del banco con tal de no tener que pensar más.

Tristan chasquea la lengua.

—Hay inversiones mucho más rentables si lo que quieres es hacer algo con tu dinero.

—Cierra la boca, Tristan —dicen Ginny y Clay a la vez.

—¿Por qué dices eso? —le pregunta Adrian—. Lo de que desearías no tener que pensar más.

—Soy... —dice y le da unos golpecitos a su vaso mientras busca las palabras adecuadas— bastante ansiosa.

Adrian levanta las cejas.

—¿En serio?

Ginny le está quitando hierro al asunto. Su ansiedad es abrumadora, una lista de comprobación imaginaria que su cerebro repasa todos los días, cientos de veces. Si ha cumplido con todos los puntos de la lista, su ansiedad se calmará un tiempo y podrá centrarse en otras cosas. Si no lo ha hecho, se pasará las tres horas siguientes repasando mentalmente cada alimento que se ha metido en el cuerpo y que no debería haber ingerido. No recuerda un solo pensamiento que haya tenido al que no le haya dado demasiadas vueltas. Durante el noventa por ciento del día, sin motivo aparente, tiene la sensación de que se va a morir.

Una de las partes más complicadas del miedo basado en la ansiedad es que, a menudo, lo que temes no existe en realidad. Como el rechazo. O la soledad. Por ese motivo, no puedes curar la Ansiedad saliendo al mundo sin más para buscar de forma activa lo que te estresa (aunque si puedes..., hazlo, desde luego).

—Siempre he sido así —explica Ginny—. Funciono a una frecuencia de ansiedad como diez veces mayor que el estándar de estrés para el ser humano normal. Se puede decir que, a grandes rasgos, me ha arruinado casi todos los aspectos de mi vida.

Todos los chicos se echan a reír menos Adrian. Él acaricia el borde del vaso con el pulgar.

—Pues si no me lo dices, no me entero.

Ginny se encoge de hombros.

—No lo voy pregonando por ahí.

—Desde luego.

La mira con cara rara. Ella se pone colorada, aparta la mirada y se pregunta si se ha pasado con las confidencias.

Hay pocas cosas que los Murphy se callen. Eran una familia del Medio Oeste muy abierta, que comían demasiado durante la cena y no se cortaban en absoluto a la hora de hablar de sus movimientos intestinales.

«¿Has necesitado medio rollo o un rollo entero para limpiarte?», le preguntaba Willie a Crash cuando volvía a la mesa después de tirarse veinte minutos en el baño. «Dos», le contestaba Crash mientras se dejaba caer en la silla y desdoblaba la servilleta. Los niños aplaudían entre expresiones de sorpresa. Heather suspiraba mientras meneaba la cabeza. «Chicos, nada de hablar de funciones corporales en la mesa», decía su madre. Nadie salvo Heather se había molestado alguna vez en señalar que Ginny no era un chico.

Ginny sospecha que la familia de Adrian no era así. De hecho, si tuviera que apostar, diría que no se mencionaban en absoluto las funciones corporales en la mesa.

—Esa es nuestra Gin —Tristan estira un brazo y le rodea la cabeza, tapándole la cara—, una mariposilla ansiosa.

—¡Que te den! —dice ella contra su codo.

—Te diría lo mismo —replica Tristan, sin aflojar la llave—, pero, con Adrian aquí, creo que no hace falta.

El viernes siguiente, como un reloj, llega el mensaje de Ginny.

GINNY: Hola, copas con los chicos mañana a mediodía, te apuntas?

No necesita preguntar a qué chicos se refiere.

ADRIAN: Sí

En la calle Tres en Williamsburg, entre un almacén y una cafetería, hay un bar llamado Freehold. No es un bar elegante, pero tampoco es un antro. Tiene dos zonas separadas, mitad interior, mitad patio. Hay murales pintados de naranja y el suelo está pegajoso por la cerveza derramada. Sirven margaritas aguados por dieciséis dólares, hay chicas con sandalias de plataforma y chicos esnifando rayas de cocaína en el baño a las dos de la tarde. Y, sobre todo, hay hordas de becarios, de veinteañeros recién salidos de la universidad y algún que otro cuarentón baboso.

Ese tipo de local no es el favorito de Adrian, pero tampoco le disgusta. Lo pondría en un punto intermedio entre esperar el metro y ver a algún sintecho representando obras en dos actos en Washington Square Park. Al final, es posible que eso le provoque una desesperación angustiosa, pero por lo menos la gente que se detiene a mirar se porta bien.

—¡Adrian!

Ve a sus amigos en la barra. Clay está pagando la primera ronda. Finch echa un vistazo por el interior del local como si creyera que puede ver a algún conocido. Tristan mira el suelo pegajoso con cara de asco.

Y Ginny. Ginny le hace señas y lo mira con una enorme sonrisa y una copa de margarita en una mano que empieza a derramarse por los botes que da.

—¿Qué tal, colega? —le dice Clay, mientras suelta el bolígrafo.

—¿Te puedes creer que estemos en el Freehold como si no hubiera otro sitio? —le pregunta Tristan, que suspira—. En fin, el hotel William Vale tiene un bar precioso en la azotea y…

—Cállate, Tristan —dicen todos a la vez.

Ginny se coloca al lado de Adrian dando botes y lo empuja con una cadera a modo de saludo.

—Hola.

—Hola.

—¿Quieres bailar?

Él señala la barra con la cabeza.

—Necesito uno o dos de esos antes de salir a la pista.

—Ah. Lo pillo. —Ginny frunce el ceño un segundo y luego se vuelve hacia Clay—. ¿Bailamos?

—Ni se pregunta. —Clay la toma de la mano y tira de ella hacia la multitud.

—¡Esperadme! —grita Tristan, que al parecer ya ha olvidado que preferiría estar en cualquier sitio menos allí.

—Bueno —dice Finch mientras Adrian observa desaparecer al trío—. Gin y tú, ¿eh?

Adrian se hace con su margarita y bebe un sorbo.

—Más o menos.

—¿Más o menos? —Finch resopla—. Pero si no os separáis.

Adrian se encoge de hombros.

—Ella es genial.

—Sí. Es genial. —Adrian cree que ese será el final de la conversación, pero después de una pausa, Finch añade—: Pero… ten cuidado, ¿sí?

Adrian lo mira.

—¿Qué quieres decir?

—Pues que… Ginny tiene un corazón muy grande, ¿sabes? Demasiado. Es posible que no vea esta relación tan a la ligera como tú.

—Ah. —Adrian busca entre la multitud a Ginny, a Clay y a Tristan. Están justo en el centro, bailando al ritmo de Lil Nas X—. ¿Tú crees?

—Supongo. Lo que tengo claro es que después de todo lo que pasó durante el primer curso…

—¿Durante el primer curso?

—¿No te lo ha dicho? —Finch limpia una gota de su vaso de plástico—. Estuvimos juntos. Más o menos.

—No. La verdad es que no me lo ha dicho.

Finch agita una mano.

—Da igual, colega. Seguramente no quería que te sintieras incómodo.

—¿Qué pasó?

Finch se pasa una mano por el pelo.

—Me gustaba. Mucho. Pero al final no fui capaz de darle lo que quería. —Suspira—. Y eso estuvo a punto de cargarse nuestra amistad. Por suerte, lo superamos, pero… no sé. Debería haber sido sincero con ella desde el principio.

—Entiendo. —El corazón empieza a latirle demasiado rápido en el pecho.

Finch le da una palmada en un hombro.

—No dejes que mis problemas te afecten, amigo. Tú parece que lo tienes claro.

Adrian observa que Clay y Tristan doblan hacia atrás a Ginny, que se ríe a carcajadas.

«No —piensa—. Qué va».

«De claro, nada».

De vuelta en el estudio, Ginny y Adrian yacen enredados en la cama, arropados con las ligeras sábanas de algodón.

Solo son las cinco, pero Adrian está agotado. Beber de día siempre le produce ese efecto: un subidón al principio y luego un desgaste constante a medida que el alcohol y la energía van desapareciendo de su organismo. Ginny está apoyada en su brazo y parece dormida. Le acaricia el pelo de forma distraída. Siente que una sensación cálida lo invade, la misma que sintió crecer en su interior la primera vez que lo hicieron. Cierra los ojos.

Justo antes de que el sueño lo venza, Ginny susurra:

—Me gustas, Adrian.

Abre los ojos. La luz del atardecer inunda el estudio. Unos mortecinos rayos de sol iluminan la cocina, el sofá, las botellas de *whisky* sin abrir, el frigorífico vacío. Adrian casi no pasa tiempo en ese lugar. Un sitio construido para una persona, normalmente vacío, que en ese momento alberga a dos.

Las palabras de Finch resuenan en su cabeza: «Debería haber sido sincero con ella desde el principio».

Le gusta Ginny. De hecho, le gusta mucho. Es divertida. Es impredecible. Le provoca una especie de corriente eléctrica, incluso cuando está sobrio. Pero todavía no sabe si tienen un verdadero futuro juntos. Necesita tiempo para averiguarlo.

Por desgracia, el tiempo es lo primero que perdió cuando aceptó un trabajo en la banca de inversión.

Además, está cansado. Mucho. Cansadísimo.

—Ginny —se da media vuelta para mirarla a los ojos. Solo va a decirlo una vez y espera que ella lo entienda—, me gustas. En serio. —Una pausa—. Pero mi vida ahora mismo es un infierno. Si te soy sincero, no sé ni cómo sigo vivo. No puedo… No tengo la capacidad mental para mantener una relación de verdad.

Es como ver una flor cerrarse sobre sí misma.

—Pero eso no significa… —Adrian busca las palabras. Porque hasta este momento se ha limitado a cortar relaciones, sin darles la oportunidad de convertirse en algo más. Y no sabe cómo hacerlo—. Me gustas. No quiero dejar de verte.

Por un momento, Ginny se queda totalmente ausente. Abre la boca. Aparta la mirada. El pecho no se le mueve y se queda tan inmóvil como una muñeca abandonada a su suerte en el desván.

El pánico lo invade al pensar que Ginny puede echarse a llorar. Está desnuda en su cama y puede echarse a llorar. Hace ademán de tomarla de una mano, pero se detiene. Mira a su alrededor. Eso no era lo que pretendía. Solo quería que ella lo entendiera. Que supiera a qué atenerse. Ginny no puede seguir con él pensando que va a darle más de lo que puede.

Antes de que el pánico aumente, Ginny parpadea dos veces y vuelve a la vida.

—Lo siento. Es que… —Carraspea. Sonríe. Le da un codazo en el brazo—. ¿Te queda todavía vino de cerezas ácidas?

Tras una sola copa de vino, que beben desnudos bajo la sábana, Ginny dice que debería marcharse.

—¿En serio? —Adrian se incorpora y la sábana se le desliza hasta la cintura.

—Sí. Tengo que… Estoy preparando una nueva sección para el boletín de la semana que viene —miente.

Él parpadea.

—De acuerdo.

Ginny se pone la falda, la ropa interior, el top corto y los zapatos blancos de plataforma. Lo hace deprisa, a sabiendas de que cuanto más tiempo pase, mayor será el riesgo de que empiece a llorar. Ha aguantado todo lo que ha podido, pero siente que empieza a derrumbarse. Al principio, Adrian se limita a mirar, confundido. Luego se levanta de la cama y empieza a vestirse también. Cuando se coloca el bolso al hombro y está lista para irse, él ya se ha puesto la ropa interior.

—Gracias por el vino —dice.

Adrian tiene un pie en la cocina, y ese torso largo y desnudo se vuelve hacia ella. No parece saber qué hacer con las manos.

—De nada.

Ginny se adelanta y le da un abrazo, rápido y fuerte.

—Ya nos veremos.

—Sí. Ya nos veremos.

Luego sale por la puerta y baja corriendo la escalera.

Corre calle tras calle, toldo tras toldo. Apenas se fija en la gente con la que se cruza. Gente que va de cena y de marcha, vestida con ropa que se ha probado seis veces, justo al comienzo de una noche llena de promesas. No se ha subido la cremallera de la falda y se le va bajando por las caderas.

Cuatro años sin sentimientos románticos hacia ningún hombre y, en ese momento, siente que la vida se le escapa del cuerpo. No puede creer lo mucho que le duele.

Debería haberlo esperado. Las veces que Adrian ha cancelado sus citas, el tiempo que tarda en contestarle, que todo el esfuerzo haya tenido que hacerlo ella... Pues claro que no estaba interesado en mantener una relación de verdad. ¿Las ridiculeces sobre la falta de tiempo? Qué excusa tan conveniente. No es el primer hombre que le dice «Ahora mismo no quiero novia» en vez de «No te quiero a ti como novia».

Una parte de sí misma ni siquiera se sorprende. Toda esa experiencia solo confirma lo que ya sabía: que está mal. Que algo en ella —algo fundamental, cosido a las fibras de sus músculos, a la médula de sus huesos— le impide merecer el amor.

«Amor».

Es imposible que sienta eso por Adrian, ¿verdad? Dos meses. Solo han pasado dos meses. Si el amor es un fuego, él apenas ha sido la llama de una vela.

Claro que una vela basta para iniciar un incendio.

Dobla la última esquina hacia Sullivan Street. Ve pasar los conocidos carteles uno tras otro: Brigadeiro, Pepe Rosso's, Dutch. No sabía que fuera posible sentirse tan vacía.

Se ha pasado toda la vida buscando el vacío manteniéndose apartada de la comida. No sabía que lo único que tenía que hacer era entregarle el corazón a alguien que no lo quería.

En Chelsea, Adrian se sienta en el sofá y pone una película. Intenta concentrarse. Intenta olvidarse de Ginny.

No funciona. No puede dejar de pensar en ella. El destello de dolor en su expresión. El vacío repentino en sus ojos. Lo rápido que se ha vestido para irse, como si no soportara estar cerca de él. En realidad, su intención solo era la de aclarar en qué punto se encontraba, no ponerle fin a las cosas para siempre.

Un dolor aterrador se extiende por su pecho. Se lleva una mano a la camiseta, que se aferra con un puño. «¿Qué es esto? ¿Se puede saber qué me está pasando? ¿Estoy...?».

No. Ni siquiera va a pensar la palabra. No puede. Sabe lo que pasa cuando el amor entra en la ecuación. Sabe lo fugaz que es. Lo resbaladizo. No hay promesas. Nada es seguro.

Lo sabe mejor que nadie. Su padrastro se lo enseñó hace años.

El problema es que no lo ha tenido en cuenta.

Adrian pensaba que su madre se casó por amor. Así es como funciona, ¿verdad? Te enamoras, te casas. Esa era la ecuación que existía en su cerebro cuando tenía nueve años. Por eso, cuando su madre anunció que se mudaban a Estados Unidos para poder casarse con un hombre llamado Scott, él supuso que estaba enamorada.

Se alegró por ella. Su *anya* se había pasado la vida trabajando. Trabajaba e iba a misa. Y aunque él solo tenía nueve años, entendía su comportamiento como una forma de afrontar la prematura muerte de su padre. Eso era lo que su *nagyanya* le decía. Y aunque detestaba la idea de dejar atrás su querida Hungría por un país nuevo y extraño, esperaba que su *anya* por fin fuera feliz al encontrar el amor verdadero. Una madre enamorada a lo mejor pasaba tiempo en casa. A lo mejor sonreía.

Por aquel entonces, Adrian creía en el amor verdadero. ¿Cómo no iba a hacerlo? Pasaba mucho tiempo con su *nagyanya* y su *nagyapa,* que llevaban cincuenta años casados y todavía se tomaban de la mano para ir a cualquier sitio. Y, además, no paraban de hablar del amor que su difunto hijo sentía por la madre de Adrian. Un amor puro. Un amor perfecto. Que provocó un dolor horrible cuando acabó.

—Su amor habría durado toda la vida —solía decir su *nagyanya.*

La boda en Indiana no fue lo que Adrian esperaba. Creyó que habría flores, un romántico intercambio de votos, una multitud de alegres invitados lanzando arroz. No una catedral vacía. No una tarde gris de lunes. Ni un sacerdote cuya voz resonaba en las paredes del templo llevando a cabo el sacramento como si leyera un libro de texto. No hubo flores. Ni arroz. Solo una ceremonia muy rápida y un incómodo almuerzo posterior en un establecimiento con asientos de madera pegajosa y cartas plastificadas.

Sin embargo, Adrian mantuvo la esperanza. Aunque su madre no tomara a Scott de la mano ni lo mirara a los ojos con cariño, cuando por fin abrió la puerta de su casa de ladrillo rojo en Meridian Street —cuando dejó la maleta una vez en el vestíbulo y miró la escalera enmoquetada y el cuadro colgado en la pared, un bodegón con tres peras—, Adrian casi creyó verla sonreír.

Pasó una semana. Dos. Adrian se instaló en su dormitorio y releyó sus libros preferidos. Beatrix salía de casa todas las mañanas y no volvía hasta la hora de la cena. Ya estaba haciendo amigos. Adaptándose. A veces, veía a su hermana a través de la ventana de su habitación, pedaleando por Meridian Street entre un mar de niños en bicicleta. Su casco plateado y su coleta castaña encajaban perfectamente con el resto.

Adrian, que estaba demasiado asustado para unirse al grupo, pasaba los días en casa, con Scott y su madre. Su matrimonio era extraño. Su padrastro no hablaba húngaro y su madre solo sabía un inglés básico. Sus conversaciones consistían sobre todo en asentimientos de cabeza, gestos con las manos y silencio. De vez en cuando, su madre sonreía por algo que decía Scott. Una vez, Adrian incluso vio que le apretaba la mano.

El colegio empezó a finales de agosto.

Adrian y Beatrix llegaron sentados en el asiento trasero del coche de Scott, que conducía su madre, ya que su padrastro estaba demasiado ocupado trabajando —en un trabajo descrito tan vagamente que Adrian no acabó de entenderlo— con sendas y flamantes mochilas JanSports a la espalda. Después de bajarse del coche, Beatrix lo tomó de la mano y lo llevó al otro lado de la calle, hacia el muro de piedra y la valla de hierro forjado que marcaban la entrada del parque Tudor. Mientras caminaba hacia su nueva escuela, tomado de la mano de Beatrix, que no paraba de saludar con la otra a sus nuevos amigos, Adrian pensó que aquel lugar no parecía una escuela, sino un lugar donde un rey mandaría a sus hijos.

La clase fue un desastre. La maestra lo obligó a presentarse, algo que consistió en tartamudear unas cuantas frases que había memorizado en el cuarto de baño esa misma mañana —«Me llamo Adrian Silvas, tengo nueve años, soy de Budapest»— antes de sentarse rápidamente en el centro de la clase. Sus compañeros lo miraron sin pestañear. Durante toda la mañana, intentó tomar apuntes, pero lo único que podía hacer era mirar los labios de la maestra, que no paraba de soltar una frase tras otra en un rápido inglés. Su bolígrafo revoloteaba en vano sobre un cuaderno en blanco.

A la hora de comer, pensaba aislarse en un rincón apartado de la cafetería. Sacaría una de sus novelas húngaras y fingiría estudiar. En cambio, lo acosaron nada más atravesar la puerta.

Chicas. Montones de ellas, todas nacidas y criadas en Indiana. Charlaban con él. Le tocaban los hombros y los brazos. Cuando se hizo con su bandeja y echó a andar hacia la cola para servirse el almuerzo, lo siguieron. Cuando llevó la bandeja a una mesa vacía, lo siguieron. Abarrotaron los asientos a su alrededor. Chicas por todos lados, todas mirándolo con ojos muy abiertos y curiosos. Susurraban entre ellas. Captó algunas palabras, como «guapísimo» y «ese acento». Se peleaban por su atención. Pestañeaban de forma exagerada. Se tocaban mucho el pelo. Adrian no sabía qué hacer con todo aquello.

Se limitó a sonreír y a asentir con la cabeza. Cuando sonó el timbre, una chica guapa de pelo corto y rubio lo tomó de la mano y pensó que había conseguido su primera novia sin hacer nada.

Se fue al recreo de buen humor. Si las chicas lo habían aceptado tan rápido, seguro que los chicos también lo harían.

No hubo suerte.

En el patio, los chicos empezaron a jugar al fútbol, aunque allí lo llamaban de otra manera. A Adrian le gustaba el fútbol. En Hungría, jugaba a menudo uno contra uno con su mejor amigo, Jozsef. Salió al campo con una sonrisa en la cara, dispuesto a jugar.

Cuando preguntó en húngaro si podía jugar, los chicos no contestaron. Le dieron la espalda mientras se dividían en equipos. Lo empujaron cuando intentó unirse a ellos y luego corrieron a sus respectivos lados. El único chico que le hizo caso fue un desgarbado alumno de cuarto que llevaba un aparato de color verde en la boca. Apretó los dientes cubiertos por los alambres, masculló una palabra que sonó como un puñetazo en el estómago y luego le escupió a Adrian en los zapatos.

En casa, Adrian se esforzó por hacer los deberes. Al final, se rindió y encendió la tele. Fue cambiando de canal hasta que encontró dibujos animados. Acto seguido, se acomodó para verlos, deseando que pudiera entender los diálogos por arte de magia en su cerebro.

Pasó un mes. Dos. En el colegio las chicas seguían admirándolo como si fuera un objeto de museo. La chica rubia dejó de tomarlo de la mano, pero no tardó en sustituirla una pelirroja de brillantes ojos color ámbar. Los chicos siguieron dándole la espalda.

Aprendió inglés despacio y con mucho esfuerzo. Su cuaderno pasó de estar completamente en blanco a contener algunas frases a medio entender. Algunas las aprendió más rápido que otras, sobre todo las que oía una y otra vez, como «No te molestes, no te entiende» o «Dale ese al extranjero».

Todos los días, después del colegio, hacía los deberes, veía unas horas la televisión y cenaba con Beatrix y su *anya*. Scott siempre estaba fuera. En el trabajo. Adrian sabía que debía de hacer algo importante, dado el tamaño de su casa, pero nunca logró averiguar qué era.

Cuando le preguntaba a su *anya,* ella nunca le daba una respuesta clara.

Sin embargo, cuando Scott estaba en casa, Adrian observaba atentamente sus interacciones con su madre. Los veía evitarse, dormir en habitaciones separadas, ofrecerse de vez en cuando una sonrisa tranquila. Los observaba y se preguntaba: «¿Esto es amor?».

Tenía que serlo. Eso se decía a sí mismo. ¿Por qué si no los habría desarraigado su madre a Beatrix y a él de la vida que llevaban en Budapest, donde él era feliz? ¿Por qué si no iba a obligarlo a asistir a clases impartidas en un idioma que no entendía, a aguantar a esos niños que se reían de su inglés chapurreado y le tiraban bolas de papel arrugadas donde habían garabateado palabras a toda prisa?

Palabras que ahora entendía, como «subnormal» y «retrasado» y «nazi».

Seguro que no lo haría pasar por eso si no fuera amor verdadero. Seguro que valdría la pena.

Eso creía Adrian. Y por eso, cuando llegó a casa del colegio dos años después —ya adaptado a la vida en Estados Unidos, olvidado por fin el acoso al que lo sometieron al principio y con amigos— y se encontró a su madre en la acera, con sus pertenencias guardadas en dos cajas y los ojos hinchados y enrojecidos, no lo entendió. No lo entendió cuando se desplomó sobre el hombro de Beatrix. No lo entendió cuando dijo:

—Hoy he hecho el último pago. —No lo entendió cuando añadió—: Ya no quiere saber nada de nosotros. Nos ha echado.

Su madre no salió de la cama durante un mes.

Después de que Scott los echara de la casa de Meridian Street, se mudaron a un minúsculo dúplex de dos dormitorios en Westside, el único barrio que podían permitirse. Adrian le suplicó a su madre que los llevara de vuelta a Budapest.

—¿Por qué nos quedamos? —preguntaba en húngaro mientras sacaba sus pertenencias de las cajas. Su madre ya se había acostado.

Sin sábanas, sin colcha. En el colchón sin más—. Si tu matrimonio se ha acabado, ¿qué nos retiene aquí?

—Nada —contestó su madre en húngaro.

—¿Y entonces?

—Eso era todo lo que tenía, Adrian. Mis ahorros. Todos. Usé todo mi dinero para pagarle por nuestro matrimonio. —Se le quebró la voz—. No puedo pagar el viaje de vuelta. —Se tumbó de costado y cerró los ojos.

En aquel entonces, Adrian tenía once años. Había espabilado en los dos años transcurridos. Se encargó de cuidar a su madre. Beatrix (que tenía quince años y salía de casa demasiado tarde y volvía todavía más tarde oliendo un poco a alcohol) no parecía dispuesta a ayudar.

Westside no era un barrio seguro. Casas destartaladas. Ladrillos desmoronados. Basura en los jardines delanteros. Escopetas en los armarios.

—Todo el mundo tiene una —le dijo un chico que vivía en su misma manzana—. Puedes comprarla en Walmart. Mi hermano mayor compró allí la nuestra.

Por la noche, se sentaba con su madre y le leía en húngaro. Libros para adultos, aunque él fuera demasiado joven. Su *anya* se despertaba varias veces a lo largo del día y volvía a dormirse. Cuando estaba despierta, apenas reaccionaba a las historias, pero él esperaba que lo escuchara de todas formas.

«Esto es lo que pasa cuando depositas tu confianza en otra persona», pensó mientras la observaba retorcerse en sueños, agarrando la sábana entre los puños como si estuviera atrapada en una pesadilla. «Esto es lo que provoca el amor». Había llegado a la conclusión de que podría sentirlo, de que podría superar la culpa que albergaba por la muerte de su padre al ver que su madre encontraba un nuevo amor y era feliz como siempre había esperado que sucediera.

En cambio, la culpa aumentó.

Le colocó a su madre un mechón de pelo detrás de la oreja. Ella soltó un pequeño gemido.

«No lo quiero —decidió—. No lo quiero y nunca lo querré».

Ginny arrastra los pies por el pasillo y entra en el salón. No espera encontrar a nadie despierto, así que se sorprende cuando ve a Finch sentado en el sofá, con los pies sobre la mesita.

—Hola, ¿qué tal la c…? —Finch deja de hablar cuando ve sus párpados hinchados—. ¿Gin? Mierda, ¿estás bien?

—Estupendamente. —La última persona con la que quiere hablar es Finch.

O quizá sea la persona con la que más quiere hablar, lo que es todavía peor. Se da media vuelta y echa a andar hacia su dormitorio, pero Finch se planta delante de ella al instante y le bloquea el paso.

—¿Qué ha pasado? —le pregunta.

—Nada.

—Mentira.

Intenta esquivarlo, pero él también se mueve.

—¿Ha sido Adrian? —le pregunta, enfadado a esas alturas—. ¿Qué te ha hecho?

Ginny levanta la cabeza de inmediato para mirarlo.

—¿Y a ti qué te importa? —le suelta—. En la universidad, no me hiciste ni caso. ¿Desde cuándo te preocupas por mí?

Finch retrocede un paso.

—Pero ¿qué dices? Somos grandes am…

—No te atrevas a decir eso. —Tal vez sea la bebida. Siente que el vino y los margaritas giran dentro de su cabeza, empujándola a decir lo que no diría sobria—. Ni se te ocurra decir que somos grandes amigos. Sí, formamos parte del mismo grupo de amigos. Sí, fingimos que no me has dejado para volver con tu exnovia… dos veces. —Traga saliva—. Pero los dos sabemos que no es verdad.

Lo ha dicho. Acaba de referirse a la noche del último año. La que ninguno de los dos ha mencionado nunca. La noche que ella bebió demasiado en una fiesta de Sig Chi y acabó en la habitación de Finch, en la cama de Finch, llorando a moco tendido, hipando y confesando tres años de emociones reprimidas. La noche que él le dijo que no correspondía sus sentimientos. Que estaba sola. Como siempre.

—Ginny… —dice él.

—No. —Lo interrumpe, alejándose—. Ni se te ocurra, Alex. Ya tengo bastante cosas con las que lidiar ahora mismo.

Finch abre la boca. Levanta una mano y se rodea la cabeza para acariciarse la ceja…, el gesto que siempre lo traiciona.

—Es que… —Baja la mano de nuevo—. Ya sé que lo estás pasando mal. Y me preocupo por ti.

—¿Ah, sí? ¿Te pasas las noches en vela por mi culpa?

—Más de lo que crees.

Intenta esquivarlo de nuevo, pero Finch extiende un brazo y la agarra del codo. Contiene el aliento. Sabe que debería apartarlo, pero…

—¿Qué?

—Pues que… —Echa un vistazo hacia el salón—. Ven. Siéntate. —Se dirige al carrito de las bebidas y sirve dos vasos de *whisky*. Le da uno a ella—. Cuéntame qué ha pasado.

Ginny está a punto de decirle que no. De mandarlo a la mierda y decirle que vaya en busca de Hannah. Eso es lo que siempre hace, ¿verdad? Pero con eso no conseguiría nada. En cambio, se tumba en el sofá y bebe un sorbo de *whisky*. Es un ardor sensual, diferente del vodka o del tequila.

—No quiere estar conmigo.

Finch frunce el ceño con lástima. Así es él, teatral a la hora de expresar sus emociones con gestos.

—Lo siento, Gin.

—Duele.

—Lo sé.

—Es que… —Se lleva el vaso de nuevo a los labios y se bebe el contenido de un trago—. Estoy harta, ¿sabes? Harta de ser la que nadie elige nunca.

Finch baja la mirada. Se hace el silencio entre ellos, pero a Ginny no le importa. Le apetece que se sienta mal. Que sepa cuánto daño le ha hecho.

—Te mentí —dice él en voz baja—. La noche del último año. Te mentí.

—¿Cómo dices? —Hace una pausa—. ¿Qué?

—Cuando dijiste que te gustaba. Te mentí. Yo… Yo sentía lo mismo. —Apoya el vaso en una rodilla—. Dios, claro que sentía lo mismo, Gin.

—Entonces ¿por qué…?

—Hannah y yo acabábamos de hablar por teléfono esa misma mañana y habíamos quedado en volver a intentarlo. —Traga saliva—. No podía…, no podía decírtelo sin traicionarla.

Ella menea la cabeza.

—Eso no… Yo no…

—Lo sé. —Sus ojos… le resultan muy familiares, como pequeños círculos de madera flotante—. Me arrepentí en cuanto saliste por la puerta.

El pecho de Ginny se agita con fuerza, el aire entra y sale de sus pulmones como si se hubiera roto un dique.

—¿Desde cuándo? —le pregunta con voz imperiosa—. ¿Desde cuándo sientes eso?

Los labios de Finch esbozan una sonrisa triste.

—Desde siempre. —Cuando le suelta el codo, el aire cálido estival lo sustituye, ocupando su lugar—. Es raro. —Aparta la mirada y empieza a golpear la alfombra con un pie—. Antes del primer curso en la universidad, creía que lo tenía todo controlado. Que Hannah y yo nos casaríamos, que yo trabajaría y me dedicaría también a la música, que tendríamos un montón de hijos y que viviríamos felices para siempre. —Vuelve a mirar a Ginny—. Pero entraste en mi vida. —Levanta la botella de *whisky* y se sirve otro vaso—. Y te cargaste todos mis planes —dice.

—Lo siento.

—Yo no. —Sonríe. Luego se levanta y echa a andar hacia su dormitorio. Abre la puerta y se detiene—. Soy feliz con Hannah. De verdad. Pero a veces… —Mira por encima del hombro y sus miradas se cruzan un segundo—. A veces, me pregunto si tomé la decisión correcta.

Cuando Finch cierra la puerta, Ginny se queda sola durante cinco minutos. Se queda mirando la puerta de su dormitorio, oyendo su última frase en un bucle continuo.

«A veces, me pregunto si tomé la decisión correcta».

¿Ha sido una indirecta? ¿Va a cortar con Hannah? Ginny la conoce porque la vio en un par de ocasiones, cuando fue de visita a Harvard. Le resultó simpática. No quiere desearle ningún mal, pero...

La esperanza, pequeña, pero embriagadora, revolotea en el centro de su pecho.

Sabe que no debería hacer esto. Que no debería poner su corazón en manos de alguien que tiene pareja. Pero cuando piensa en la alternativa —cuando se imagina ese mar de oscuridad en el que sintió que se hundía mientras volvía a casa—, todos los músculos de su cuerpo se agarrotan a la vez. No puede soportar la tristeza que la invade cuando piensa en Adrian. No puede acabar hundiéndose.

Así que, ¿por qué no permitirse un nuevo flechazo? ¿Por qué no aferrarse al salvavidas que flota al alcance de su mano, máxime cuando el hombre en cuestión tiene pareja y una relación entre ellos no irá a ninguna parte?

Inhala. Exhala.

Decidido, entonces. No perseguirá más a Adrian. Dejará de enviarle mensajes, dejará de responder a sus historias de Instagram. Si de verdad le gusta, él la buscará. ¿Y si no?

Tendrá su respuesta.

De vuelta en su habitación, Ginny saca su cuaderno por primera vez en semanas. Se queda mirando su interior vacío. Página tras página, espacio en blanco tras espacio en blanco. Nada desde el día que llegó a Nueva York. No tiene ninguna historia que escribir. No tiene personaje, ni trama, ni escenario. Solo tiene una frase. Diez palabras que dan vueltas dentro de su cabeza. Las escribe a la carrera. Tan pronto como las extirpa de su cuerpo, vuelve a cerrar el diario, agotada.

Solo nos decimos la verdad cuando ya es demasiado tarde.

Dos semanas después.

Por mucho que Adrian se concentre en el trabajo, su mente no deja de regresar al teléfono móvil. A Ginny.

Lleva días así. Sumido en un bucle constante de preguntas: ¿Por qué se fue corriendo tan rápido el último día? ¿Por qué no le ha mandado ningún mensaje desde entonces? ¿De verdad es por lo que dijo? A ver, no es que de repente haya decidido que quiere una relación —dada su apretada agenda laboral, eso sigue descartado—, pero se había acostumbrado a su presencia, a su sonrisa, al calor de ese cuerpo tan menudo acurrucado junto al suyo. Su ausencia lo ha dejado en *shock.* Como un viejo amigo que se va sin avisar.

El móvil le vibra con una notificación. Lo levanta y comprueba el mensaje de correo electrónico que acaba de llegar a su bandeja de entrada personal. Es de la jefa de Estrategia Internacional de Disney, la mujer que le hizo la última entrevista.

> Hola, Adrian:
>
> Me gustó mucho tu entrevista. He hablado con el equipo y todos estamos de acuerdo en que encajarías a la perfección.
>
> Me complace hacerte una oferta oficial de trabajo como analista global para nuestra filial de Europa del Este, aunque trabajarías desde nuestra sede de Nueva York. Si decides aceptar...

El corazón empieza a latirle con fuerza. Con dificultad, abre la aplicación de mensajes para enviarle uno a Ginny con la buena noticia. ¡Es libre! ¡Por fin va a ser libre! Se desplaza hacia abajo, buscando su contacto.

Y, entonces, se acuerda.

PARTE III

Un año después

Adrian debería estar más nervioso. Eso es lo que piensa mientras su chófer —un hombre muy mayor que conduce un Suburban de 1974 con los asientos de cuero rotos— lo lleva desde el aeropuerto Ferenc Liszt hasta la casa de Tristan en Hegyvidék, el elegante Distrito XII de Budapest.

Le resulta raro no ir directamente a la casa de sus abuelos en Szentendre. El barrio por el que ahora conducen no se parece en nada al distrito de los artistas. Son solo calles cerradas y coches deportivos europeos. Guardias de seguridad y complejos privados en las montañas. Casi huele la riqueza que baja por la ladera, incluso a través de las ventanillas cerradas del Suburban.

—¿Tienes una casa aquí? —le pregunta el conductor en húngaro.

—*Nem* —contesta—. Mi amigo sí.

Adrian se sorprendió al recibir la invitación para reunirse con sus antiguos compañeros de piso durante una semana de vacaciones en Europa. Desde que las cosas terminaron con Ginny, apenas ha pasado tiempo con ellos. No es nada personal; después de empezar en su nuevo trabajo, quedó absorbido por la cultura social de Disney, con la agenda llena de «horas felices», conferencias y retiros de empresa. De repente, dejó de tener tiempo para sus amigos de la universidad. Habría supuesto que su ausencia disuadiría a sus antiguos compañeros de invitarlo a un viaje en grupo. Pero parece que no.

O quizá simplemente se sentían culpables por no invitar a su amigo húngaro a Hungría.

Para él, el viaje no podía llegar en mejor momento. Acaba de terminar su primer gran proyecto en Disney: un trabajo de diez meses para perfilar la estrategia del nuevo servicio de *streaming* de la empresa en el extranjero. Su área de interés: Europa del Este, incluida Hungría.

Trabajar para Disney parece lo más. Pero no lo es. Aunque delante de la pantalla, el contenido de Disney es absolutamente mágico, la maquinaria que hay entre bambalinas es un conglomerado multimillonario de principio a fin. Y como cualquier otro conglomerado multimillonario funciona a base de burocracia, primas y estupideces.

A Adrian le encanta todo, no cambiaría nada.

Aunque no intervenga en la creación de los contenidos, es quien se asegura de que lleguen a manos de niños como él. Los que ven dibujos animados tirados en el suelo de la casa de sus abuelos en Hungría, Bulgaria o Rumanía.

El servicio de *streaming* se anunció en todo el mundo hace dos semanas, lo que supuso el final de casi un año de trabajo y la oportunidad perfecta para que Adrian se fuera de vacaciones. Se ha tomado tres semanas: una para estar con sus amigos y dos para pasarlas con sus abuelos.

La casa hacia la que ahora se dirigen la ha alquilado el padre de Tristan para un retiro de empresa ese mes. Según Tristan, los organizan todos los años en distintos sitios: Costa Rica, Londres, Singapur, Budapest... El padre de Tristan es una persona de éxito aterrador: el director de uno de los mayores fondos de protección de Nueva York, mencionado en una ocasión por el *Wall Street Journal* por su costumbre de tumbarse en el suelo de las salas de reuniones y fingir que está dormido cuando quiere que termine una reunión. No es ningún secreto que Tristan se ha pasado toda la vida buscando el mismo éxito de su padre. Si lo emborrachas lo suficiente, te lo contará todo.

Sin embargo, ver a Tristan no es lo que lo pone nervioso. Ni mucho menos.

Porque Ginny está en esa casa, bebiendo con el resto, esperando a que él llegue.

Después de aquella tarde que le dijo que no buscaba una relación seria después de haberse acostado con ella, Ginny no volvió a mandarle ni un solo mensaje de texto. Aunque debería sentir que se había librado de una buena —era evidente que ella tenía otras ideas—, por raro que parezca, cuando dejó de tener noticias suyas, fue como si hubiera perdido algo que ni siquiera sabía que tenía.

Ahora van a pasar una semana juntos, y no tiene ni idea de cómo se va a comportar ella con él. ¿Se mostrará amistosa? ¿Fría? ¿Sentirá ese consuelo tan raro de antes, esa manta cálida que lo envolvía cuando ella estaba cerca, o todo será incomodísimo? Unas semanas antes, se enteró de que Finch y Ginny estaban juntos; pero después, en otro momento, le contaron que Finch seguía con su novia del instituto. No sabe qué historia es cierta.

Tiene la sensación de que está a punto de descubrirlo.

Ginny es adicta a Finch. Mientras se sirve dos copas de vino en la barra al aire libre, le resulta imposible no mirar hacia donde él está sentado en una de las tumbonas junto a la piscina. Cada vez que lo hace, lo descubre mirándola.

Ginny aparta la vista antes de que Clay y Tristan se den cuenta. Aunque tampoco se van a sorprender. Todo el mundo sabe lo que pasa entre Ginny y Finch, aunque nadie lo admita.

Detrás de una de las muchas colinas de Hegyvidék, empieza a ponerse el sol, tiñendo Budapest de un oscuro resplandor anaranjado. La casa de Tristan se alza en la cima de la cresta de una montaña. Desde la terraza de la piscina, tienen una vista despejada del valle. Un valle que desciende y serpentea, salpicado de pinos y tejados multicolores.

Al bajar los escalones de piedra desde la barra exterior se encuentra la piscina, conectada a una cascada de tres niveles con una bañera de hidromasaje en lo más alto. En frente de la piscina está el jardín, en sombra gracias a los manzanos y los cerezos. Es, con diferencia, la propiedad más bonita en la que se ha alojado Ginny.

La familia Murphy pasaba la mayor parte de las vacaciones en su caravana, un remolque de 1995 con tres literas en el que cabían sus cinco hijos y un perro, y así recorrieron todos los rincones de Estados Unidos. Si se alojaban en un hotel o en un hostal, era de tres estrellas, de modo que la cena era el Applebee's de la calle de al lado y los tentempiés de medianoche salían de una máquina expendedora.

Esa casa —en realidad, toda la vida que Ginny lleva— fue un efecto secundario imprevisto de haber estudiado en Harvard. Ginny estuvo tan concentrada en hacer lo correcto —seguir el camino correcto, sacar las notas correctas, practicar los deportes extraescolares correctos para garantizarse una plaza en la universidad correcta— que nunca se paró a pensar en el cambio tan drástico que sufriría su vida solo por las personas a las que iba a conocer.

Saca el móvil para mandarle un mensajito a su madre y hacerle saber que han llegado todos de una pieza y que su plan sigue siendo el de volver a Nueva York el sábado siguiente. Si ella se sorprende por el rumbo que ha tomado su vida, su madre está en las nubes; su hija va a explorar el mundo como ella nunca pudo.

Ginny se guarda el móvil en el bolsillo y aferra las copas por el tallo antes de cerrar el frigorífico con la cadera para dejar atrás la barra —una isla de granito flanqueada por una barbacoa y un horno de leña para *pizzas*— y volver junto a los chicos. Se sienta en los pies de la tumbona de Finch, sobre las piernas dobladas, y le ofrece la segunda copa. Él le guiña un ojo.

Estas vacaciones han llegado en el momento oportuno. Después de pasar un año dejándose la piel para impresionar a Kam, su jefa por fin mantuvo una conversación con ella. La que estaba esperando: un ascenso. Un salto de supervisora de comunicación global a directora. Todo va según lo previsto.

En cierto modo.

Ginny sabe que esa relación tan estrecha que han desarrollado Finch y ella está mal. No porque hombres y mujeres no puedan ser amigos; ella ha demostrado una y otra vez que eso es un mito falso. No, está mal porque Hannah y él siguen juntos. Y aunque Finch y ella se dicen «amigos», en realidad son mucho más.

Su amistad tiene algo de seductor. Quizá es por su forma de mirarse: siempre más tiempo de la cuenta, siempre con algo en el fondo de los ojos. O quizá es el tira y afloja, el hecho de que Ginny decida un día que eso que hay entre ellos tiene que acabar; pero, al siguiente, se siente a los pies de la cama de Finch, riéndose con más ganas que en toda la semana.

Finch es la primera persona a la que llama cuando algo va mal, la primera a la que le manda un mensaje de texto cuando algo va bien. Ese papel solían desempeñarlo Clay y Tristan, pero se ha alejado poco a poco de sus dos mejores amigos. Es triste, pero eso es lo que pasa, ¿verdad? Eso es ser adulto. Las amistades cambian. Se estrechan o se disuelven despacio. Finch y ella... tienen algo especial.

En el piso, ella siempre se sienta a su lado en el sofá. Él aprendió a tocar con la guitarra sus canciones preferidas de *country* y las cantan juntos, y su voz es prácticamente un gemido ronco al lado de la de Finch. Pasan tanto tiempo juntos que lo suyo podría tildarse de relación. Y lo es, en el plano emocional.

Por la noche, cuando se toca, se imagina a Finch despierto a tres metros de distancia. Se imagina levantándose de la cama vestida solo con el sujetador y acortando esos tres metros. Metiéndose en la cama con él. Quitándole los calzoncillos. Guiándolo hasta su interior. Es incapaz de imaginarse a otro hombre. No desea a nadie más. Sabe que él también se lo imagina.

—Ginny —dijo Clay una noche mientras esperaban que les llevasen los chupitos en el Dream Baby. Ginny se había pasado la última media hora bailando con Finch alrededor de su mesa—, tiene novia.

—Ya lo sé. —Aceptó dos gajos de lima del camarero—. Solo somos amigos.

—¿En serio?

—Por supuesto. ¿Nos has visto besarnos?

—No. —Clay dobló la cuenta que les había dado el camarero y añadió una propina—. Es que… me preocupo por ti, ¿sabes?

—Por favor. Que hablamos de Finch. Es uno de tus mejores amigos.

—Lo es. Pero tú también. Y teniendo en cuenta el comportamiento de Finch con las chicas…

Ginny le ofreció el chupito de tequila que había pedido Clay.

—Te preocupas demasiado.

Y con razón, por supuesto. Porque dio en el clavo. Pero Ginny sabía que si intentaba explicar la energía, el vínculo que los conectaba a Finch y a ella, Clay no lo entendería. ¡Si casi no lo entendía ella! Solo sabía que, cuando estaba con Finch, el tiempo no existía. Las horas podían convertirse en minutos.

También hubo momentos difíciles. Finch es temperamental. Puede estar sonriendo, riendo a carcajadas y contando historias sin parar y, de repente, de buenas a primeras, se muestra sarcástico e insensible. Casi cruel. Ginny odiaba cuando afloraba esa faceta de Finch. Echaba de menos a su mejor amigo.

—Adrian ya está llegando —anuncia Clay, que deja el móvil en la mesa de piedra junto a la tumbona.

—Por fin —dice Tristan—. No me puedo creer que se quedara un día más solo para trabajar. Ya ni siquiera trabaja en finanzas.

Adrian.

Adrian ya viene. Ginny siente un pellizco provocado por los nervios en el fondo del estómago. Es algo sutil, no como lo que sentía meses antes. Aunque nada ha sido igual desde Finch, claro.

Su relación con Finch no se parece en nada a su relación con Adrian. No hay largos silencios. No se quedan sentados mientras se preguntan en qué estará pensando el otro. Se lo cuentan todo. Se cuentan demasiado. Adrian es como un sueño lejano. Le resulta increíble que hasta llorase por él en algún momento. ¿Cómo pudo pensar que lo suyo era pasión? ¿Cómo pudo pensar que era amor?

De todas formas... Eso no significa que la idea de verlo no la ponga nerviosa.

—¿Debería encender la barbacoa? —pregunta Clay. A sus veinticuatro años, a Ginny y a sus amigos les encanta jugar a ser adultos: beber vino, preparar sus propias cenas. Vivir en una casa que pertenece al padre de uno de ellos.

—Claro. —Tristan se levanta al tiempo que deja la copa de tinto en la mesa—. Vamos a elegir la carne.

Clay y Tristan echan a andar hacia las cristaleras que conducen a la casa. Cuando desaparecen de su vista, Finch se vuelve para mirarla.

—Bueno... —empieza—, Adrian.

Ella se quita un pelo invisible del brazo.

—¿Qué pasa con él?

—¿Crees que os enrollaréis esta semana?

Ginny baja la mano y clava la mirada en la puesta de sol.

—Tal vez.

—Ya veo.

Así es. El juego que se traen entre manos: cada uno finge que no le importa lo que hace el otro. «¿Hasta qué punto puedo fingir despreocupación? ¿Hasta dónde puedo alejarte antes de que volvamos a estar juntos de golpe?».

Es tóxico. Es destructivo.

Ginny está totalmente enganchada.

La gravilla cruje bajo las ruedas del coche cuando enfilan el camino de entrada. Adrian mira por el parabrisas. Por encima de ellos se eleva lo que solo puede describir como una villa que debería estar ocupada por el Padrino: paredes de estuco, ventanales, una gran entrada con puerta de doble hoja y un acogedor patio para el desayuno orientado al este.

Adrian no puede creer que esa sea la casa donde va a pasar la próxima semana.

El chófer aparca. Adrian abre la puerta y deja que la luz del atardecer se cuele en el interior. Cuando toca el camino de gravilla con los pies, oye un chasquido metálico junto a la casa y, al mirar, ve que la puerta de doble hoja se abre de par en par.

—¡Colega! —Clay es el primero que aparece a la carrera, con el pelo rojo al viento—. Has conseguido venir.

Adrian sonríe mientras Clay lo abraza.

—Por los pelos.

—¿Walt te hace trabajar duro?

—Sabes que lleva muerto algo así como cincuenta años, ¿verdad?

Clay se va a la parte trasera del coche para sacar la maleta de Adrian.

—Eso no quiere decir que no esté dándoles órdenes a los mandamases desde el más allá.

—No. —Adrian se cuelga la mochila al hombro—. Quien consiga hacer eso será Gates.

—La última versión: Microsoft Afterlife, tu sistema operativo para la otra vida.

—Outlook Beyond, tu bandeja de entrada en el más allá.

—A ver, idiotas, ¿estáis montando un negocio sin mí? —pregunta una voz a gritos desde la puerta. Miran hacia allí y ven a Tristan apoyado en el lateral de mármol de la puerta, con una copa de tinto en la mano.

—Ni se nos pasaría por la cabeza —contesta Adrian.

—Bien. —Tristan se aparta de la puerta y se acerca a sus amigos—. Porque no daríais pie con bola sin mi sabiduría financiera.

—Segurísimo.

Se abrazan, y Tristan los conduce al interior de la casa mientras va señalando con la copa las distintas partes. Cuando dice como si nada lo que cuesta el Mr. Brainwash del descansillo, Clay amenaza con coserle la boca con hilo dental. Adrian lo observa todo con cariño mientras recuerda incontables noches alrededor de la mesita del sofá en Sullivan Street.

—Y esta es la cocina.

La voz de Tristan hace que Adrian mire la gigantesca estancia en la que acaban de entrar. El suelo de mármol y el alto techo de madera enmarcan una enorme isla con encimera de motitas grises y blancas, alrededor de la cual hay montones de armarios, frigoríficos dobles de cristal esmerilado y una cocina Bertazzoni tan reluciente que parece recién salida de un restaurante profesional de Emilia-Romaña. Conociendo a Tristan, probablemente sea así.

—Bueno —dice Adrian, con la mirada clavada en el salón contiguo, donde hay un sofá tan grande que podrían sentarse veinticinco personas sin apretujarse—, no está mal.

Mientras da una última vuelta, su mirada se fija en las dos figuras sentadas muy cerca la una de la otra en una tumbona junto a la piscina. Ginny y Finch.

Le tiembla el puño izquierdo.

Clay sigue la mirada de Adrian al exterior.

—Ah —dice—, sí, la pareja feliz.

—Así que están…

—No. Finch sigue con Hannah. —Clay menea la cabeza—. Pero ninguno de nosotros sabe por qué. Es evidente que está coladito por Ginny.

—Es evidente —repite Adrian.

Clay mira de reojo a Adrian, como si quisiera decir algo más, pero no lo hace. Y Adrian lo agradece, porque Ginny elige ese momento para mirar desde donde está, junto a Finch, y lo ve a través de las cristaleras. Pone los ojos como platos. Se aparta de las piernas de Finch, se levanta de un salto y corre hacia la casa. Abre la cristalera de golpe, con la melena alborotada y la cara muy colorada mientras sonríe enseñando los dientes. Adrian cree que nadie se ha alegrado tanto de verlo en la vida.

Sin embargo, después…

Después baja la mirada y ve su cuerpo, y un agua gélida le llena las entrañas.

Ginny ha adelgazado desde la última vez que la vio. Sus mejillas son dos zanjas recién excavadas, y solo quedan los huesos de los pómulos como las palas clavadas en alto. Las clavículas se le marcan tanto que parece que intenten escapar de su cuerpo.

No sabe de dónde han salido los kilos perdidos; no le sobraba ninguno para empezar.

Sucede en un instante. En cuanto sus ojos se posan en Adrian, todo lo que creía, todo de lo que estaba tan segura un segundo antes —«Lo he superado, ya no siento nada, ¿cómo he podido creer que sentía algo?»— desaparece.

En su lugar…

Cae en picado.

Adrian está estupendo. No: está fantástico, como un ser humano totalmente distinto. Tiene el pecho y los brazos más anchos. Lleva el pelo más largo, alborotado por su paso por el avión. Han desaparecido las bolsas bajo los ojos, la palidez enfermiza que le teñía una piel por lo demás perfecta, de modo que su cara está nacarada y suave, como arena recién vertida. Debe de ser el nuevo trabajo. La transición de alejarse de la banca. Es como si por fin hubieran cambiado una bombilla que llevaba tiempo parpadeando en su interior.

Hace todo lo posible por no tropezar o detenerse cuando lo ve. Avanza a toda velocidad, con una sonrisa raquítica en la cara, como si el pánico no se hubiera apoderado de ella de repente.

«Está aquí. Adrian está aquí».

Y es mucho más guapo de lo que ella recordaba.

—¡Adrian! —exclama en voz demasiado alta—. ¡Hola! —Levanta los brazos y le rodea los hombros, aunque él le saca por lo menos treinta centímetros. Cuando se aparta, se apoya en sus brazos, con miedo a tambalearse por las vueltas que le da la cabeza—. No puedo creer que haya pasado casi un año desde la última vez que te vi.

—Lo sé —replica él.

Ella le suelta los brazos.

—Es una locura que haya que salir del país para quedar con alguien que vive en la misma calle. Pero supongo que así es Manhattan.

No sonríe del todo. Sus ojos bajan por su cuerpo como si buscara algo. Ginny sabe que comió demasiado durante el vuelo, pero lo vomitó casi todo en el minúsculo baño del avión. ¿No había funcionado? ¿Ha engordado más de lo que pensaba?

—Supongo —dice él.

Ella se resiste a cruzar los brazos por delante del pecho.

—En fin —dice mientras se acerca a la isla de la cocina, donde hay una tabla de cortar con aguacate, cebolla, ajo y cilantro—, estaba a punto de preparar algo para picar. ¿Tienes hambre?

Nota que él sigue mirándola fijamente.

—Muchísima.

Hay algo en su forma de pronunciar esa palabra que hace que la sangre le corra más rápido por las venas. La mirada de Adrian es una lámpara de calor que calienta cada centímetro de su piel que queda al descubierto. «Tranquila —se dice—. No te pasará nada. Tú sigue como si todo fuera bien, como si siguieras sin sentir nada por él, y esta extraña sensación se desvanecerá solita».

—Ve a lavarte —le dice, y desliza un cuchillo por la suave carne de un aguacate—. Para cuando termines, esto estará listo y podremos empezar la noche.

El aguacate es verde. El cilantro es más verde todavía. Las cebollas son blancas, casi transparentes, casi la nada. A Ginny le encantaría ser transparente. A Ginny le encantaría no ser nada.

A través de las cristaleras abiertas, oye el chisporroteo de las hamburguesas y las risas de los chicos. La risa de Finch —corta y tosca, como unos zapatos de claqué— le sacude las entrañas.

O quizá solo sea la conmoción de ver a Adrian.

Usa la hoja del cuchillo para echar la cebolla picada en el cuenco. «Concéntrate. No pienses en Adrian. Ya tienes un buen cacao romántico encima». Se concentra en deshojar el cilantro, en agrupar las hojas en un montoncito lo bastante grueso para picarlas con el cuchillo.

Mientras limpia el cuchillo, mira a los chicos por la ventana. Finch ya la está mirando. El estómago le da un vuelco.

Ginny se ha convertido en una experta a la hora de reprimir el deseo de estar con Finch. De estar con él de verdad. No le queda más remedio si no quiere perderlo. Contiene su deseo, de manera que se cuece a fuego muy lento en lo más profundo de su estómago. Muy por debajo del corazón.

Sin embargo, cada dos semanas, el agua hierve y se derrama. Su Ansiedad se dispara, y Finch la toma de la mano y la mira con esos grandes ojos del color de la madera flotante y le dice que todo va a salir bien, y sus sentimientos se agitan con tanta violencia que está segura de que acabarán ahogándola.

Por desgracia, nada de eso cambia el hecho de que él sigue con Hannah.

Todo llegó a un punto crítico la semana anterior a ese viaje. Quedaron para comer en Madison Square Park, como de costumbre. Finch estaba hablando, algo sobre fracturas radiales. Ginny tenía la vista clavada en Madison Avenue, mientras sufría un pequeño ataque de pánico y no le prestaba atención a nada de lo que él decía.

A mitad de una frase sobre escayolas y realineación de huesos, Ginny se volvió hacia Finch y le dijo:

—Te quiero.

Finch se calló. La miró fijamente.

—¿Qué?

—Te quiero. —Ginny bebió un sorbo de su café infusionado en frío sin hielo—. No quiero que tú me digas lo mismo porque sé que no puedes, pero necesitaba decírtelo. Ya está.

Después se levantó y caminó las cuatro manzanas que la separaban de su oficina.

Ginny sabía muy bien lo que estaba haciendo. Sabe que Finch también la quiere. Sabe que él necesita un empujoncito para cruzar la línea de meta, para darle la fuerza necesaria que lo ayude a cortar con Hannah. Sabe que, al final, la elegirá a ella.

Y le da en la nariz que sucederá en este viaje.

Como la adulta responsable que es, Ginny pone la mesa en el exterior para la cena. Coloca copas de vino y de agua. Servilletas de tela y vajilla reluciente en vez de utensilios de plástico y platos de papel. Corta tomates en rodajas y las extiende en un jugoso abanico sobre una fuente estampada. Los demás se ofrecen a ayudar, pero ella rechaza el ofrecimiento y les dice que se ocupen de la carne y beban un poco más.

Cuando suelta el cuchillo, Adrian sale de la casa. Igual que la noche que se conocieron, tiene el pelo húmedo y brillante. Lo ve rascarse la afilada línea del mentón, la misma que ella recorría con los dedos cuando se tumbaban en la cama después de hacerlo. Finge no darse cuenta.

—Guau. —Adrian se acerca y apoya una mano en el respaldo de una silla—. ¿A qué se debe todo esto?

—Nuestra cena de bienvenida. —Alisa una arruga en una de las servilletas—. La primera visita a Budapest. Bueno. —Lo mira con una sonrisa—. Para Clay, Finch y para mí, al menos.

Adrian acaricia con los dedos el borde dorado de un plato.

—No es la Budapest a la que yo estoy acostumbrado, desde luego.

Ginny mira la extensa propiedad.

—Esto no se parece en nada a lo que yo estoy acostumbrada.

—No. —Él sigue su mirada—. Supongo que no.

Se quedan callados mientras ven el sol hundirse cada vez más en el valle que hay más abajo.

—¿Vas a ver a tus abuelos mientras estás aquí? —le pregunta ella.

—Claro. Voy a pasar dos semanas con ellos después de que os vayáis.

—¿Siguen viviendo en ese pueblo de artistas... Zen-no-sé-qué?

—Szentendre. —Adrian sonríe, sorprendido—. Lo recuerdas.

—En fin. —Se encoge de hombros y siente que le arden las mejillas.

—¡La carne ya casi está! —grita Clay junto a la barbacoa. Ginny se acerca corriendo con una bandeja, agradecida por la interrupción.

Una vez servida la carne, se sientan todos a la mesa y empiezan a pasarse el resto de platos. Ginny se lanza con ganas a por el puré de patatas, hecho con dos barras enteras de mantequilla, a sabiendas de que puede librarse de todo más tarde.

—Bueno —empieza Clay mientras corta su chuleta—, ¿qué tenemos en la agenda para esta semana?

—A ver —comienza Tristan mientras pincha un espárrago y se lo mete en la boca—, como mañana será el primer día completo en Budapest, he pensado que podemos empezar por algo facilito: visita al castillo de Buda, paseo por el Puente de las Cadenas, almuerzo en la calle Váci, paseo en bici junto al Danubio, cena en el Mazel Tov y acabaremos con un recorrido por los bares en ruina para terminar la noche.

—¿Cree que podemos meter también una caminata de diez kilómetros y un paseo en helicóptero? —pregunta Finch.

Tristan se lo piensa.

—Si dejamos el castillo de Buda a buena hora…

—Que solo te estaba tomando el pelo, colega.

Su anfitrión parece ofenderse bastante.

—Parece un plan estupendo —se apresura a decir Adrian.

—Lo mismo digo —tercia Clay con la boca llena de patatas—. Para cualquier cosa que incluya ir arrastrándose de pub en pub…, contad conmigo.

—Un momento. —Ginny señala a Adrian—. ¿No debería guiarnos el chico que creció aquí?

—Oh. —Adrian menea la cabeza—. No. Tranquilos. Yo…

—No, Gin tiene razón —dice Clay—. Adrian, no dejes que el extranjero haga todos los planes.

—Oye —protesta Tristan—, que mi familia se alojó en esta misma casa cuando yo tenía quince años. Que me conozco esto.

Finch suspira.

—¿En serio eres tan tonto como pareces?

—La verdad es que ha hecho una buena lista de los sitios más turísticos —dice Adrian.

—Pero ¿qué me dices de los sitios que no son turísticos? —pregunta Ginny—. Personalmente, me encantaría ver dónde creciste.

—Secundo la propuesta —dice Clay.

Adrian mira a Ginny. Mientras vuelve la cabeza, entorna los párpados, algo que ella ha visto muchísimas veces: es la señal de que está considerando algo a fondo. La mira a la cara con esos ojos tan conocidos, tan marrones que casi parecen negros. Verlos hace que a Ginny se le encoja el estómago de un modo del que preferiría pasar.

—Creo que podríamos organizarlo —dice él sin apartar la mirada.

Ginny carraspea.

—¿Qué me dices de tus amigos húngaros? ¿Querrían quedar con nosotros?

Él sonríe.

—Seguro que sí.

Al final de la cena, mientras la conversación se va apagando y se apuran los platos, Finch suelta el tenedor y se limpia la boca con una servilleta.

—Bueno —dice—, tengo una noticia que daros.

«Joder, aquí viene», piensa ella. El momento de contárselo a todos. El momento en el que anuncia que va a cortar con Hannah. El momento en el que por fin hacen pública su relación. Mete las manos debajo la mesa y se rodea las rodillas, clavándose las uñas.

Finch se lleva una mano a un bolsillo en busca de algo. Cuando la saca, lleva una cajita de terciopelo en la palma.

«Un momento».

Abre la cajita con un clic. En medio del cojincito de satén hay un anillo de oro blanco con un enorme pedrusco en el centro.

«Un momento».

«¿Qué?».

Finch mira a todos los presentes con una sonrisa en la cara.

—Colega —dice Clay.

Por un momento, a Ginny se le cortocircuita el cerebro. Es incapaz de asimilar el anillo que está suspendido sobre la mesa. Es incapaz de asimilar los restos de comida en los platos de los demás. Es incapaz de procesar las expresiones de los chicos, el vino tinto que les mancha los dientes, su pelo agitado por la brisa. Su cerebro se ha…

Parado.

—Voy a pedírselo a Hannah. —La sonrisa de Finch se ensancha—. La semana que viene, cuando vuelva a casa.

Y después se desconecta por completo.

En cuanto las palabras salen de la boca de Finch, Adrian mira a Ginny. Tiene el rostro inexpresivo; la mandíbula, desencajada; los labios, entreabiertos; y los ojos, clavados en el anillo. No parece furiosa; más bien como si toda la vida se le hubiera escapado del cuerpo y se le hubiera caído al suelo. Adrian siente el impulso de buscarla debajo de la mesa.

A su alrededor, los chicos se ponen de pie de un salto y aplauden el anuncio de Finch. Le dicen a carcajadas que Hannah por fin va a convertirlo en un hombre decente. Solo Ginny y él siguen sentados. Ella desvía los ojos hacia la mesa. Le tiemblan los hombros. Adrian empieza a levantar una mano —no sabe muy bien para qué, tal vez para tocarle uno de los temblorosos hombros—, pero de repente Ginny también se levanta. Echa la cabeza hacia atrás y se mueve con tanta brusquedad que acaba volcando la silla.

Los chicos guardan silencio. Se giran para mirarla.

El pecho de Ginny se agita. Sonríe de oreja a oreja, dejando a la vista todos los dientes, hasta tal punto que el gesto parece revelar el esqueleto que hay debajo.

—Enhorabuena, Finch. —Se inclina, recoge su plato y se apresura a cruzar las cristaleras en dirección a la cocina.

Cuando Adrian se vuelve para mirar hacia la mesa, Tristan se está frotando la nuca. Clay parece sufrir un dolor físico. Y Finch sigue mirando a Ginny con un rictus desencantado en los labios, como un padre cuyo hijo ha vuelto a portarse mal.

Después de cenar, abren una botella de champán y suben la escalera exterior hasta la terraza del segundo piso, que recorre el perímetro completo de la casa. Todos menos Ginny, que asegura que no soporta dejar la cocina sin limpiar.

Adrian se queda rezagado.

—Te ayudo —dice.

Ginny le hace señas para que se vaya.

—Ve a celebrarlo —replica—. Quiero hacerlo sola.

—De acuerdo.

Adrian sale por las cristaleras y echa a andar hacia la escalera de terracota. Justo antes de subir, se vuelve para mirar a Ginny a través de las ventanas. Tiene la cabeza gacha y está frotándose los brazos con gesto violento. Mientras la observa, ella se inclina hacia delante y escupe en el fregadero de la izquierda. Aunque es difícil distinguirlo a través del cristal, la saliva no parece transparente ni blanca, sino de un color marrón verdoso con tropezones, como comida para perros. Adrian duda. Parpadea. ¿Lo ha visto bien? Se queda mirando un rato más, pero Ginny se limita a fregar y fregar, como si no hubiera pasado nada.

Adrian menea la cabeza y sube la escalera.

—Puedes decirlo.

Ginny y Clay son los dos únicos que siguen despiertos. Adrian se acostó temprano, y Tristan y Finch se han quedado dormidos después de beber demasiado champán y de mantener una discusión sobre si es mejor Bitcoin o Ethereum. Ginny y Clay están sentados a la mesa exterior donde cenaron, contemplando las luces que salpican el valle.

—¿El qué? —Clay se sirve otro dedo de *whisky* en su vaso.

—«Te lo dije».

Clay suspira.

—No voy a hacerlo, Gin.

—Pues deberías.

—Bueno, pues no voy a hacerlo, ¿de acuerdo? Eres mi mejor amiga. No voy a regodearme en algo que te hace daño.

—No me ha hecho daño nada. Me lo he hecho yo sola. —Aparta la mirada y la clava en las luces del valle—. Me mentí a mí misma. Me involucré demasiado. Me permití convertirlo en algo serio cuando sabía que no debería hacerlo. He repetido lo del primer curso.

—Venga ya. Finch tiene tanta culpa como tú. Sabía muy bien lo que estaba haciendo. —Clay golpea dos veces el borde de su vaso, provocando un sonido cristalino—. A ver, Dios, que lo quiero un montón, pero no entiendo sus decisiones.

Ginny guarda silencio. Luego, dice en voz baja:

—Yo también lo quiero.

—Ay, Gin. —Clay extiende un brazo sobre la mesa y le aferra una mano—. Y él te quiere.

—No. —Pestañea varias veces sin apartar la mirada del valle—. No, no me quiere.

—Que sí. Solo está confundido.

—No habría comprado ese anillo si estuviera confundido.

—No habría comprado ese anillo si no estuviera confundido.

Ambos se callan después de eso. Clay le da un apretón en la mano. Las lágrimas empiezan a asomar por los rabillos de sus ojos. Se resiste. Los otros chicos podrían bajar en cualquier momento y solo faltaba que Finch la encuentre con los ojos llenos de lágrimas.

—¿Y Adrian?

Ginny mira de nuevo a Clay. Parpadea y dos lágrimas resbalan por sus mejillas. Se las limpia con la manga de la sudadera.

—¿Qué pasa con él?

—Se preocupa por ti.

Ginny siente que se le acelera el corazón cuando piensa en Adrian. En la ternura con la que solía acariciarla, en los suaves suspiros de sus noches juntos. Pero después recuerda la expresión extraña, casi de asco, que ha puesto al verla por primera vez ese día. Suelta una carcajada.

—Ya.

—Lo hace. —La luz de la lámpara del patio proyecta una sombra que cae sobre la mesa y sobre las pecas de Clay—. Y es legal.

—¿A diferencia de Finch?

Clay levanta las manos.

—Nunca hablo mal de mis amigos.

—Salvo de Tristan.

Sonríe.

—Salvo de Tristan.

Ginny suspira y se frota la frente.

—¿Cómo crees que lo hemos conseguido?

—¿El qué?

—Lo de ser amigos. —Baja la mano y apoya la barbilla en la palma—. Y me refiero a ser amigos sin más. Sin tensión sexual reprimida, sin nada.

Clay se encoge de hombros.

—Eres demasiado importante para mí.

—Tú también. E intenté decírselo a Finch el primer año. Intenté decirle que esto iba a pasar. Me daba mucho miedo la posibilidad de perderos. —Se muerde el labio—. Todavía me da.

—No vas a perder a nadie, Ginny. —Clay sonríe y le aparecen unas pequeñas patas de gallo en los rabillos de los ojos—. Tendrás que seguir aguantándonos, te guste o no.

Ginny espera a que se duerman todos. A que Clay suba las escaleras, a que se apaguen las luces de la habitación de Tristan y a oír los ronquidos de Finch. Cuando la casa está en silencio, regresa a hurtadillas a la cocina. Sobre la encimera hay una bolsa con chucherías del aeropuerto. Está claro que son de Tristan, porque las chucherías son su perdición.

Titubea y se queda mirando la bolsa. El envoltorio de plástico arrugado, el montón de Reese's, Snicker, Milky Way y Twix que contiene. Se acerca. ¿Cuánto hace que no prueba una chocolatina? ¿Cuántos años? ¿Cuántas restricciones, cuántos dulces ha masticado y los ha escupido?

Y, ¿sabes qué?, este día ha sido una mierda. Se merece algo dulce.

Sin pensárselo mucho, mete la mano en la bolsa, saca un Snickers Mini y se lo lleva a su dormitorio de la planta alta. Cierra la puerta, se sienta en la cama, dobla las piernas y desenvuelve la barrita, que cae sobre la palma de la mano. Cierra el puño. Ahí está: chocolate, caramelo, cacahuetes y turrón. Cincuenta calorías de puro azúcar. Delicioso, adictivo. Completamente prohibido.

Se lo mete en la boca.

El azúcar la asalta al instante, se extiende por su lengua como un río. Los centros del placer iluminan su cerebro, aguzando sus sentidos, expandiéndolos, hasta que todos ellos se concentran en su boca. Traga.

—Guau —dice en voz alta.

«Más».

Menea la cabeza por instinto. Uno ya es demasiado.

Sin embargo, otra voz susurra: «No te preocupes. No tienes por qué controlarte».

Se da cuenta de que esa voz tiene razón. Puede hacerlo. Puede tener lo mejor de ambos mundos. Puede saborear algo que se ha negado a sí misma durante mucho tiempo, y luego puede volver a subir.

Sale de su dormitorio, se hace con un puñado de chucherías y vuelve a la cama. Esa vez desenvuelve un Reese's. Se lo mete en la boca. Mastica y traga. Está tan bueno como el Snickers. Desenvuelve otro. Luego otro. Y otro más. Antes de que se dé cuenta, ya se ha comido cinco.

No es suficiente. Necesita más. Toma otro puñado. Se lo come sin pestañear.

La cuarta vez que baja a la cocina, claudica y se lleva la bolsa entera. Cuando vuelve a su dormitorio, cierra la puerta.

Diez, once, doce. Trece, catorce, quince. Junto a su rodilla izquierda se forma una montañita de envoltorios. No se detiene. Parar es imposible. ¿Se puede saber qué le está pasando? Se siente, rara, fuera de control. Como si sus manos y su boca funcionaran sin su permiso. Sigue diciéndose a sí misma que pare, que quince son suficientes, que son demasiados, pero se lleva otra chuchería a la boca. Y otra más. El mecanismo interior que te dice que dejes de comer, que ya has comido suficiente, parece que se ha estropeado. Una presa se ha roto en su interior.

«Me estoy dando un atracón».

Las palabras le llegan desde muy lejos, como un destello en un túnel largo y oscuro.

«Me estoy dando un atracón».

Deja de masticar solo cuando toda la bolsa está vacía. Le tiemblan las manos sobre el edredón, donde han caído montones de trocitos de chocolate. La compulsión no cede ni después de treinta y dos chucherías, ni después del subidón de azúcar. Quiere más.

Más.

¡Más!

Se levanta y sale al salón. Abre el frigorífico. Abre todos los armarios de la cocina. Busca algo dulce, cualquier cosa. Un cruasán. Un helado. Cacahuetes con miel. No encuentra nada.

Mira hacia la escalera. Tristan está dormido y se apostaría hasta el último centavo de su cuenta corriente a que tiene un par de Snickers de tamaño gigante en la mesita de noche. Le tiemblan los dedos. ¿Se arriesga a entrar?

Se queda de pie, clavada en el sitio por la indecisión. Respira de forma superficial.

Mientras comía, la invadió una extraña insensibilidad. Como si se hubiera desdoblado y pudiera observar a esa chica comiendo esas riquísimas chucherías en ese precioso dormitorio. Lo único que la mantenía dentro de su cuerpo era la presión de cada bocado azucarado sobre la lengua, la sensación al deslizarse por su garganta. En medio del frenesí le resultó muy fácil alejarse de la realidad de lo que estaba haciendo. De lo que se estaba metiendo en el cuerpo. De las consecuencias.

Sin embargo, el entumecimiento termina en cuanto deja de comer.

Imagínate: cinco años de restricción absoluta, creyendo que comer demasiado o comer lo incorrecto arruinará toda tu vida, y de repente te atiborras con todas las chucherías que encuentras.

La invade un miedo atroz.

Un miedo que la atraviesa en oleadas. «¿Qué he hecho? ¿Qué he hecho? ¿Qué he hecho?». Cada una de ellas la absorbe, la hunde, le tapona la nariz y la boca hasta que ya no puede respirar.

Corre al baño, cierra la puerta, abre la ducha y espera.

Normalmente, ese sería el punto en el que la comida sube. Empujaría con la garganta, y la cena estaría justo ahí, esperando. Ansiosa por volver al mundo. Pero cuando empuja, no pasa nada. El dulce no sube. Ni el alcohol, ni nada.

—¡Vamos! —grita, con las manos a ambos lados de la taza del váter—. ¿Dónde estás?

No sale nada; es como si su garganta hubiera echado el candado hasta el día siguiente.

Así que hace lo que jamás ha querido hacer. Cruza la línea roja que creía que no iba a cruzar.

Se mete los dedos hasta la garganta.

Ese estilo de purga no tiene nada de silencioso ni de discreto. No es escupir en silencio en los arbustos ni regurgitar papilla en una taza de café. Es algo repentino. Es violento. Te golpeas la parte posterior de la garganta con los dedos corazón e índice una y otra vez. Como no te hayas cortado las uñas recientemente, te arañarán la delicada mucosa, dejando marcas que nunca verás. Pero no te detienes. Sigues metiéndote los dedos más hondo, en busca del punto que abrirá la puerta entre tu estómago y tu boca. Lo haces una y otra vez, aunque tu cuerpo te pide a gritos que pares, que pares, por favor. Pero no le haces caso. Insistes. Te violas a ti misma. Es un castigo. Es una violación.

Los trastornos de la conducta alimentaria son relaciones abusivas. Te engatusan con besos y promesas de amor. Te dicen que te tratarán bien. Te dicen que solo ellos saben quererte como es debido. Te hacen una promesa tras otra. Y, durante un tiempo, las cumplen. Te mantienen delgada. Hacen que te guste lo que ves en el espejo. Hacen que te sientas bien contigo misma.

Sin embargo, nunca es suficiente. Fallarás. Comerás. ¡Tienes que hacerlo si quieres seguir viva! Y, cuando lo hagas, tu trastorno te castigará. Te gritará. Te pegará. Te dirá que no eres nada sin él. Que, por ti misma, eres fea, gorda, indigna de amor. Y tú lo creerás. Y volverás con él. Una y otra vez. Una y otra vez.

A la mañana siguiente, los chicos se reúnen en la cocina, mientras el café burbujea en la cafetera automática Black + Decker del rincón. Adrian ha necesitado tres intentos para averiguar cómo encenderla. Tristan, que por razones que él no entiende no bebe café, le fue de poca ayuda.

El grupo ha llegado poco a poco esa mañana: primero Clay, luego Adrian, después Tristan y por último Finch. Según Clay, Ginny ha sido la más madrugadora, pero salió enseguida para ir de excursión. Adrian se pregunta por qué no ha esperado a que alguno de ellos la acompañara; salir sola no es propio de ella.

Los chicos se han sentado en el sofá con forma de ele del salón. Adrian ha elegido el rincón mientras disfruta de su café. Finch lee las noticias en el móvil. Clay llama a la pastelería que hay al final de la calle. Tristan está tumbado con la cabeza sobre un cojín y las manos en la nuca, gritándole a Clay qué dulces pedir.

La puerta principal se abre de golpe. Al cabo de unos segundos, Ginny entra en el salón con la cara roja y la coleta pegada al sudoroso cuello. Respira con rapidez y dificultad, como él cuando acaba de cruzar el puente de Brooklyn.

—¿Has salido a...? —Tristan hace una pausa—. ¿Has salido a correr?

Ginny se dobla, con las manos sobre las rodillas. Asiente con la cabeza.

Tristan parece espantado.

—Pero Gin..., ¡estamos en una puta montaña! Cuesta arriba y cuesta abajo.

Ella vuelve a asentir, sin apartar los ojos del suelo.

—Joder. —Clay se sienta y levanta las piernas para apoyar los pies sobre la mesa de centro.

—Tú no estás bien del coco —dice Tristan.

Finch no levanta la mirada del teléfono.

—Ducha —dice Ginny entre tos y tos. Se endereza y cojea hacia las escaleras, dejando que los chicos terminen el desayuno sin ella.

El coche del padre de Tristan es un Audi rojo descapotable de cinco plazas. Cuando lo saca del garaje, Ginny no se sorprende ni se emociona. En realidad, no siente nada, ya que acaba de comerse cuatro de los dulces del pedido a la pastelería y los ha vomitado después.

No había nadie en la cocina cuando encontró la caja. Los chicos estaban duchándose, afeitándose o preparándose para el día. Pensaba comerse solo uno. En realidad, solo la mitad. Pero, al igual que la noche anterior, en cuanto el cruasán de chocolate le tocó la lengua, no pudo parar.

Se comió el cruasán. Luego pasó a una magdalena. Después, a una porción de bizcocho de café. Solo pudo dejar de masticar cuando se zampó el último dulce, una especie de bollo relleno de crema, y la caja se quedó vacía. La cerró, la tiró a la basura y subió corriendo al cuarto de baño.

Lo único que siente es el hormigueo limpio y fresco que sigue a una buena purga.

Se apretujan en el coche, Clay se sube en el asiento del acompañante y Ginny se sienta atrás, entre Adrian y Finch.

Estupendo.

Mientras el coche recorre el camino de entrada y sale por la verja, Ginny se acerca más a Adrian, porque no quiere rozar con el muslo ni un trozo de la piel desnuda de Finch. Tal vez sea producto de su imaginación, pero le parece que Adrian también se acerca más a ella. En el asiento delantero, Clay conecta su teléfono y pone una lista de reproducción llamada «Friday Beers Tasty Licks». El descapotable enfila una carretera llamada «Béla király út», y pasa por delante de un sinfín de mansiones amuralladas hasta que doblan una curva y las casas desaparecen por completo. Budapest se extiende de un lado a otro del Danubio.

Clay silba.

—La vista es todavía mejor cuando vuelas en helicóptero —dice Tristan.

—Cállate, Tristan —replican todos los demás.

Durante los tres cuartos de hora que dura el trayecto hasta la ciudad, Finch intenta hablar con Ginny por lo menos en doce ocasiones diferentes. Ginny esquiva todos esos intentos, ofreciéndole monosílabos a modo de respuesta, tarareando al ritmo de la música, hablando justo al mismo tiempo que él o simplemente pasando por completo. Ha decidido afrontar la situación con madurez: fingiendo que no existe. Al final, resulta que la lista de reproducción es bastante buena. Empieza a bailar en el asiento trasero, con los brazos por encima de la cabeza, moviendo las caderas y dejando que el aire corra entre sus dedos. Un par de veces, incluso le agarra la mano a Adrian y lo arrastra a bailar con ella. Le da igual que a Adrian le parezca raro. Ya no tiene nada de qué avergonzarse.

Ha sufrido la mayor humillación posible.

El trayecto es precioso. Hegyvidék está plagado de serpenteantes caminos de grava y frondosos árboles verdes. La carretera de asfalto recorre el valle como una serpiente en el centro de la Tierra.

No tardan en llegar al castillo de Buda. Tristan deja el coche en un aparcamiento que está todo el día abierto y dice que irán a por él más tarde, después del recorrido por los bares en ruina.

—¿Quieres decir… cuando estemos ciegos del todo? —le pregunta Clay.

Tristan hace un gesto con una mano.

—Si tenemos que dejarlo toda la noche, no pasa nada.

Ginny y Clay intercambian miradas, preguntándose qué se sentirá cuando te da exactamente igual dejar un coche tan caro tirado en un aparcamiento público.

El castillo de Buda debe su nombre a la orilla del río sobre la que se levanta. Tal como les explica Adrian al entrar, Budapest está dividida en dos zonas: Buda, al oeste del río, y Pest, al este. A Ginny no le parece un castillo, sino más bien una enorme biblioteca, o tal vez una cárcel de fachada muy ornamentada, de piedra gris con un largo ejército de ventanas y tejados neobarrocos verdosos.

—¿Visita guiada? —pregunta Clay mientras se dirigen a la taquilla.

—Ni hablar. —Ginny entrelaza un brazo con Adrian—. Este hombre seguro que nos cuenta más cosas que cualquier guía turístico.

—Eso no es... —protesta Adrian, pero Ginny ya lo está arrastrando al interior.

Adrian nunca les había enseñado su ciudad a unos extranjeros. En el pasado, cuando iba de visita, solo salía con sus abuelos o con amigos de la infancia, y a ninguno de ellos le interesaba mucho hacer turismo.

En una ocasión visitó el castillo de Buda en una excursión escolar. Recuerda haber entrado en fila, con sus compañeros de clase vestidos con el uniforme azul marino y su mejor amigo, Jozsef, al frente del grupo, arrastrándolo con él. Recuerda a su maestro explicando la larga historia del castillo, las innumerables veces que lo han destruido y reconstruido.

Adrian los lleva derechos a su parte preferida del castillo: las vistas del Danubio. Se puede ver todo: el Puente de las Cadenas, el enorme edificio del Parlamento con su cúpula roja, el Palacio de Gresham, el Bastión de los Pescadores y la Universidad Eötvös Loránd, al sur. Sus ojos se detienen en los edificios universitarios. Por instinto, busca la aguja del Departamento de Matemáticas y Ciencias.

—No puedo contaros mucho sobre el castillo en sí —dice antes de carraspear y volverse hacia sus amigos, que contemplan las vistas con asombro—. Pero recuerdo que se construyó como fortaleza en el siglo XIV y que, cuando Segismundo de Luxemburgo se convirtió en emperador del Sacro Imperio Romano Germánico en el siglo XV, Buda fue nombrada capital política de Europa. También recuerdo algo que nos dijo nuestro profesor. Se decía que Europa tenía tres joyas de la corona: Venecia en las aguas, Florencia en las llanuras y Buda en las colinas.

—Joder. —Clay se tapa los ojos con una mano—. Sabes más de lo que crees.

Adrian se encoge de hombros.

—Supongo que sí.

Les señala los monumentos y les habla largo y tendido del Parlamento y de la corrupción actual de la política húngara. Empieza a entrar en calor, recordando hechos que sus amigos y sus abuelos mencionaban de pasada. Historias de reyes y reinas, de invasiones y amoríos, de escandalosas intrigas en la corte.

Mientras los chicos se hacen selfis con las vistas de fondo, Ginny le coloca una mano en un hombro y le dice en voz baja:

—Universidad Eötvös Loránd…, ¿ahí es donde impartía clases tu padre?

Adrian hace una pausa. Sus ojos se desvían hacia ella antes de buscar la universidad.

—Ajá.

Ginny asiente con la cabeza. Se quedan callados, quietos, con la mirada clavada en los tejados y en las torres de los relojes de la universidad.

Al final, Adrian se vuelve hacia el grupo y dice:

—Quiero enseñaros algo.

Los conduce al interior del castillo, a través de una serie de pasillos y después bajan por una escalera marcada con un letrero que reza: EL LABERINTO.

—¿Qué es? —pregunta Clay mientras pasa una mano por el basto muro de piedra. Cuanto más bajan, más frío es el aire.

—Hay una enorme red de túneles bajo esta parte de la ciudad —explica Adrian. Cuando llegan al final de la escalera, entran en un largo pasillo abovedado e iluminado por unas extrañas luces anaranjadas en el suelo—. Los criminales se escondían aquí cuando las autoridades los perseguían. —Su voz resuena en el túnel—. De pequeño, mi abuelo me decía que también vivieron vampiros aquí abajo. Me contó que el mismísimo Drácula se mudó de Transilvania a Budapest porque le gustaba más este clima.

Ginny suelta una carcajada al oír la historia, un estruendo inesperado, y el sonido rebota en las paredes del túnel. Adrian la mira. La desenfadada melena reluce con un tono naranja bruñido. Se comporta como si fuera feliz. Ha bailado en el coche, ha hablado de cualquier cosa y se adelantó al grupo dando saltitos mientras se dirigían al castillo. Pero no es una felicidad creíble a ojos de Adrian. No después de la noche anterior. Es una felicidad un tanto hostil, una sonrisa con dientes afilados y palabras almibaradas con cuchillos en el centro. En la penumbra, esa boca sonriente es como una grieta en la tierra llena de oscuridad.

Mientras recorren el laberinto, Adrian cuenta una anécdota de Jozsef, que, durante su excursión al castillo de Buda, se escondió detrás de una de las estatuas de piedra y, en medio de la explicación de su guía turístico sobre vampiros y mitología, salió de un salto y asustó tanto al guía que el hombre se meó encima. La broma le valió el aplauso de los alumnos y una semana de castigo.

En palabras de Jozsef: *érdemes.* («Ha merecido la pena»).

Adrian no le quita ojo a Ginny ni mientras habla, de manera que ve el distanciamiento en esa mirada que suele ser atenta, el temblor de sus dedos cuando estira la mano para rozar la gárgola de piedra de la entrada de la Cámara de Drácula. Si los rumores sobre ella y Finch eran ciertos, se pregunta cómo soporta estar cerca de él ahora mismo. Cómo es capaz de esbozar una sonrisa…, por muy mordaz que sea, por muy llena de odio herido que esté.

Almorzarán en la calle Váci, tal y como había planeado Tristan. Váci es, como era de esperar, una verdadera trampa para turistas, pero las terrazas al aire libre son estupendas para observar a la gente. Además, Adrian conoce una cafetería que sirve un excelente *paprikás csirke.*

De camino a la cafetería, pasan por delante de la imponente estatua dedicada a Mihály Vörösmarty, un famoso poeta y dramaturgo húngaro. Los chicos pasan de largo, pero Ginny se detiene y se queda mirando. Vörösmarty está sentado en lo alto de una plataforma rodeada de húngaros y húngaras: trabajadores, parejas, familias, todos tallados en piedra. Representantes de la población a la que las palabras de Vörösmarty calaron tan hondo.

Al cabo de un buen rato, Ginny dice:

—¿Construyeron esto… solo por un poeta?

—No era solo un poeta. —Adrian mira por encima del hombro. Los chicos, que al parecer no se han dado cuenta, han salido ya de la plaza. Mira de nuevo a Ginny—. Era un patriota muy querido. Como la versión húngara de Shakespeare.

—Y le hicieron una estatua —dice Ginny.

—Así es.

Ginny sigue mirando fijamente la figura. Por primera vez en toda la mañana, parece concentrada, totalmente presente en el momento. Se sube despacio a la plataforma y pasa una mano por la inscripción que hay bajo la estatua de Vörösmarty.

—«Sé fiel a tu patria» —traduce Adrian—. El inicio de uno de sus poemas. Es como un segundo himno nacional aquí.

—Un segundo himno nacional —repite Ginny. No dice nada más. Se queda en la plataforma, con una mano sobre las palabras y la otra lacia a su lado, frotándose los dedos, como si desearan tener algo entre ellos.

Durante el almuerzo, hablan de traumas.

—Se les da demasiada importancia —dice Tristan mientras se hace con una galletita del cuenco colocado en el centro de la mesa—. Lo siento, pero no todos hemos vivido un trauma de verdad.

A lo que Clay replica:

—Te equivocas, colega. El trauma se presenta de muchas formas.

Están sentados en la terraza de una pequeña cafetería junto a la calle Váci. Todavía no ha llegado comida de verdad, pero el grupo ya se ha bebido una botella entera de vino blanco.

—Es verdad. —Clay le hace señas al camarero para que les lleve otra botella—. La gente cree que solo los veteranos de guerra sufren trastorno de estrés postraumático. Hombres que ven a sus amigos saltar por los aires y vuelven a casa y no pueden dormir por la noche porque no dejan de verlo una y otra vez. Y sí, muchos veteranos tienen TEPT. Pero la muerte no es el único trauma que manda Dios. Nos tiene reservados muchos más.

Adrian piensa en su padre. En una muerte que ocurrió cuando él aún estaba dentro del vientre de su madre. ¿Podría llamar «trauma» a la muerte de su padre? ¿Podría reclamar pena o tristeza cuando él y su padre ni siquiera existieron en el mismo mundo?

Pues claro que no.

No cuando sabe que él tiene la culpa de la muerte de su padre.

Sale de sus pensamientos a tiempo para oír que Tristan le pregunta a Finch:

—Bueno, ¿dónde crees que lo harás?

Ginny, que está al lado de Tristan, se tensa.

Adrian parpadea. Le encantaría darle una patada a Tristan, que, como de costumbre, es el único que no se entera de la tensión existente entre Ginny y Finch, como una peligrosa resaca en el mar.

Finch se pasa una mano por el bolsillo de la chaqueta como si aún guardara el anillo en su interior. Como si lo llevara a todas partes.

—En fin, nos conocimos en el segundo año de instituto, mientras hacíamos una prueba para actuar en *West Side Story*. Se me ha ocurrido que podía pedírselo allí. En el teatro.

—¿En el escenario?

—Sí.

Ginny resopla contra su copa de vino.

Finch levanta las cejas.

—¿Algo que decir, Gin?

—No.

—Adrian —dice Clay en voz alta mientras juguetea con una esquina de la carta plastificada de la cafetería—, me ha impresionado mucho la facilidad con la que Disney ha movido su contenido Marvel al *streaming*.

Adrian aprovecha el cambio de tema.

—A mí también, colega. Ojalá pudiera atribuirme todo el mérito, pero eso lo ha hecho un departamento totalmente distinto.

—¿Podemos volver a los traumas? —pregunta Tristan más alto de lo normal en él, sin duda por culpa de su tercera copa de vino—. A ver, ¿qué...? ¿Se supone que tenemos que decir que sí cuando un terapeuta asegura que es un trauma que te tiren de los calzoncillos en el pasillo del colegio? ¿Cómo puede compararse eso con combatir en el ejército?

—El trauma no tiene nada que ver con lo «malo» que sea algo —tercia Ginny. Es la primera frase completa que ha pronunciado desde que se sentaron. Hasta el momento, se había limitado a beber. Sin pausa.

Todos se vuelven para prestarle atención.

—El trauma sucede cuando no procesas o no reconoces los sentimientos a medida que los tienes. —Bebe otro sorbo de vino blanco—. Cuando algo te hace daño, pero silencias el dolor, o cuando sientes miedo, pero no reconoces el pánico.

—¿Cómo lo sabes? —pregunta Tristan.

Ginny se encoge de hombros.

—No solo leo novelas.

—Pero si los hombres con estrés postraumático...

—Hombres y mujeres —lo corrige Ginny—. De hecho, hoy, ahora mismo, son muchas más las mujeres que padecen TEPT que los hombres. —Apura la copa en dos tragos y se sirve otra. En sus mejillas va apareciendo el tono rosa claro que Adrian recuerda de sus citas—. Piénsalo. Piensa en las personas que conoces. ¿A cuántos hombres conoces que hayan entrado en combate y hayan visto saltar por los aires a sus mejores amigos? ¿A alguno? ¿Y a cuántas mujeres conoces que hayan sido violadas o agredidas sexualmente?

Nadie responde.

—Casi todas ellas, seguramente. ¿Y crees que pasan página como si nada sin revivir lo sucedido en su cabeza? Y no solo cuando intentan dormir. No. El TEPT es mucho menos predecible. Mucho más insidioso. Sucede cuando están tan tranquilas, en el día a día, sentadas a su mesa, doblando la ropa limpia o colocando unas putas flores en un jarrón.

—Ginny —dice Finch.

—No. —Ella lo mira directamente por primera vez en todo el día—. No, *tú* no hables. Cierra la puta boca y ya.

Lo hace.

Todos lo hacen.

Adrian piensa de repente que Ginny es como una peonza que gira cada vez más rápido, hasta perder el control, y quiere atraparla antes de que salga disparada de la mesa.

Carraspea.

—¿Ginny? —Todos lo miran sorprendidos—. ¿Quieres... dar un paseo?

No parece que Ginny quiera dar un paseo. Parece que quiera matar a alguien, a ser posible a Finch, pero si no es él, se conformará con quien esté más cerca. Le brillan mucho los ojos, como si le ardieran. Durante un segundo, la pregunta de Adrian flota, incómoda, entre ellos.

Al cabo de un rato, ella suelta el aire.

—Sí, genial.

Ginny se pone en pie y echa a andar hecha una furia por la calle, hacia el río. Adrian se despide de los chicos con un gesto de la cabeza antes de irse. Finch no se da cuenta; tiene la vista clavada en Ginny con una expresión rara en la cara.

El Danubio está muy sucio en el centro de Budapest. Ginny camina por la orilla del río, fulminando con los ojos las nubes de polvo que le rodean las zapatillas de deporte blancas. Adrian se coloca a su lado, sin decir nada. Ella camina deprisa, agitando los brazos, pero sus cortas piernas casi no pueden seguirle el ritmo al tranquilo paseo de Adrian.

—Bueno... —empieza él antes de carraspear—, ¿vamos a hablar del tema?

—No.

—De acuerdo. ¿Te parece que hablemos del pedazo de síndrome del impostor que tiene Tristan?

—¿Qué? —Ginny se para en seco. Su pregunta la ha pillado completamente desprevenida.

—A ver, por favor. —Adrian sonríe. «Tráela de vuelta. Puedes hacerlo», piensa—. No me digas que no te has dado cuenta de que lleva dos días intentando pasar por europeo.

Ella se lo piensa un momento, frunciendo el ceño.

—Ahora que lo dices..., sí que lleva una ropa totalmente distinta de la que se pone en Nueva York.

—No he visto en la vida tanto lino junto —replica él—. Ni siquiera en Positano.

Ginny suelta una carcajada. El sonido hace que le entren ganas de levantar en volandas su diminuto cuerpo y hacerla girar.

—Y los dulces de esta mañana —sigue—. No dejaba de repetir lo famosa que es la pastelería. Luego, cuando llegaron, me obligó a sentarme y a oír la explicación de lo que era cada uno.

—Porque él es el experto húngaro del grupo.

—Eso mismo. —Adrian suspira—. No quise decirle que en Hegyvidék nadie pediría dulces para desayunar usando una aplicación del iPhone.

Ginny vuelve a reírse, a carcajadas, tal como hacía antes. Y tal como sucedía el año anterior, sus carcajadas llenan vacíos dentro de él que ni siquiera sabía que existían.

—¿Te sientes mejor? —le pregunta.

—Sí. —Ella le sonríe—. ¿Seguimos con el paseo?

—Claro.

Siguen caminando junto al río, disfrutando del reflejo del sol en las ondas del agua.

—Es que… —empieza Ginny, pero se interrumpe un momento—. Es que… estoy harta, joder.

—¿De qué?

Ella le da una patada a un guijarro.

—¿Sabes lo que se siente al ser la única chica en un grupo de chicos? —le pregunta.

—Sería raro que pudiera saberlo.

El comentario le arranca otra carcajada. Corta, ronca.

—Claro. En fin. A veces, es estupendo. A veces, es como si tuviera acceso a un club secreto en el que llevo toda la vida intentando entrar. A ver: crecí con tres hermanos y una hermana que me odiaba y una madre que prefería ponerse unos pantalones impermeables y pasarse todo el día pescando con mi padre antes que maquillarse. La feminidad nunca me ha interesado. Las chicas nunca me han interesado.

Por delante, el camino va ascendiendo. Y ellos empiezan a subir.

—En la universidad, los chicos fueron las primeras personas a las que conocí. Nos hicimos amigos prácticamente de la noche a la mañana. Me pareció…, me pareció una prueba. Como si Dios me dijera que siempre había estado destinada a vivir entre hombres.

La respiración de Adrian se vuelve más profunda a medida que van subiendo.

—Pero el problema de ser una mujer en un grupo de hombres… —Ginny hace una pausa para soltar el aire—. El problema de ser una mujer en un grupo de hombres es que, por más estrecha que sea la amistad, por más secretos que compartan contigo, por más cómodos que se sientan contigo, por más pedos, eructos, burradas y tonterías que hagan delante de ti..., sigues siendo una chica. Y siempre serás una chica; y por ese sencillo, estúpido y arbitrario motivo nunca formarás parte del grupo en igualdad de condiciones.

Sus palabras hacen que a Adrian le duela el pecho. Quiere tomarla de la mano, consolarla..., aunque no entiende por qué. Mantiene la palma de la mano pegada a su costado.

—A veces —sigue Ginny—, la peor soledad no se siente cuando estás sola. Se siente cuanto estás a unos centímetros de lo que deseas.

Llegan a la cima de la colina.

—Ginny... —dice él.

—Es que... —Menea la cabeza—. Es que estoy harta.

—¿De ser la única chica?

—No. —Se protege los ojos del sol con una mano y mira a Adrian—. De no ser nunca a la que eligen.

Su expresión parece muy sincera. Parece muy sola. Adrian quiere colocarle una mano en la mejilla. Quiere deslizar las puntas de los dedos por su hombro desnudo, tal como hacían cuando estaban desnudos en su cama después de haber quedado.

«Yo te elegiría».

Las palabras afloran en su cabeza sin previo aviso. Intenta borrarlas, sellar las grietas del muro que ha tapiado con tanta fuerza, porque sabe que no son verdad. No puede elegirla. No puede elegir a nadie.

Sin embargo, ya es demasiado tarde.

—¿Qué ha pasado? —le pregunta en voz baja, como si quisiera ocultar ese pensamiento—. ¿Entre Finch y tú?

Un coche pasa a toda velocidad. El pelo de Ginny se agita alrededor de su barbilla. Ella no aparta la mirada.

—Lo mismo de siempre —contesta—. Me he enamorado de alguien que jamás me corresponderá.

Pasan del recorrido por los bares en ruina.

—Ya volveremos otro día de esta semana —promete Tristan—. Creo que hoy todos estamos hechos polvo por el viaje.

«Todos estamos hechos polvo por el viaje», piensa Ginny. Lo que viene a ser: «Ginny está demasiado borracha y enfadada».

—Mañana deberíamos ir al lago Balatón —dice Adrian mientras se suben al Audi—. De pequeño, era una de mis excursiones cortas preferidas. En este coche, el viaje será estupendo, y podremos nadar, relajarnos y descansar para ir de bares al día siguiente.

—Hecho —dice Tristan.

En el camino de vuelta y mientras se le pasa la borrachera, Ginny empieza a sospechar que ha compartido demasiado con Adrian durante su paseo junto al río. Y sin embargo, piensa mientras observa su perfil, mientras él mira en silencio el paisaje, ella le habló de sus dudas, de sus inseguridades, y él ni siquiera pestañeó.

Así es Adrian, empieza a entender Ginny. Sereno. Imperturbable. Amable hasta el extremo. Como una piedra en un gran río, que acepta cualquier cosa que le echen sin inmutarse ni quejarse. Si le dijera que ha asesinado a un hombre, seguramente se limitaría a fruncir el ceño y a preguntarle cómo ha ocultado el cadáver.

El lago Balatón es tan bonito como Adrian lo recuerda. Con casi ochenta kilómetros de largo y aguas de un turquesa cristalino, es el lago de agua dulce más grande del país. Sus orillas están rodeadas de verdes colinas y salpicadas de pueblos con casas de tejados rojos y extensos viñedos. Se ven algunos embarcaderos adentrándose en el lago, repletos de veleros que se mecen con el vaivén de las olas y de balsas hinchables.

Era habitual que toda la familia visitara el lugar: Adrian, Beatrix, su madre y sus abuelos. Además de la Navidad y de la Pascua de Resurrección, esas excursiones eran una de las pocas cosas que recuerda haber hecho con toda su familia. De niño, suponía que esa separación se debía a lo ocupada que estaba su madre. A estas alturas, no puede evitar preguntarse si fue a propósito, si sus abuelos eran un doloroso recuerdo del marido que perdió.

Aparcan cerca de Siófok, la infame ciudad del lago donde se celebran tantas fiestas. Mientras bajan del aparcamiento a la playa, Adrian los guía hacia un puesto lleno de coloridos artilugios acuáticos: kayaks, tablas de padelsurf y flamencos hinchables gigantes.

—Tres tablas de padelsurf y dos kayaks, por favor —le pide Tristan en inglés al encargado del gestionar el alquiler.

—Dos tablas de pádel, no tres —dice Ginny por encima del hombro. Está mirando las olas—. Compartiré una con Adrian. —Tristan lo mira y él se encoge de hombros.

—Claro.

El hombre ladea la cabeza, sin entender. Adrian traduce y le entrega un fajo de florines húngaros azules y rojos.

En cuanto Ginny ve que tiene la tabla en la mano, corre hacia el lago. No se detiene ni chilla cuando sus pies tocan las olas; se lanza y se zambulle de cabeza. Cuando aparece de nuevo, tiene el pelo alborotado. El agua le corre por los brazos y el pecho.

Adrian deja caer la tabla sobre las olas. Ginny se sube sin decir palabra y se sienta delante, con las piernas cruzadas. Adrian se coloca detrás. Rema con firmeza para alejarse del embarcadero hasta llegar a aguas más tranquilas.

Durante unos minutos, guardan silencio. Después, Ginny dice:

—En el Soo hacemos esto.

—¿El qué?

—Padelsurf. En el lago Hurón. Hay un montón de ensenadas pequeñitas y de bahías donde el agua está en calma. Como aquí. Mis hermanos y yo llevamos kayaks, tablas y flotadores y nos pasamos el día a la deriva, bebiendo cerveza en el agua. —Echa un vistazo por encima del hombro. Después parece tomar una decisión, gira sobre sí misma y le da unos golpecitos al espacio que tiene delante—. Siéntate.

—Muy bien. —Adrian se sienta, dejando que sus largas piernas chapoteen en las cristalinas aguas.

—Pregúntame lo que quieras —dice ella.

—¿Cómo dices?

—Hablo en serio. Pregúntame lo que quieras. Soy un libro abierto.

Adrian hace una pausa. Sabe que no miente, que es un libro abierto. Es una de las cosas que más le gustan de ella.

—¿A cuál de tus hermanos estás más unida?

A Ginny se le iluminan los ojos.

—A Tom. El mayor. Mientras crecíamos siempre se aseguraba de que me incluyeran en todo lo que hacían los chicos, ya fuera jugar con la videoconsola, a la pelota o evitar que Crash volara por los aires al gato del vecino.

—¿Seguís unidos?

—Desde luego. Los cinco tenemos un grupo para chatear, y Tom me llama todas las semanas.

—Qué bien. —Él debería llamar a Beatrix más a menudo—. A ver. Te toca.

—¿En serio? —Ginny abre los ojos de par en par. Parece una niña recibiendo un regalo con un gran lazo rojo.

—Por supuesto.

—De acuerdo. —Ladea la cabeza y lo mira con los ojos entrecerrados—. ¿Cómo se llamaba tu padre?

En fin. Eso era lo último que esperaba.

Titubea un momento antes de contestar:

—Adrian. Adri, para abreviar.

—¿Cómo se conocieron tu madre y él?

—Eso son dos preguntas.

—Tú me has hecho dos.

Pone los ojos en blanco.

—Eran novios en el instituto —contesta.

—¿En serio?

—En serio. Por aquel entonces, los comunistas seguían en el poder y los centros educativos no tenían dinero. Los alumnos tenían que compartir libros de texto, lápices y esas cosas. Mi madre y mi padre se sentaban juntos en clase, así que se acostumbraron a compartir: primero los libros, luego los deberes, después el tiempo y, por último, la vida.

—Esa es —dice Ginny mientras parpadea— la historia más tierna que he oído en la vida.

—Una historia tierna con final trágico.

Ella asiente con la cabeza.

—Cierto.

Adrian golpea la superficie del agua con el pie, hundiéndolo y sacándolo, y observa cómo el agua le corre por la espinilla.

—Te toca —dice Ginny.

Mientras Adrian piensa, Finch aparece en su campo de visión, encorvado en un kayak rojo brillante. Rema a toda velocidad hacia la parte posterior de la tabla de Tristan. Cuando este se da media vuelta, ya es demasiado tarde. El kayak lo golpea y él cae al agua mientras grita:

—¡Imbécil! —Se oye un chapoteo cuando golpea la superficie del lago.

«Estoy harta. De no ser nunca a la que eligen».

«Yo te elegiría».

—Dime algo que nunca le hayas dicho a nadie —le pide.

Ginny mira hacia el agua. Está lo bastante clara como para que Adrian sepa que puede ver hasta el fondo, hasta la arena, el lodo, las rocas y los juncos. Lo observa todo durante un buen rato. Después, como si hubiera tomado una decisión, levanta la mirada y dice:

—Antes era anoréxica.

—¿Qué?

—Sí. —Se muerde el labio inferior—. Lo fui durante toda la universidad. Y el año que viví en Minnesota. No es que no... No es que no comiera nada. Sí que comía. Pero comía porciones pequeñas y eliminaba ciertos alimentos por completo, como el pan y otros almidones. Así me salía con la mía. Hay que comer algo, o de lo contrario la gente empieza a hacer preguntas.

Adrian se queda callado, intuyendo que tiene algo más que añadir.

—Sabía que necesitaba ayuda, pero no podía decírselo a nadie. La anorexia es cosa de chicas. Sé que los hombres también la sufren, pero... Pensaba que los chicos no lo entenderían. Y mis hermanos tampoco. Pensaba que eso me separaría más de ellos. Lo sigo pensando.

Adrian se inclina hacia adelante, tratando de llamar su atención.

—Sabes que eso no es cierto, ¿verdad?

Ginny traza pequeños círculos en la superficie de goma de la tabla. Luego, pregunta:

—¿Alguna vez has sentido que no mereces que te quieran?

—Que si... ¿qué? —Parpadea—. ¿Así es como te sientes?

Los ojos de Ginny se clavan de nuevo en los suyos.

—Yo te he preguntado primero.

—Ginny, tú...

—No —lo interrumpe, sacudiéndose el pelo mojado—. No me digas que merezco que me quieran, porque no me lo voy a creer. —Traga saliva—. Mucho menos viniendo de ti.

«No solo mereces que te quieran, mereces que pongan el mundo a tus pies». Eso es lo que iba a decir.

Podría haberle preguntado por qué a él en concreto no le permite decir que merece que la quieran, pero sabe cuál será su respuesta. Su respuesta son los largos suspiros mientras yacían abrazados entre sus sábanas, sus cálidos cuerpos abrazados mucho tiempo después. La respuesta es la expresión marchita de sus ojos cuando le dijo que no podía darle lo que quería.

—Olvida lo que te he preguntado. —Ginny hace ademán de volverse. Presiona la tabla con las manos a ambos lados de su cuerpo y eleva la pelvis para girar.

—Espera —dice Adrian.

Ginny se detiene.

—Sí, lo sé. —Se frota una rodilla con una mano—. Me refiero a que sé lo que es sentir que no mereces que te quieran.

—De acuerdo.

—Yo no…, no me he enamorado nunca. Ni siquiera me creo capaz de enamorarme. Y si no puedo…, si no puedo darle eso a otra persona, no creo que merezca recibirlo. —Nunca ha pronunciado esas palabras en voz alta. Han estado rodándole la cabeza durante años, pero nunca las ha dicho. ¡Nunca ha querido hacerlo!

No hasta ese momento.

Con cualquier otra persona, se preocuparía por el efecto de sus palabras. Porque esperaría que el oyente retrocediera, que lo llamara «robot sin corazón». Pero con Ginny no. Ella se acomoda en la tabla y ladea la cabeza.

—¿Por qué piensas eso?

—¿El qué? ¿Que soy incapaz de enamorarme?

Ella asiente con la cabeza.

—Porque es verdad.

—No, no lo es. —No lo dice para llevarle la contraria. Se limita a constatar un hecho—. No eres incapaz de amar, Adrian. Nadie lo es.

La observa un momento. Después pregunta:

—¿Qué imagen crees que tiene la gente de ti? Si tuvieras que hacer una suposición.

—Mmm… —Ella estira las piernas, se inclina hacia delante y se aferra con las manos a la tabla—. Creo que… a los chicos les parezco un poco ridícula. Emotiva. Excéntrica. La chica que cocina para todos y que siempre se emborracha en las fiestas. Que no es capaz de mantener una relación estable. —Suelta el aire por la boca—. Mis hermanos me ven como la inteligente, pero un poco atolondrada. Siempre pierdo las cosas. Nunca miro a ambos lados al llegar a un paso de peatones, ya me entiendes.

Adrian se muerde la cara interna del carrillo. «Ha tomado todos sus rasgos positivos y los ha convertido en negativos».

—Yo no te describiría así.

—¿Ah, no? Entonces, ¿cómo lo harías?

«Alegre. Reflexiva».

«Preciosa».

—¿Esa es tu pregunta oficial? —replica Adrian.

—No. —Ginny se muerde el labio inferior—. A ver. Ya tengo una. ¿A qué edad crees que alcanzamos la mayoría de edad?

—¿Qué significa eso? —le pregunta él.

Ginny se encoge de hombros.

—Antes era como a los dieciséis, ¿no? Vivías en una granja y, a los dieciséis, tus padres te vendían en matrimonio por un montón de vacas o de cerdos. Ahora lo único que hacen los chicos de dieciséis años es aprender a aparcar en paralelo. Y beber cerveza Busch Light. Espero que no al mismo tiempo. —Sonríe—. ¿Cuándo crees que maduramos de verdad?

Adrian reflexiona al respecto. Desde su punto de vista, su vida puede dividirse en cuatro partes: Budapest, Indiana, Harvard y Nueva York. Tuvo que madurar cuando se trasladó a Estados Unidos. Tuvo que madurar cuando fue a la universidad. Y desde luego que tuvo que madurar cuando acabó la universidad y empezó a vivir por su cuenta.

—Depende de lo que entiendas por «madurar» —dice—. Para algunas personas, es la independencia financiera, que puede ocurrir a los dieciocho o a los veintidós o, en el caso de Tristan, nunca.

Ginny se ríe.

—Para otros, sucede cuando encuentras una relación seria. Pero nuestra generación está tan atrofiada en lo que se refiere al amor que tampoco sé si ese es el mejor sistema de medición.

—Adrian, ¿te refieres a nuestra generación así en general?

Él se ríe.

—Creo que mi respuesta es que cada persona es un mundo. Todos sufrimos cambios o traumas en diferentes momentos de nuestras vidas que nos obligan a madurar. Puede ser a los nueve años, a los dieciséis o a los cuarenta y tres. No lo sé.

—Yo diría que si maduras a los cuarenta y tres es que estás muy mal. —Ginny hace una pausa—. Dejaste Hungría cuando tenías nueve años.

—Ha sido el primer número que se me ha ocurrido.

—De acuerdo. —Ella lo mira fijamente y luego dice—: Te toca.

Adrian está listo.

—¿Cómo crees que serías en la cárcel?

—¿Qué? —Sorprendida, Ginny suelta una carcajada.

—Bueno, ¿sabes que hay distintos roles en las cárceles? Líderes de pandillas, recolectores de información, traficantes de tabaco... —Está entrando en calor—. ¿Nunca has pensado dónde estarías en esa clasificación?

—Qué va.

—Bueno, pues di algo.

—Mmm... —Su mirada recorre la orilla—. ¿Traficante de tabaco?

—Qué va. —Adrian menea la cabeza—. Ni hablar. Deja de ser tan humilde. Es evidente: te harías amiga de todos y cada uno de los presos, les gustara o no, y acabarías convirtiéndote en su benévola dictadora.

Ella sacude despacio el pelo mojado, a un lado y a otro.

—¿Quién eres y qué has hecho con Adrian Silvas?

Le guiña un ojo.

—Te toca.

—Muy bien. —Ginny se inclina hacia atrás, apoyándose en las palmas de las manos—. Última pregunta: ¿qué fue lo más difícil de aprender inglés?

—Oh. —Adrian dobla las rodillas sobre la tabla—. Esa es buena. Mmm... —Se da unos golpecitos en la barbilla—. Hay muchas cosas. El puto inglés es un idioma muy raro.

—Así es, amigo mío.

—De acuerdo. —Da una palmada—. Esto no responde en realidad a tu pregunta, pero durante mucho tiempo confundía las palabras hotel y burdel.

Ginny lo mira en silencio durante un buen rato. Después, de repente, estalla en carcajadas.

—Por el amor de Dios —dice entre jadeos—, ¿qué hacía un niño de nueve años pensando en burdeles?

Adrian se encoge de hombros.

—Los niños pequeños también se ponen cachondos.

Ella le salpica y él se ríe, esquivando el agua.

—No me puedo creer que recuerdes la edad a la que me mudé a Estados Unidos —dice.

Ginny se encoge de hombros. Mete una mano en el agua y la saca cerrando el puño.

—Lo recuerdo todo de ti.

Y lo gracioso es que él la cree.

Mientras vuelven a la orilla, con la tabla golpeando las olas que los rocían con agua fría, Adrian observa la cara de Ginny. Se ríe cada vez que encuentran una ola. Cierra los ojos, pero abre la boca, dejando los dientes a la vista, como si quisiera atrapar el agua con la lengua. En ese momento se da cuenta de que haría cualquier cosa con tal de mantener esa sonrisa en su cara y lo sabe con una certeza absoluta.

Cuando llegan a la arena, Ginny lo ayuda a tirar de la tabla hasta la orilla. Se endereza y se vuelve para mirarlo.

—¿Qué? —le pregunta él.

—Se me había olvidado —dice.

—¿El qué?

—Lo fácil que es hablar contigo.

—Ah. —Se tira del bañador—. Lo mismo digo.

Ginny esboza una sonrisilla.

—Clay me dijo algo gracioso —añade.

—¿El qué?

—Que te preocupas por mí.

—Claro que me preocupo por ti, Ginny.

—Eso es raro —replica ella.

—¿Por qué?

—Porque... en tu estudio, después de que... —Da la impresión de que está procesando varias cosas a la vez. Cierra los ojos y menea la cabeza—. ¿Sabes qué? ¡A la mierda!¡ Que le den! Me gusta estar contigo.

Adrian intenta seguir el hilo de sus pensamientos, pero Ginny es como un pececillo nadando de un tema a otro. Lo único que puede hacer es tragar saliva y decir:

—A mí también.

Ella asiente como si estuvieran hablando del tiempo.

—Bien —dice—. Amigos, entonces.

«Amigos». Pues estupendo. Eso es lo que quiere, ¿verdad? Es la opción más segura. Mantener a Ginny en su vida, sin comprometerse a nada serio, asegurándose de que nada explote entre ellos y se pierdan el uno al otro para siempre.

—Amigos —replica.

Siguiendo con la amistad, el mejor amigo de Adrian va a unirse a ellos en la ruta por los bares en ruina. Y no solo eso: será él quien decida el recorrido.

—Os llevaré a los sitios buenos —lee Adrian del móvil, traduciendo el mensaje que le ha enviado—. No a los turísticos de mierda.

Jozsef Borza es mucho más bajo que los chicos del grupo, pero tiene el doble de personalidad. La primera impresión que Ginny tiene de él es una cabeza de pelo rubio despeinado que se agita con la brisa mientras brinca calle abajo hacia ellos.

—*Haver!* —grita al tiempo que agita un brazo frenéticamente por encima de la cabeza—. *Haver!*

Adrian se inclina hacia el grupo, con una sonrisa en los labios.

—Eso significa «colega».

Cuando Jozsef llega hasta ellos, corre hasta su amigo y le echa los brazos al cuello para abrazarlo. A su lado, Adrian es tan alto que acaba levantándolo y gira con él trazando un círculo.

—¡Bienvenidos a Budapest! —les dice Jozsef después de que Adrian lo deje en el suelo—. Sofisticada, cosmopolita y llena hasta arriba de políticos tan corruptos que comparados con ellos vuestros senadores estadounidenses son aficionados. —Guiña un ojo—. Pero al menos la vida nocturna es genial, ¿eh?

—Ya me cae bien —dice Clay.

Empiezan en el Szimpla Kert, el bar en ruina más famoso de la ciudad. Adrian y Jozsef les explican que los bares en ruinas surgieron por primera vez en el Distrito VII, una zona de la ciudad abandonada a su suerte tras la Segunda Guerra Mundial. Con el tiempo empezaron a aparecer una serie de coloridos bares clandestinos que abrían sus puertas en las ruinas de lo que fueran tiendas, almacenes y casas abandonadas. Desde la calle, los edificios pasan desapercibidos y son discretos, aunque las luces parpadeantes y los sonidos graves de la música dan una pequeña pista. Porque en el interior...

El Szimpla Kert es un circo. Escondido en el interior de una vieja fábrica, entre paredes de ladrillo desmoronado y barandillas oxidadas, han improvisado una bar con tablones de madera desgastados y taburetes desvencijados. El espacio está decorado con frondosas plantas, luces de neón, viejos anuncios clavados en las paredes e incluso sillas suspendidas del techo con cables. Ginny deambula por el abarrotado laberinto con la boca abierta. Cada habitación es diferente: algunas albergan futbolines o bañeras que han rellenado para convertirlas en bancos. Todas las paredes están pintadas con montones de nombres y mensajes escritos con pintura en espray y rotuladores permanentes.

Por un instante, Ginny se olvida de Finch. Se olvida de Adrian. Se olvida de las purgas, de la anorexia, de todo el dolor que existe fuera de esas paredes. Solo ve luz y color.

Jozsef los conduce al patio, iluminado por unas lámparas colgadas de unos cables. En el centro, hay un coche viejo que han pintado, han cubierto de pegatinas y han abierto en canal para transformarlo en un reservado dentro del cual hay un grupo de amigos riéndose a carcajadas. Jozsef rodea el coche y señala una mesa de pícnic.

—¡Yo invito a la primera ronda! —grita y se dirige a codazos hacia la barra.

El grupo se sienta: Ginny, Clay y Finch a un lado, Adrian y Tristan al otro. Con el rabillo del ojo, Ginny ve que Finch se inclina hacia Clay para decirle algo al oído, hablando con fervor. De vez en cuando, sus ojos vuelan hacia ella. Pero pasa de él.

Al cabo de unos minutos, Jozsef vuelve con unas cuantas jarras de cristal. Las deja en el centro de la mesa y se coloca entre Adrian y Tristan, tras lo cual empieza a contar una anécdota sobre la pareja que estaba a su lado mientras pedía las bebidas.

A Ginny le gusta su acento húngaro cuando habla inglés. Es nítido y preciso, cada sílaba distinta de la otra. A diferencia de los estadounidenses, Jozsef no murmura ni se come ninguna de sus consonantes; lo pronuncia todo con la precisión de un ordenador.

Sin embargo, su personalidad dista mucho de ser mecánica. Cuenta anécdotas como un cachorrito emocionado, saltando de un tema a otro demasiado rápido como para poder seguirlo. Ginny se ríe cada vez que él recapitula, tratando de recordar cómo ha llegado hasta allí.

—Dime una palabra propia del húngaro —le dice cuando Jozsef hace un pausa en una de sus historias.

—¿Qué quieres decir?

—Pues... a ver, se dice que el alemán tiene palabras únicas para nombrar emociones o acciones muy específicas. Cosas que en inglés no existen. —La música cambia de repente de un pop machacón a un remix de temas antiguos—. ¿El húngaro tiene algo parecido?

—A ver... —Jozsef apoya la barbilla en la palma de una mano y se golpea el mentón con un dedo—. *Haver*, tú también podrías responder a esta pregunta.

—No tan bien como tú —replica Adrian.

A Jozsef se le iluminan los ojos.

—¡Tengo una! ¿Has oído la palabra *elvágyódás*?

—Aaah —dice Adrian con una sonrisa.

—No te sé decir —contesta Ginny.

—Describe una sensación muy concreta. —Jozsef se inclina hacia delante—. El deseo intenso de alejarte de donde estás en este momento.

Los labios de Ginny esbozan una lenta sonrisa.

—*Elvágyódás*. Es una palabra increíble.

—Lo es. Y muy útil. —Jozsef da dos golpecitos en la mesa con el dedo corazón—. Tengo otra. También tenemos una palabra, *rosszarcú*. Puede ser un sustantivo o un adjetivo, y describe a alguien con «aire maligno».

Ginny ladea la cabeza.

—¿Como… una persona malvada?

—No. —Jozsef sacude su pelo rubio—. No necesariamente. Solo que tiene un aire maligno.

Sin querer, Ginny mira a Finch. Adrian se da cuenta y se echa a reír. Ginny siente que le arden las mejillas, pero luego empieza a reírse.

—¿Qué es tan gracioso? —pregunta Clay.

—Nada —contestan Ginny y Adrian a la vez. Se miran el uno al otro.

En los labios de Clay aparece una lenta sonrisa.

—¿Ah, sí?

—Pues sí. —Adrian se vuelve hacia Ginny—. Tengo una.

—¿Cuál?

—*Szöszmötöl*. Es un verbo que describe una acción en la que te involucras tanto que el resto del mundo desaparece.

—¡Oh! —exclama ella.

Después de eso, ninguno de los dos habla. Los ojos marrones de Adrian la miran con tanta atención que el calor se extiende poco a poco por su abdomen, justo en la base de la pelvis. Tiene la impresión de haberse adentrado en sus ojos, como si fueran una cueva cálida y oscura que la cobija, protegiéndola del mundo exterior. Intenta quedarse quieta, no mover la pelvis ni agitar el pecho, pero es casi imposible; un fuego extraño y candente parece haber prendido en su interior.

Suelta el aire.

—Es… una palabra bonita.

—Sí que lo es.

—Tengo otra —anuncia Jozsef, abriendo la cueva en la que Ginny estaba acurrucada. Se vuelve hacia él, parpadeando con rapidez, como si su pelo rubio fuera un repentino rayo de sol—. *Nincs.* O *sincs.*

—¿Qu…? —Ginny carraspea—. ¿Qué significa?

—Es una palabra que se refiere literalmente a la ausencia de algo. Una carencia. Algo que no está, pero que debería estar.

—Oh.

Y mientras Adrian se pone en pie, se sacude los vaqueros y echa a andar hacia la barra a por más cerveza, Ginny cree entender justo a lo que se refiere. Es algo que ha conocido siempre. *Nincs* describe lo que ha sentido durante mucho tiempo sobre sí misma: una ausencia, una carencia, algo que no está pero que debería estar.

El siguiente bar no es un bar ni mucho menos. Es un callejón donde se come al aire libre, situado junto al Szimpla Kert. La gravilla cruje bajo los zapatos de Ginny mientras pasa bajo un arco de madera con un letrero de neón en el que se lee: KARAVÁN. A ambos lados del callejón se alinean varios puestos de comida y una multitud de personas se arremolina frente a ellos, haciendo cola para pedir o comiendo en uno de los altos bancos de madera.

Mientras se abren paso a codazos entre la multitud, Ginny atisba todo tipo de comida: *gyros*; una especie de tortita frita; burritos; batata frita; cucuruchos de malvavisco; hamburguesas de queso sin nada de carne, solo queso. Cuanto más caminan, más se le acelera el corazón. ¿Qué come? ¿Cómo va a elegir? Su mente va de una opción a otra, considerando cada una, intentando imaginar su sabor, probarla sin probarla. Los chicos empiezan a separarse para ir a distintos puestos. Ginny se queda congelada. Empieza a dar vueltas. Mueve la cabeza de izquierda a derecha. La gente la empuja por todos lados. Busca entre la multitud a los chicos para ver qué han elegido. No ve a nadie.

Desde la noche que llegó, su cerebro ha entrado en modo de alerta máxima en cada comida. Está segura de que cometerá un error, de que un bocado se convertirá en dos y dos en mil. Y a veces le sucede. A veces, se deja llevar por el pánico, por ese conejo que ojea la habitación en busca de más, más, ¡más!

No quiere que esta noche le suceda eso. La hora que han pasado en el Szimpla Kert ha sido lo más cerca que ha estado de la calma en mucho tiempo; no quiere estropearlo con otra borrachera. Con otra recaída al descontrol absoluto. Así que debe elegir la cena con cuidado. Para asegurarse de no elegir algo adictivo, algo que pueda desencadenar…

—¿Te cuesta decidirte?

Ginny se da media vuelta. Detrás de ella está Finch, con un taco de queso y pollo en una mano.

Lo mira con los ojos entrecerrados.

—No. —Hace ademán de volverse para echar a andar hacia el puesto más cercano, pero Finch la agarra de la muñeca.

—Ginny, espera.

—¿¡Qué!? —Se da media vuelta—. ¿¡Qué, Finch!? ¿Qué tienes que decirme si se puede saber?

Tal vez sea el alcohol. Tal vez sea el mareo. Tal vez sea la aglomeración de gente, la música atronadora, el abrumador brillo de la comida allí donde mira. Sea lo que sea, algo le dice que necesita tener esa confrontación en ese momento y en ese lugar.

Una vez que consigue su atención, Finch parece quedarse mudo. Mira hacia abajo. Cambia el peso de un pie al otro. El taco también se mueve en el plato, deslizándose de un borde al otro. Cuando vuelve a alzar la mirada, sus ojos tienen una expresión tan cálida y triste que a Ginny casi se le parte el corazón.

—Te echo de menos —dice él.

Ginny se ríe una vez. El sonido es áspero, mordaz.

—Buen intento. Pero ya me engañaste así una vez.

—Es verdad —insiste él con deje suplicante—. No tienes ni idea de lo difícil que ha sido tomar esta decisión.

—¿Te ha resultado difícil? —Ginny se acerca y alza la voz—. ¿A ti te ha resultado difícil? Venga ya, vete a la mierda, Finch. ¡Que te den! Me has estado engañado durante todo un año. Debería haber sabido que todo era mentira. —Menea la cabeza—. Es exactamente la misma putada que me hiciste durante el primer curso. Una repetición de lo que pasó.

—No es una repetición. —En esa ocasión, es Finch quien se acerca. La toma de una mano y tira de ella hasta que queda a un palmo de su pecho—. Sí que quería estar contigo. Quiero estar contigo. Pero debo pensar en mi futuro. Cortar con Hannah la destrozaría. Y podría destrozarme también a mí. No lo sé. Es que no... No puedo... —Clava la mirada en el suelo de gravilla. Tras una larga pausa, levanta los ojos para enfrentar los suyos—. Yo también te quiero, Ginny. Siempre te he querido y siempre te querré.

Ginny respira hondo. Siente el impulso de ponerle las manos en las mejillas y tirar de su cabeza para besarlo en la boca. Pero se resiste y retrocede un paso.

—Eso es... —Se le quiebra la voz—. Es injusto.

—Pero es verdad. Es verdad, y yo... —Le pasa la mano por una mejilla—. Dios, yo...

Se inclina y se apodera de repente de sus labios.

Ginny jadea contra su boca. Por instinto, levanta las manos y le entierra los dedos en el pelo, atrayéndolo más hacia ella. El beso es... todo lo que deseaba. Todo lo que esperaba.

Todo lo que no puede tener.

Se aparta, jadeando. Retira las manos de la cara de Finch y se abraza por la cintura.

—¿Ginny?

La música está demasiado alta y el olor a comida es tan denso que podría asfixiarla.

—No puedo... No... —Quiere decir demasiadas cosas. Ha escrito demasiados discursos en su cabeza durante los últimos días. Pero no le sale nada. Se siente vacía, agotada. De repente, quiere llenar ese vacío de cualquier forma.

Se da media vuelta y se interna a codazos en la multitud.

—Ginny...

Corre hasta que la música se traga su voz. Hasta que llega al final del Karaván, con las guirnaldas de luces y las macetas colgando de los hierros de los toldos. Allí es donde encuentra al resto de los chicos: Clay, Tristan, Jozsef y Adrian. Agrupados en torno a una mesa alta, con un montón de platos de papel repartidos entre ellos.

Clay la ve y le hace señas para que se acerque.

—Ahí estás. Nos estábamos preguntando… —Se detiene al ver su cara—. ¿Qué ha pasado?

—Nada. —Ginny se hace un hueco a codazos en la mesa—. Me muero de hambre. —Se hace con una batata frita y se la mete en la boca.

Los chicos intercambian miradas.

—¿Dónde está Finch?

—¿Qué más da? —replica ella. Se hace con tres batatas fritas más. Se las come todas de una vez.

Los chicos siguen hablando, pero la conversación es incómoda. Picotean de la comida de los platos de papel. Parece que lo comparten todo, así que Ginny hace lo mismo.

Al principio, se dice que solo picoteará como ellos. Que solo necesita unos cuantos bocados, lo suficiente para llenar el vacío, el *nincs* del centro de su cuerpo. Sin embargo, no tarda en descubrir que unos cuantos bocados no la satisfacen.

La decisión de comer en exceso no es algo consciente. Simplemente se dice que necesita otro puñado de batatas fritas, luego otro, luego otro, luego otro y, de repente, el cuenco está vacío. Luego se dice que quiere otro bocado de la riquísima tortita frita que hay en la mesa, la que Adrian ha llamado *lángos*. Luego otro. Luego otro, luego otro y, de repente, en el plato solo quedan las migas. Recorre la mesa comiéndose las sobras de los chicos. Solo existe la comida. Se atiborra de ella. Se convierte en una glotona de lo peor.

«Me están mirando. Me están viendo darme un atracón».

La bulimia la consume del mismo modo que la anorexia. Del mismo modo que la anorexia le decía que pasara hambre hasta que solo pudiera comerse su propio cuerpo —dándose bocados a sí misma, como si se comiera una manzana, mordisco a mordisco hasta que solo quede el corazón—, la bulimia le dice que coma hasta que su cuerpo esté tan lleno y dolorido que eche de menos el consuelo de morirse de hambre.

Es consciente del momento en el que la parte glotona de su cerebro entra en acción. Es un interruptor. Es lo que imagina que sentiría un hombre lobo cuando la bestia que lleva dentro sale a la superficie. Esa hambre profunda, instintiva y animal cobra vida y acaba con todos sus impulsos de contenerse.

Todos llevamos una bestia dentro. Algunas ansían sexo, otras poder, otras felicidad inducida químicamente. ¿La de Ginny? Pues... después de cinco años alimentándose lo justo para sobrevivir, lo justo para que el dolor fuera crónico, pero soportable, y de un año más vomitando casi todo lo que entraba en su cuerpo...

En fin.

Su bestia quiere comer.

Adrian es el primero en darse cuenta de que Ginny ha desaparecido. Un cuarto de hora antes dijo que iba al baño y todavía no ha regresado. Empieza a ponerse nervioso. No le gustó su mirada febril cuando apareció junto a la mesa. No le gustó que apenas hablara y empezara a zamparse todo lo que había en los platos.

Al principio, se emocionó mientras la veía devorar la comida. Se alegró de que se hubiera sincerado con él sobre la anorexia, pero, la verdad sea dicha, no acaba de creer que su enfermedad sea algo tan del pasado como ella afirma. Está delgadísima. Pero mientras la veía comerse un cuenco entero de batata frita, pensó: «Está comiendo. Por fin está comiendo». Eso le provocó una extraña sensación de euforia. Que iba creciendo a medida que ella comía.

Cuando terminó, la miró de reojo mientras se limpiaba la boca con una servilleta de papel. Esperó a que se calmara. A que se envolviera en el consuelo que provoca una comida abundante.

Sin embargo, ese momento no llegó. Ginny no sonrió. No se acarició la barriga ni se puso cómoda. Al contrario, tensó los hombros. Apretó los puños. Clavó la mirada al frente con los ojos muy abiertos y desenfocados, con esa expresión que deja claro que la persona está a kilómetros de distancia, sumergida en las profundidades inalcanzables de la mente.

Quiso tocarle el hombro. Llamarla por su nombre. Hacer algo, lo que fuera, para sacarla de lo que imaginaba que solo podía ser un lugar de miedo y pánico abrumador.

Sin embargo, justo cuando iba a tocarla, Ginny volvió en sí.

Enfocó la mirada y enderezó el cuello como si fuera un látigo.

—Baño —anunció. Acto seguido, se dio media vuelta y desapareció.

Eso había sucedido un cuarto de hora antes. Así que, con el pretexto de que también necesita ir al baño, Adrian va a buscarla.

No tarda mucho. La encuentra justo a la salida del Karaván, deambulando por la acera con un vaso de papel en la mano. Cada dos segundos se lleva el vaso a la boca y bebe un sorbo. La muñeca le tiembla un poco.

—¿Ginny?

Ella se estremece de forma tan violenta que cualquiera diría que ha gritado su nombre en vez de decirlo con la mayor suavidad posible. La sacudida de su muñeca hace que el contenido del vaso de papel se derrame por el borde. Para su sorpresa, no es agua; es algo denso y de color amarillo anaranjado, que cae sobre el pavimento como si fuera pintura.

Durante un momento tenso, Adrian mira lo que ha caído al suelo con la boca abierta.

—¿Qué es...? —Da un paso adelante y le pregunta con los ojos entrecerrados—. ¿Qué estás bebiendo?

—Nada. —Ginny se pone de lado para cortarle el paso.

—Ginny...

—No es nada, Adrian. ¿De acuerdo? Una extraña bebida húngara que ni siquiera me apetecía. —Se acerca a una papelera y arroja el vaso al interior—. ¿Lo ves?

—Eso no parecía ninguna...

—Por Dios, Adrian, para. Ya está bien. —Se tapa los ojos con una mano—. Vuelve a no hablarme. Vuelve a no preocuparte por mí, ¿sí? No quiero tu ayuda. Ni siquiera quiero estar en este ridículo país, con sus ridículos bares para turistas y sus asquerosas bebidas. Métete en tus putos asuntos y déjame en paz.

Adrian observa a Ginny, cuya carita sigue oculta bajo la palma de la mano. Abre la boca y vuelve a cerrarla.

—*Haver!* —La voz de Jozsef le pone fin al tenso silencio. Ginny se aparta la mano de la cara. Se endereza y esboza una sonrisa tensa. Jozsef se acerca por detrás de Adrian y le echa un brazo por encima del hombro—. ¿Listo para ir al siguiente bar?

Adrian mira fijamente a Ginny, que no enfrenta su mirada. Sus ojos se mueven del suelo a la papelera y luego a la entrada a Karaván. Se posan en cualquier sitio menos en él.

—Sí —contesta Adrian—. Sí. Vámonos de aquí.

La tercera parada es un espacio cultural nocturno. Se llama Instant-Fogas, y no consta de un solo establecimiento, sino que son siete distintos que ocupan un mismo almacén. Jozsef los arrastra a una de las discotecas más pequeñas, una sala oscura y cuadrada llamada Robot, donde tocan en directo grupos de rock, y pide chupitos de tequila para el grupo.

—Tequila no. —Tristan se pone la mano en el estómago—. Voy a vomitar.

Ginny se ríe de una forma que Adrian es incapaz de descifrar.

—¡Tequila para todos! —Clay reparte los chupitos. Todos con una rodaja de lima encima. Levanta el suyo para brindar—. Por nuestro intrépido anfitrión, Jozsef.

—No tengo ni idea de lo que significa «intrépido» —Jozsef brinda con Clay—, pero voy a suponer que describe lo guapísimo que soy. Vamos a emborracharnos, hermano.

Los seis vasos se juntan sobre la barra, derramando el licor por los bordes. Los seis beben a la vez. Adrian traga, pensando que sabe a ácido estomacal. Estruja la lima contra los dientes.

Ginny agarra a Clay y Tristan.

—Vamos a bailar, chicos. —Los empuja hacia la multitud. Tras una breve titubeo, Finch se aleja detrás de ellos.

—Bueno... —Jozsef deja el chupito vacío en la barra y pide otros dos. Mira directamente a Adrian y cambia al húngaro para decir—: Ginny y tú.

—¿Qué pasa con nosotros?

—Estáis juntos, ¿verdad?

El camarero les pone dos chupitos delante.

—No. Qué va.

—Ah. —Jozsef se hace con su chupito y lo levanta de la barra—. Pero os gustáis, ¿verdad?

Adrian niega con la cabeza.

—No lo creo.

Jozsef resopla.

—*Haver*, ¿eres tonto? ¿No has visto cómo te mira?

—No me mira de ninguna forma especial.

—Te mira de forma especial, amigo mío. Escucha. —Jozsef se acerca a él—.Te conozco desde que llevábamos pañales. Sé que no vas por ahí persiguiendo chicas. Me refiero a que podrías ligarte ahora mismo a cualquier chica que te gustara, *Szar*, pero ese no es tu estilo.

Adrian mira su chupito. El líquido que contiene es amarillo claro, casi dorado.

—Pero ¿esa chica? ¿Ginny? Ella es especial.

Enfrenta la mirada de Jozsef.

—Apenas la conoces.

—Ah, pero te conozco a ti. Y no solo he visto cómo te mira ella, *haver*. —Se bebe su chupito de golpe y deja el vaso vacío en la barra—.También he visto cómo la miras tú.

Diez minutos después, Ginny y los chicos salen de entre la multitud. Jozsef ha pasado la mayor parte del tiempo inclinado sobre la barra, enzarzado en una conversación con el camarero; Adrian tiene la sensación de que lo que ha pedido va a ser extravagante.

Y no lo decepciona. Mientras sus amigos recuperan el aliento, llegan las bebidas. El camarero las coloca sobre la barra de madera moteada: seis bizcochitos con forma de espiral, huecos en el centro y de color dorado intenso.

—¿Se puede saber qué es eso? —pregunta Tristan.

—¡Chupitos de chimenea húngaros! —Jozsef parece el doble de emocionado de lo normal, toda una proeza—. Es un postre clásico húngaro: un bizcocho con forma de chimenea en espiral, tostado al fuego y relleno de helado. Le he pedido al camarero que en vez de ponerle helado, los rellene con licor.

Tristan se inclina sobre la barra.

—Pero estos están vacíos.

—No por mucho tiempo —dice el camarero. En la mano derecha lleva una botella de vodka, que vierte por la hilera de chimeneas húngaras, llenando cada una hasta el borde—. Mejor comérselas antes de que se empapen y se deshagan.

—¡Vamos! —Jozsef levanta su chupito y se lo mete entero en la boca.

Adrian mira a Ginny. Ha dejado la mano justo encima de su bizcocho, como si no pudiera decidir si comérselo o no. Sus ojos van de un lado a otro. Parece estar buscando otro sitio donde ponerlo, pero en ese momento Jozsef le da un codazo en el costado y le dice:

—Entero.

En sus ojos aparece una expresión decidida. Se mete el chupito en la boca. Al hacerlo, echa el cuerpo hacia atrás y su hombro choca accidentalmente contra el pecho de Adrian.

—¿Y bien? —Jozsef empieza a dar brincos—. ¿Te gusta?

Ginny traga haciendo un gran esfuerzo. Saca la lengua y se lame el labio inferior.

—Guau.

—¡Lo sabía! —Jozsef aplaude y grita en húngaro—: Dos más, camarero.

Adrian observa que Ginny y Jozsef se llevan a la boca dos chupitos de chimenea más. Según come y bebe, Ginny se relaja, parece más alegre. Las mejillas se le ponen coloradas. Jozsef le echa un brazo por encima del hombro y se ríe, volviéndose hacia Adrian.

—Esta sí que sabe beber.

—Otra más —dice Ginny.

Adrian le pone una mano a Jozsef en el brazo.

—Creo que ya es suficiente.

—¿Ah, sí? —Ginny lo mira con los ojos entrecerrados. No habla todavía arrastrando las palabras, pero sí da la impresión de que empieza a costarle trabajo pronunciarlas—. No sabía que tuvieras derecho a opinar sobre lo que entra en mi cuerpo, Adrian.

—Y no lo tengo. Me limito a cuidarte.

—Pues no lo hagas. —Ginny se vuelve hacia el camarero y le dice—: Dos chupitos de chimenea más, por favor. Y una chimenea extra. Solo por diversión. —Cuando llegan los chupitos, Ginny se bebe primero el licor y luego se come los bizcochos uno detrás del otro. Lo hace con agresividad, como si quisiera demostrar algo.

—Parece que hemos encontrado una nueva aficionada a los bizcochos de chimenea —comenta Jozsef.

—Desde luego que sí —replica Ginny.

Sin embargo, cuando Jozsef se aparta de ella para charlar con los otros chicos, no parece contenta. Parece... perdida. Desenfoca de nuevo la vista y parece mirar hacia su interior, como cuando terminó de comer en el Karaván. Mientras Adrian observa ese cambio, experimenta la misma sensación de pánico que sintió entonces, como si Ginny se hubiera escapado a un lugar del que nunca podría traerla de vuelta.

—Baño —Ginny murmura la palabra con un hilo de voz, como si pensara que a nadie le importa y se va.

Adrian no se mueve durante un minuto. Se queda mirando el hueco por el que acaba de desaparecer su cabeza entre la multitud mientras se debate. ¿La sigue? ¿Quiere ella que la siga? ¿Debería dejarla en paz como le ha pedido que haga?

—Colega —dice Finch, que inclina la cabeza hacia él para mirarlo a la cara—, ¿estás bien?

Adrian no responde. Se aparta de Finch de un empujón y se interna en la multitud.

Los baños están en el otro extremo de la discoteca. Cuando por fin se abre paso a codazos, se encuentra con un largo pasillo negro lleno de puertas. Dos están ocupados. Dos no lo están. Empieza a preguntarse por qué ha ido hasta allí. ¿Qué va a hacer? ¿Llamar a una puerta y esperar que sea Ginny? ¿Y con qué fin? No necesita niñera.

Suspira. Ya que está allí, bien puede orinar. Se acerca a una de las puertas y la abre de un empujón.

Y así es como encuentra a Ginny de rodillas, inclinada sobre el inodoro, con los dedos en la garganta.

La imagen lo deja petrificado. Suelta el pomo de la puerta sin darse cuenta y balbucea:

—¿Se puede saber qué estás haciendo?

Ginny levanta la mirada. Tiene los ojos vidriosos y enrojecidos. Le sale vómito por una comisura de los labios, con grumos y de color crema: los restos de un bizcocho de chimenea.

Se miran en silencio durante un largo momento. Varias emociones cruzan por el rostro de Ginny a la vez: sorpresa, terror, confusión. Adrian espera que ella grite, que le diga que se largue.

En cambio, se acurruca y empieza a llorar.

Adrian se acerca a ella. La puerta se cierra sola y se vuelve para echarle el pestillo. Después se arrodilla y levanta a Ginny del suelo. Es muy menuda. Su cuerpo se pliega sobre su regazo como el de una muñeca de trapo. Se estremece por los sollozos. Le apoya la cara en un hombro y se pega a su torso. Cada hipido es como una convulsión. Los sollozos son cada vez más fuertes a medida que la tristeza se va apoderando de todo su cuerpo. Se estremece entre sus brazos, un manojo de piel y huesos, demasiado frágil. Él no se mueve. No habla. Teme que, si lo hace, ella se repliegue sobre sí misma y desaparezca para siempre.

No sabe cuánto tiempo pasan así. Pueden ser cinco minutos. Pueden ser veinte. Al cabo de un rato, Ginny se calma lo bastante como para echarse hacia atrás y mirarlo a los ojos. Tiene la cara hinchada y roja.

—*Elvágyódás* —susurra.

—¿Qué? —Adrian se inclina, pensando que ha oído mal.

—*Elvágyódás. Elvágyódás.* —Se le quiebra la voz—. *Elvágyódás.* Por favor. No puedo volver allí. No puedo seguir estando cerca de él.

Adrian no necesita que le explique a quién se refiere. Se acerca al rollo de papel higiénico y corta un trozo. Acto seguido, lo enrolla y lo usa para limpiarle el vómito de la barbilla. Después se levanta, sin dejar de abrazarla, tira el papel higiénico al inodoro y abre la puerta.

Debe de ser difícil abrirse paso entre la multitud. Adrian y Ginny deben de recibir miradas confusas y codazos molestos. Pero él no se da cuenta de nada. Se mueve con un propósito en mente, como un barco que surca el océano, concentrado únicamente en aferrar con fuerza a la mujer que tiene entre sus brazos.

Cuando llega a la barra, los chicos levantan la mirada, dispuestos a saludarlos a gritos. Pero entonces ven a Ginny. La confusión aparece en sus caras, seguida de la alarma.

—¿Ginny? —pregunta Finch, que levanta la voz—. ¿Se puede saber qué le pasa? ¿Está bien?

—Está bien. —Adrian mira directamente a Clay y Tristan—. Me la llevo a casa de mis abuelos unas noches. Necesita descansar de... —Mira a Finch—. De la casa. Mañana os llamo para poneros al corriente, ¿de acuerdo?

Clay y Tristan se miran. Parecen renuentes a mirar a Finch. Al final, asienten con la cabeza.

Jozsef no hace preguntas.

—Te ayudaré a buscar un taxi. —Se aparta de la barra, rodea a Adrian y empieza a abrirse camino hacia la puerta.

Fuera, la noche de Budapest es fría y bulliciosa. Mientras lleva a Ginny por la acera, recibe empujones de los juerguistas que van de un lado a otro vestidos con ropa de color neón. Apenas los miran, porque suponen sin duda que es otra juerguista demasiado borracha para andar. Jozsef sale corriendo a la calle y le hace señas al primer taxi vacío que pasa. Abre la puerta trasera y la sujeta mientras Adrian entra, con cuidado de que la cabeza de Ginny no se golpee contra el techo.

—Mándame un mensaje cuando llegues a casa —dice Jozsef, que parece completamente sobrio.

Adrian asiente con la cabeza en silencio. Jozsef cierra la puerta y el taxi avanza a toda velocidad mientras Ginny sigue acurrucada en su regazo, con el cuerpo tembloroso como un niño que se enfrenta a la luz del día por primera vez.

PARTE IV

«¿Cómo he llegado aquí?».

Cuando Ginny se despierta, se encuentra en un cálido dormitorio pintado de amarillo. Las sábanas están limpias. Una colcha tejida a mano cubre los pies. En un rincón de la estancia hay una mecedora blanca acolchada. En otro, una cómoda azul claro con un espejo colgado encima. Se incorpora en la cama. En el espejo ve a una chica asustada con una melena rubia desenfadada. Tarda un momento en darse cuenta de que esa chica es ella.

Por la ventana, ve una hilera de casas: una amarilla, una azul, una roja; todas tan alegres que parecen estar gritando. De lado a lado de la calle ve una hilera de farolillos de papel. Todo el mundo parece feliz.

Entonces se da cuenta de que está en casa de los abuelos de Adrian.

Su teoría se confirma cuando sale de la cama y se dirige a la cómoda, donde encuentra una fotografía enmarcada de Adrian con dos mujeres, una joven y otra anciana, que solo puede suponer que son su familia directa.

«Esta debe de ser la habitación de Beatrix», piensa. No conoce a la hermana de Adrian, pero hay demasiados toques femeninos para que la habitación sea la de él: la colcha, las flores, el cajón lleno de bronceadores y de cremas hidratantes.

En ese mismo cajón: un cuaderno con una mariposa bordada en la portada. Lo saca y le da la vuelta. El cuaderno parece vibrar, llamarla. Se lo lleva a la cama y lo tira sobre la colcha. A Beatrix no le importará, piensa; el cuaderno está polvoriento y viejo, sin una sola arruga en el lomo. Seguramente se lo regalaron sus abuelos hace siglos.

Encuentra un boli en la mesita de noche, abre el cuaderno y empieza a escribir.

Intento reconstruir lo de anoche. Recuerdo flashes. Recuerdo que Adrian me encontró en el aseo. Recuerdo llorar. Recuerdo estar en sus brazos. Creo... Dios, creo que me ha traído aquí en brazos. Eso me parece totalmente imposible, como un superhéroe que rescata a alguien que cuelga de un tejado, agarrado solo con la punta de los dedos. Pero es la única explicación que tengo.

Me da miedo salir de esta habitación. Aquí estoy a salvo. Una especie de dimensión desconocida, una caja de tres por tres metros aislada de los peligros del mundo exterior. Las casas felices al otro lado de la calle, la gente feliz llevando la compra a sus familias felices. Si salgo, todo eso desaparecerá. Tendré que enfrentarme a la verdad de lo que pasó anoche. Y no estoy preparada para eso. Es que no lo estoy.

Al final, acaba saliendo.

Tiene que hacerlo. Sabe que está en la casa de otra persona y que esconderse en el dormitorio todo el día sería una falta de respeto. Así que, a regañadientes, abre la puerta e intenta salir al pasillo sin hacer ruido. Pero cuando sale de la habitación, no se encuentra en un pasillo, sino en una cocina bañada por el sol, con paredes de ladrillo pintado y techos de madera altos. En el alféizar de la ventana hay especias y tarros de encurtidos. Del horno y el fregadero cuelgan paños de cocina. El lavavajillas está pintado de azul cielo descolorido.

Y de pie alrededor de la acogedora isla de la cocina: Adrian y sus abuelos.

Todos se vuelven a la vez para mirarla.

—Hola —la saluda Adrian.

—Hola —responde ella. No sabe qué más decir, así que saluda con la mano a sus abuelos y añade—: Soy Ginny.

—Lo saben —replica él, pero sin malicia—. Te presento a Eszter y a Imre. Nos quedaremos con ellos hasta que volváis a casa el sábado.

Ginny abre la boca, quizá para discutir, quizá para protestar, no lo sabe. Después mira a Eszter, la abuela de Adrian. Quiere encontrar consuelo allí, la sensación de que su presencia no es una molestia o una carga. No lo encuentra. Eszter ni siquiera la mira. Está mirando por la ventana de la cocina, con expresión inescrutable. Ginny se da unos tironcitos nerviosos del pantalón del pijama, consciente de pronto de que Adrian debió de desvestirla y ponérselo la noche anterior.

—Estábamos a punto de sentarnos a desayunar —dice Adrian, ajeno por completo a la frialdad que desprende su abuela—. ¿Te apetece acompañarnos?

—Ah, no…

—Insisto. —Adrian señala la cafetera de goteo—. ¿Café?

—Sí, por favor.

Como no quiere parecer una inútil, se acerca a la estantería de madera sobre la que hay varias tazas de café de cerámica blanca decoradas con arándanos pintados. Estira el brazo hacia una, pero antes de que pueda tocarla, una mano delicada y arrugada se cierra alrededor de su muñeca.

Da un respingo y baja la mirada. A su derecha está Eszter, quince centímetros más abajo, con la expresión más hosca y aterradora que Ginny ha visto en la vida. La mujer no habla. Se limita a menear la cabeza y a sacar un tarro de cristal transparente con asa. Se lo coloca a Ginny en las manos.

Estupefacta, Ginny se acerca a la cafetera con el tarro. Mientras Adrian se lo llena de café, se inclina hacia ella y susurra:

—La verdad es que no hablan inglés. Pero no te preocupes, yo traduzco.

Se sientan para desayunar, a una mesita de madera junto a los ventanales. Eszter e Imre sirven la comida: un cuenco con huevos revueltos, un plato con tostadas, un cuenco con mantequilla, tarritos de mermelada y gelatina caseras. Ginny espera, sin saber cómo proceder. Al parecer, espera demasiado; con un suspiro de fastidio, Eszter empieza a servirle huevos en su plato con una cuchara.

Mientras comen, Adrian habla con sus abuelos en húngaro. De vez en cuando, le traduce a Ginny: cosas sobre el tiempo, su trabajo, sus tíos y sus tías que viven cerca. Parece más tranquilo de lo que Ginny lo ha visto nunca. Varias veces se ríe a carcajadas de algo que dicen sus abuelos. Espera a que se lo traduzca para así poder forzar una carcajada ella también.

Nadie le hace preguntas, algo que agradece muchísimo.

Es la primera vez que Ginny desayuna en varios días y también la primera vez que no lo expulsa en más de un año. No le queda más remedio. Cuando terminan de comer, intenta excusarse para ir al baño. Sin mediar palabra, Eszter le pone una mano con una sorprendente firmeza en un hombro y la empuja hacia la silla. Dice algo que Ginny no entiende, algo en húngaro. Adrian lo traduce como:

—En esta casa, nos gusta disfrutar de la sobremesa hablando un rato.

Después del desayuno, no se le permite ayudar con los platos. No se le permite acercarse al fregadero.

No sabe qué les habrá contado Adrian a sus abuelos cuando apareció en su puerta la noche anterior, pero ha debido de ser la verdad.

—¿Quieres ducharte? —le pregunta Adrian.

Le responde que sí. Él mira a Eszter, que se hace con el periódico que hay en la encimera de la cocina y conduce a Ginny escaleras arriba hasta lo que parece ser el dormitorio principal. Cruza la habitación y entra en el cuarto de baño contiguo, donde le entrega a Ginny una toalla. Una vez que las dos están dentro, Eszter cierra la puerta del baño. A continuación, cierra la tapa del retrete, se sienta y abre el periódico.

Ginny titubea, a la espera de que la mujer se vaya. No lo hace. Y, en ese momento, comprende lo que pasa. No le quedan fuerzas para discutir. Se quita toda la ropa y se mete en la ducha. Cuando abre el grifo, el agua sale helada. Tarda un minuto entero en salir caliente.

Eszter no la mira en ningún momento. No habla, no hace preguntas. Con el tiempo, Ginny se acostumbra a su presencia. Sabe por qué está ahí. Es una advertencia. Un recordatorio de que, si hace algo que no debe, Eszter lo sabrá.

Su dormitorio no tiene baño propio. Si quiere hacer pis, tiene que usar el aseo del vestíbulo. Eszter lo mantiene cerrado. Ginny tiene que pedir la llave si quiere usarlo, y Eszter se queda fuera mientras espera a que termine. La puerta es delgada; si Ginny vomita, Eszter lo oirá.

Ginny está sola en el dormitorio de Beatrix ahora mismo, escribiendo sobre el desayuno en el cuaderno de la mariposa. Adrian le ha preguntado si le apetecía tener compañía, y le apetecía, pero de todas formas le ha dicho que no.

No sabe por qué está escribiendo todo esto. Casi no ha escrito desde que se fue de Minnesota, y tampoco se debe a que se le hayan ocurrido ideas. La verdad, no hay muchas cosas que hacer en esa casa. Todos los libros están en húngaro. La tele casi no funciona y, de todos modos, solo se ve televisión por cable en húngaro. A Adrian no parece hacerle mucha gracia eso; habló del tema con sus abuelos largo y tendido. Ginny lo sabe porque no dejaba de señalar el viejo aparato y cree haber oído la palabra «Disney». Está segura de que tendrán un flamante televisor de pantalla plana cuando se vaya, lo quieran o no.

Sin embargo, de momento, no hay nada que leer, nada que ver. Solo está Ginny con su cuaderno. Y su ansiedad, que se empeña en recordarle los huevos y las tostadas que acaba de meterse en el cuerpo.

Está cansada. Muy cansada, cansadísima.

Seguramente se eche una siesta.

Ginny también tiene que comerse el almuerzo. Esperaba poder saltarse la comida con la excusa de la siesta, pero cuando sale del dormitorio a las dos en punto, Eszter tiene un sándwich esperándola. Lo deja en la mesa de la cocina y saca una silla, tras lo cual le hace un gesto para que se siente.

Ginny se queda mirando el sándwich un buen rato. No le apetece mucho, pero al mismo tiempo le da miedo que, en cuanto empiece a comer, sea incapaz de parar. Se lance a abrir los armaritos. Se coma las patatas fritas, las galletas y todo lo que encuentre. Deje la cocina limpia de comida.

Al cabo de unos minutos, Adrian baja la escalera.

—Estás despierta —dice.

—Estoy despierta.

Se sienta en la silla frente a ella. No dice nada, se limita a quedarse allí sentado. Ginny empieza a comer. Se mueve despacio, arrancando la corteza. Tarda un poco, pero se lo come todo.

Después de comer, juegan a las cartas. Adrian le enseña a Ginny un juego húngaro llamado «snapszer», que utiliza cartas con números romanos. Ella no termina de entender lo que pasa, pero le distrae la mente mientras intenta no pensar en la comida que le quema el estómago. No puede pedir nada más.

Cuando terminan la partida, Ginny va al dormitorio en busca del cuaderno y regresa al salón. Adrian está delante del televisor, ajustando las antenas. Se da media vuelta cuando la oye entrar.

Al ver el cuaderno, se le iluminan los ojos.

—¿Has vuelto a escribir?

—Supongo —contesta ella. Después se tumba en el suelo y empieza una nueva entrada.

Adrian no dice nada mientras ella escribe; pero cada pocos minutos, nota su mirada de reojo, quemándole la mejilla.

Creo que escribir es la única forma de comunicación con la que puedo contar lo que quiero decir de verdad. Cuando hablo, me siento como una presa rota: mis palabras son agua derramada, con una vida y un propósito independientes. No controlo adónde van ni lo que destruirán por el camino. Pero cuando escribo, tengo tiempo para pensar en lo que quiero decir. Para colocar cada letra, cada coma, cada dos puntos justo como quiero. Controlo mis palabras; me controlo a mí misma.

Tengo miedo de cenar esta noche.

Eszter ha estado cocinando prácticamente todo el día, y lo que sea que esté haciendo huele que alimenta. Que es justo lo que me da miedo.

Cualquiera que padezca un trastorno de la conducta alimentaria sabe que las noches son peores que los días. Sobre todo si lo tuyo es restringirte. Para cuando se pone el sol, eres como un oso que sale del periodo de hibernación. Tu cuerpo necesita comida, y la necesita ya.

Para ser sincera, hoy no he comido mucho. Un poquito en el desayuno, un sándwich sin corteza. Para mi cerebro anoréxico, eso parece mucho, pero soy consciente de que, en realidad, no lo es. Tengo hambre. Y cuanto mejor huele la casa, más hambre tengo.

La cena va muy bien, por sorprendente que parezca.

Ginny se muestra cuidadosa. Solo come la mitad de lo que le sirven y, después, se sienta sobre las manos. Se da cuenta de que la bestia intenta abrirse paso hasta la superficie. Se da cuenta de que su cerebro empieza a dar vueltas, tomando nota de todas las fuentes, de todas las opciones que hay en la mesa. Se da cuenta de que sucede, y consigue controlarlo aunque le cuesta.

Tal vez resulte más fácil de lo que pensaba.

Me he dado un atracón. No era mi intención hacerlo, pero así ha sido.

A eso de las once, me entró hambre de nuevo, seguramente porque no me comí todo lo que tenía en el plato. Así que fui a la cocina en busca de algo para picar. Encontré un bote de mantequilla de cacahuete. Me gusta la mantequilla de cacahuete. Abrí el bote y me comí tres cucharadas. Después lo cerré, lo guardé de nuevo en el armarito y me volví a la cama. Solo me comeré eso, decidí.

Me quedé tumbada en la cama unos treinta segundos, pensando en el regusto de la mantequilla de cacahuete en mi lengua. En lo suave que era. En lo cremosa. El sabor se repitió en bucle en mi cabeza, como el canto de una sirena, llamándome para que volviera a la cocina.

Bien, decidí. Me comeré solo una cucharada más.

No me comí solo una cucharada más. Una se convirtió en dos, que a su vez se convirtieron en cuatro. Estaba muy buena y me entraba muy bien, y las excusas empezaron a amontonarse en mi cabeza: pero tengo hambre, pero no he comido demasiado hoy, pero llevo siendo anoréxica tanto tiempo que me merezco la mantequilla de cacahuete, me merezco comerme la mitad del bote, puede que más, solo un cuarto más del bote, eso no está tan mal, ¿verdad?, y quizá solo otra cucharada, está buenísima, ¿a que sí?, y, uf, ¿eso es el fondo del bote?, ¿cómo he llegado aquí?, joder, acabo de comerme un bote entero de mantequilla de cacahuete que tiene como tres mil calorías, acabo de meterme tres mil calorías en el cuerpo sin parpadear, joder, joder, ay, joder, ¿qué acabo de hacerme?, madre mía, madre mía…

El pánico me envolvió como unos brazos conocidos, como un abrazo que empieza tierno, pero que va apretando cada vez más, estrujándome el pecho y aplastándome la laringe.

Joder.

Joder.

Tomé una honda bocanada de aire. Después lo limpié todo, absolutamente todo. Limpié las manchas de mantequilla de cacahuete de la encimera. Metí la cuchara en el lavavajillas. Le puse la tapa al bote. Ni siquiera tiré el bote vacío a la basura…, eso sería dejar una prueba indiscutible. Me lo llevé al dormitorio y lo escondí debajo de la cama, asegurándome de que quedara oculto por el faldón.

Ahora estoy tirada en el suelo de la habitación. Hecha un ovillo, aferrándome con una mano el tobillo con tanta fuerza que sé que me saldrá un moratón mientras con la otra escribo como una loca en este cuadernillo de la mariposa. El miedo se extiende espeso y pegajoso por mis entrañas, como la mermelada recién hecha sobre el pan duro.

Tengo mucha hambre. Estoy llenísima. Tengo mucha hambre. Estoy llenísima.

Me muero por vomitar. Quiero expulsarlo todo, toda la comida y la tristeza y el miedo y el peligro en el que me acabo de poner. Pero no puedo. Si lo hago, me temo que Eszter me echará, y aún no estoy preparada para abandonar el santuario que es esta casa.

Se me escapa la mantequilla de cacahuete por el esófago. Estoy hartísima de tener un trastorno de la conducta alimentaria.

No sé qué hacer con todo este cuerpo. Creo que mejor me lo cargo.

El día siguiente es espantoso. Ginny se siente como si fuera a explotar. Como si se le fueran a salir los órganos por la piel.

La noche anterior casi vomitó. Estuvo a punto de hacerlo. Cuando terminó de escribir en su diario, era más de medianoche. Salió a hurtadillas del dormitorio con la idea de vomitar en el fregadero y luego echar agua para que se fuera por el desagüe. Pero al cruzar la cocina, un escalón crujió a su espalda. Se dio media vuelta. En el rellano estaba Adrian, con una mano en el interruptor de la luz.

—¿Ginny? —preguntó—. ¿Qué haces?

—Nada —contestó. Después cruzó la cocina a la carrera y siguió hasta el dormitorio, cuya puerta cerró con llave.

Ginny cree que antes estaba llena de vida. En la universidad, y durante la mayor parte de su vida, ella era la que chispeaba. La cosita menuda con pinta de duendecillo. Tops cortos. Patines. Siempre dispuesta a contar un chiste, y más dispuesta todavía a reírse cuando oía el de otra persona. Le encantaba conocer a gente nueva. Le encantaba que los desconocidos fueran como lienzos en blanco, fachadas amigables que contenían mentiras, secretos y años de misterio que desentrañar. Cada uno con un pasado. Cada uno con una historia.

Ahora solo piensa en comida.

Está harta. Harta de que la comida ocupe hasta el último rincón de su espacio mental. Pero también sabe que, para deshacerse de todo, tiene que comer, y que se le quede dentro; pero cuando lo haga, su cuerpo empezará a expandirse, y es incapaz de sobrevivir en un cuerpo más grande. No puede.

Estuvo yendo a la consulta de un especialista en trastornos de la conducta alimentaria durante un mes en Minnesota. Por la anorexia.

Las sesiones tenían lugar en una de esas clínicas con pacientes ingresados y externos. Una vez, de camino a la consulta, vio a las chicas que vivían allí todo el tiempo. Estaban sentadas en lo que parecía una sala de reuniones, con manualidades desperdigadas entre ellas. Había plumas y purpurina, pinturas y marcadores, corazones y ojos saltones. Pegaban cosas juntas, a veces las unas a las otras. Sonreían y reían. Parecían felices.

La imagen la deprimió tanto que no volvió a ir.

Mientras desayunaba mi bagel con queso crema hoy, pensé en la ansiedad.

No puedes curar la Ansiedad saliendo al mundo sin más para buscar de forma activa lo que te estresa (aunque si puedes..., hazlo, desde luego). Una de las partes más complicadas del miedo basado en la ansiedad es que, a menudo, lo que temes no existe en realidad.

Cuando surge la ansiedad, cuando emprendes ese camino sin retorno, no puedes «pensar» ni razonar para abandonarlo. Es el equivalente mental de perseguir coches a los que les da igual si los quieres en el camino o no. En este caso, por supuesto, el camino es tu mente.

Una vez dicho esto: no intentes razonar para salir de la ansiedad. No hará caso de la lógica ni de la razón. La ansiedad siempre buscará motivos para mantenerse viva.

Lo mismo me pasa con la ansiedad por la comida. Sigo intentando hacerme entrar en razón para comer con normalidad, pero es imposible, joder. La ansiedad ya ha identificado todas las trampas posibles: demasiado poco, demasiada cantidad, demasiada variedad, insuficiente. En cada comida, mi cerebro oscila entre estas posibilidades, arrinconándome cada vez más en esa posición que ya me conozco muy bien.

Mira lo que pasa ahora, por ejemplo. Adrian se ha ido con la camioneta de su abuelo en busca de mi equipaje, que sigue en la casa alquilada de Tristan. Yo estoy tirada en el sofá del salón, con el cuaderno abierto, anotando cada tonto e inútil detalle de las veinticuatro horas que he pasado en esta casa. A ojos de Imre, el abuelo de

Adrian, que está sentado en la butaca del otro lado del salón, eso parece lo único que hago. Estar tumbada en el sofá y escribir. Seguramente le parezco tranquila. Incluso relajada.

Sin embargo, si pudieras mirar en mi cabeza, no pensarías lo mismo. Creerías que estoy fatal o algo parecido porque mis pensamientos se mueven tan deprisa que parece que estoy subida en una de esas tazas locas en un parque de atracciones.

- *Comiste demasiado.*
- *Tienes que vomitar.*
- *No puedes vomitar.*
- *Llevas dos días sin hacer ejercicio.*
- *Tienes que levantarte y andar un poco.*
- *Vas a ponerte gorda.*
- *Vas a sentirte fatal contigo misma.*
- *Volver al primer punto de la lista. Repetir.*

Que sepas que si esta situación tiene algo de positivo es que, dedicada en cuerpo y alma a sentir que puedo morir en cualquier puto momento, no me queda tiempo para pensar en Finch.

Mientras pienso en él ahora mismo, no me siento triste; estoy enfadada. Creo que hasta podría odiarlo. Lo hago. Toda la tristeza que sentí por su compromiso… ha desaparecido, dejando en su lugar una ira candente que no se parece a nada que haya sentido por otro ser humano en la vida.

¡Y pensar que no hace ni una semana me creía enamorada de él!

¿Cómo es posible? ¿Podemos engañarnos hasta el punto de hacernos creer que estamos enamorados? Y, si es así, ¿cómo voy a saber cuándo es de verdad? Quizá no pueda. Quizá ese sea el quid de la cuestión. Quizá, cuando pase, tendré que lanzarme a ciegas y rezar para que mis emociones no estén intentando engañarme.

Cada comida es una puta montaña. Ginny se muere por comer y, a la vez, le da tanto miedo que desearía poder matar brutalmente la necesidad de sustento de los humanos. Jamás ha experimentado emociones tan encontradas por algo tan sencillo.

A la hora de comer, picotea de su plato, con tiento, avergonzada. Sabe que todos la miran. Que se preguntan si, después de irse a la cama, vomitará por la ventana de su habitación. Seguramente creen que es débil, que es repugnante. No soporta la imagen de su plato vacío. No soporta la sensación de existir dentro de su propia piel.

Sin embargo, y pese a todo, hay una constante: Adrian. Nunca lo dice, pero ella se da cuenta de que la observa. Se sienta lo bastante cerca para que ella sepa que está ahí, que puede pedirle ayuda si la necesita, pero también lo bastante lejos como para que no tenga la sensación de que la atosiga.

Esa noche, se termina todo el plato y le entran ganas de quitarles a sus abuelos los platos de las manos y tragárselos también. Los dos impulsos le gritan a la par: ¡No comas! ¡Cómetelo todo! ¡No comas! ¡Cómetelo todo!

Como si pudiera leerle el pensamiento, Adrian le acerca su plato.

—¿Quieres?

Ella menea la cabeza.

—¿Estás segura? Porque no pasa nada si te apetece.

Cualquier cosa que acepte del plato de Adrian, no podrá vomitarla. Cualquier cosa que se meta en el cuerpo, tendrá que retenerla. Se come sus patatas. Se come las patatas de Imre. Después se queda sentada en la silla y le entran ganas de llorar.

Con mucho tiento, Adrian baja una mano y la coloca sobre su puño, que aprieta con mucha fuerza sobre la servilleta. Ella levanta la mirada, pero él no la mira. No le da importancia a ese gesto de consuelo.

Adrian mantiene la mano sobre la suya hasta que afloja los dedos, hasta que por fin los separa del todo.

Después de la cena, se trasladan al salón. Adrian juega al snapszer con sus abuelos. Ginny se tumba en el sofá. Cree que Imre y Eszter deben de pensar que le pasa algo muy grave; lo único que hace es estar tumbada y garabatear en su cuaderno.

«No tienen ni idea, vamos —piensa—. Porque sí que me pasa algo malo. Me pasan muchas, muchísimas cosas».

Adrian la mira varias veces. A la cuarta o la quinta mirada, ella levanta la cabeza y lo mira a su vez. En vez de avergonzarse, sonríe.

—Me alegro de verte escribir —dice en inglés.

Ella baja la mirada con las mejillas ardiendo.

Se pregunta qué pensaría si supiera que no lo hace por entretenerse. Que está escribiendo porque tiene la sensación de que es lo único que la mantiene sujeta a la faz de la Tierra. Que si no escribiera, se daría un atracón, o se purgaría, o estallaría sin más en una nube de humo y se alejaría para que nadie más volviera a verla.

La mañana siguiente es distinta. Después de desayunar, Adrian le pregunta a Ginny si quiere dar un paseo.

Durante los dos últimos días, no ha querido hacer casi nada. Está demasiado agotada. Pero esa mañana se sorprende al encontrar una chispita de energía recorriéndole el cuerpo. Acepta.

Solo hay un problema: a esas alturas ya ha pasado la conmoción inicial de su situación y empieza a sentir la vergüenza que cree que debería haber sentido desde el primer día. Está en un país extranjero, importunando a los abuelos de un chico con el que mantuvo relaciones sexuales. Su sentido común por fin la ha alcanzado y se siente humillada.

Y todo eso para decir… que no quiere que Adrian se sienta en la obligación de vigilarla como a una niña.

—No hace falta que me acompañes si estás ocupado —dice.

—Tranquila. Me gustaría estirar las piernas. —Hace una pausa mientras se ata los cordones de los zapatones—. Además… En fin. La verdad es que no quiero dejarte sola ahora mismo.

Ah. Claro. Porque podría ponerse a vomitar encima de cualquier arbusto que crezca junto a la acera.

Es un puto lastre.

Durante el paseo, Adrian la guía colina abajo por sinuosas calles adoquinadas, flanqueadas por casas de colores o en ruinas. A medida que avanzan, le va señalando lugares emblemáticos: galerías de arte, casas famosas, pequeñas estatuas esculpidas por artistas de renombre. Ginny intenta prestar atención, pero no puede dejar de pensar en su propia culpa. Las palabras de Adrian, por alegres que sean, le parecen recubiertas de una gruesa capa de lástima en ese momento.

Una sensación que empeora cuando dice:

—Creo que ya es hora de que hablemos del tratamiento.

Ella se queda petrificada sobre los adoquines.

—¿Cómo?

Adrian también se detiene.

—De que inicies la recuperación. Una recuperación real, quiero decir, no la versión ligera que hemos puesto en marcha por nuestra cuenta.

La idea de ingresar en un centro de tratamiento, con sus paredes blancas y sus sábanas esterilizadas...

—Yo no...

—Sé que da miedo, Gin. —Da un paso hacia ella y le toma las manos—. Sé que no quieres alterar tu vida. Pero he estado leyendo sobre la recuperación de los trastornos de la conducta alimentaria, y lo cierto es que los centros de recuperación son una maravilla. En serio. Si de verdad quieres cambiar, claro... —La mira con expresión elocuente.

—Sí que quiero —se apresura a decir. Porque es cierto, ¿verdad?

—Bien. —Adrian asiente con la cabeza—. En ese caso, está decidido. En cuanto vuelvas a Nueva York y estés lista para decírselo a tus padres, podemos llamarlos juntos. A menos que quieras hacerlo sola, claro. Siempre y cuando iniciemos el proceso. —Le suelta las manos y retoma el paseo. Ginny lo sigue, y el entumecimiento la invade a cada paso que da.

Después de diez minutos, llegan a la calle comercial, Bogdányi. Giran a la izquierda y caminan cuesta abajo. Adrian señala una pastelería especializada en dulces de mazapán. Parece dispuesto a explicarle con entusiasmo la importancia del mazapán en la cultura húngara. Pero antes de que pueda ahondar mucho, Ginny deja de andar.

En un primer momento, Adrian sigue adelante como si nada. Cuando se da cuenta de que no lo sigue, se da media vuelta, confundido.

—¿Ginny? —le pregunta—. ¿Quieres entrar?

Respira una vez, dos y tres veces. Luego le dice:

—Lo siento.

—¿Cómo dices? —Adrian se acerca—. ¿Qué es lo que sientes?

—Pues… —Hace un gesto vago, señalándose a sí misma—. Pues todo esto. Haber tenido una crisis. Haberte arruinado el viaje con tus amigos. Haberte obligado a que me llevaras a casa de tus abuelos y ser una puta imposición para ellos.

—Ginny —Adrian acorta la distancia entre ellos—, no me has obligado a hacer nada. Fui yo quien decidió traerte aquí.

—Pero es culpa mía. Si no fuera un desastre, no habrías tenido que tomar esa decisión. Soy muy… —Se le quiebra un poco la voz—. Soy muy egoísta. Lo siento, Adrian. Lo siento mucho.

—Ginny. —Le pone las manos en los hombros.

—Yo no… —Traga saliva y las siente. Las lágrimas. No quiere volver a llorar delante de él—. No quiero ser una carga para tu familia.

—Shhh. —La abraza con fuerza—. No pasa nada, Ginny.

—No quiero…, no quiero ser una carga. Para nadie. No me gusta. Lo odio.

—Shhh. No eres una carga.

—Sí, lo soy. —Empieza a llorar—. No hace falta que me mientas, Adrian.

—No estoy mintiendo.

—Aquí me tienes, en medio de tu ciudad natal, llorando a moco tendido, ¿y me dices en serio que no soy una carga?

Adrian guarda silencio un momento y Ginny piensa que por fin lo ha puesto entre la espada y la pared, que por fin va a darle un empujón y va a sacar a la luz toda la irritación que lleva dentro. En cambio, al cabo de unos segundos ve que le tiemblan los hombros.

—¿Estás...? —Se aparta de él, pensando que está llorando. Sin embargo, cuando levanta la mirada, no son lágrimas lo que ve; es risa.

Ella también suelta una carcajada sorprendida, pese a sus lágrimas.

—¿Qué? —le pregunta—. ¿De qué te ríes?

—Si alguien me hubiera dicho en la universidad —contesta Adrian, con los hombros aún temblorosos mientras se tapa la boca con una mano— que algún día abrazaría a Ginny Murphy en la calle más concurrida del centro de Szentendre mientras llora a lágrima viva... —dice mientras se seca una inexistente lágrima de los ojos—, lo habría llamado loco.

Ella esboza una sonrisa.

—Y con razón.

Adrian niega con la cabeza. Luego la aferra por los brazos y se inclina para mirarla directamente a la cara.

—Si no puedes cargar a tus amigos con tus problemas —le dice—, ¿con quién los vas a compartir?

Ginny lo piensa un momento y luego susurra, mordiéndose el labio:

—Con nadie.

—No me vengas con mierdas.

Ginny levanta tanto las cejas que casi le llegan al nacimiento del pelo. No recuerda haber oído nunca a Adrian decir palabrotas.

—Lo digo en serio. Eso es una mierda. A ver, que lo entiendo. Nadie como yo para enterrar las emociones. Y tú lo sabes mejor que nadie.

Ginny no puede evitar reírse al oírlo decir eso.

—Cierto.

Adrian sonríe.

—Pero Clay tenía razón, Ginny.

—¿A qué te refieres?

—Me preocupo por ti. Como Clay. Y Tristan, e incluso Finch, a su desastrosa manera. No vamos a hablar de él. —Adrian levanta una mano y le coloca un mechón de pelo suelto detrás de la oreja. El gesto hace que jadee, sorprendida—. Estamos hablando de ti y del hecho de que…

—¿De que qué, Adrian? —lo interrumpe con un hilo de voz.

Esos ojos marrones la miran directamente. Después de una pausa, dice:

—De que me preocupo por ti. De que me preocupo por tu salud. De que me importa que sigas viva, joder. —Desvía la mirada hacia los dulces de mazapán que relucen en el escaparate—. Sé adónde llevan los trastornos de la conducta alimentaria. Sé cuál es el final. Y no… —Se le quiebra la voz—. Me niego a que eso te pase a ti. —Vuelve a mirarla—. ¿De acuerdo?

Ginny susurra:

—De acuerdo.

—Bien. —La suelta, le pasa un brazo por encima de los hombros y la pega a su costado. Juntos siguen andando por Bogdányi.

—¿Adrian? —Ella le da un pellizco en el costado—. Lo siento.

—¿Qué acabo de…?

—No. —Ella menea la cabeza—. No me refiero a eso. Siento obligarte a repetir el recorrido turístico, porque quiero aprender cosas de tu ciudad natal, pero antes no te estaba prestando atención, así que no me he quedado con nada de lo que me has dicho.

Adrian se ríe, y el sonido es tan cálido y sincero que le produce un breve arrebato de euforia. Mientras bajan por Bogdányi, Ginny desearía poder embotellar ese sonido, guardárselo en el bolsillo trasero y conservarlo para siempre.

Los paseos se convierten en su ritual diario. Uno por la mañana, otro por la tarde.

En su primer paseo vespertino, Ginny obliga a Adrian a repetirle de nuevo todos los datos históricos a los que no les prestó atención esa mañana. Cuando él señala un edificio y dice que debajo hay una galería de arte, ella le dice que quiere entrar.

—Este edificio es el Estudio Lajos Vajda —le dice Adrian mientras bajan la escalera—. Debe su nombre a Lajos Vajda, un famoso artista húngaro que vivió a principios del siglo xx. Era un hombre raro. Hacía pintura abstracta, carboncillo y *collage*.

Llegan al final de la escalera y ante ella aparece lo que solo puede describir como una mazmorra muy bien iluminada. Las paredes y el suelo son de ladrillo polvoriento y deteriorado. El techo es abovedado. Todo le recuerda a la cripta de Juego de Tronos.

Salvo por las obras de arte.

Que están por todas partes. En las paredes, enrolladas alrededor de las columnas, erguidas en el centro de la sala. Óleos, pasteles, *collages*, fotografías, esculturas, instalaciones. Cada una más extraña que la anterior.

—Este estudio abrió en los años setenta del siglo pasado. —Adrian la conduce hasta el cuadro más cercano. Es una obra abstracta pintada con intensos colores primarios que le recuerda a las casas de Szentendre. No distingue ninguna forma, salvo un pequeño ojo en la esquina inferior izquierda—. Es una plataforma que se dedica a apoyar a los artistas húngaros *underground*. Así que vas a ver cosas muy raras.

—No me digas —dice mirando una escultura que parece estar recubierta de una fina capa de pelo humano.

Siguen recorriendo la galería.

—¿Te gusta el arte, entonces? —le pregunta Adrian.

—No lo sé —contesta con sinceridad—. Nunca lo he estudiado en profundidad.

—Bueno, no hace falta estudiar arte para apreciarlo.

—¿Tú crees? A menos que te salga de forma natural, como una especie de don. Yo veo estas cosas y pienso que no tengo ni idea de lo que el artista quiere decir. Entiendo el sentido general de la obra, pero no sé cómo analizarla, cómo extraer su significado. No como con un texto escrito. Con los cuadros, los miro y me siento un poco tonta, la verdad.

Adrian menea la cabeza.

—No eres tonta. El análisis del arte es un músculo, igual que el análisis literario. ¿Eras capaz de identificar metáforas, aliteraciones, el humor y el tono de un texto antes de empezar a estudiarlos en serio?

Ella reflexiona un momento.

—En realidad, a cierto nivel creo que la respuesta es sí. Escribir siempre ha sido algo natural para mí. Es una de las pocas cosas que me salen sin más. Para todo lo demás (matemáticas, ciencias, deportes, música, lo que sea) siempre he tenido que esforzarme un montón si quería obtener resultados mínimamente satisfactorios. —Se detiene delante un retrato al carboncillo. La mujer se ha llevado las manos a la cara, pero apenas si se toca las mejillas. Tiene la cabeza echada hacia atrás y la boca entreabierta. Es una postura que indica sorpresa, aunque su mirada no parece sorprendida—. No digo que saliera del vientre materno sabiendo lo que era una metáfora. Es evidente que no. Pero siempre..., no sé. Siempre he sabido cómo hacer que un texto sea denso, ligero, truculento o gracioso. Siempre he sabido que los personajes necesitan historias de fondo y motivaciones. Aunque no pensaba en esos términos, claro. Me limitaba a... Me limitaba a escribir sobre las personas. A narrar historias.

Adrian se queda callado, mirándola.

Ella analiza sus palabras.

—Eso ha sonado muy arrogante, ¿verdad?

—No. —Menea la cabeza—. Qué va.

—Oh. —Agacha la mirada hacia el polvoriento suelo de piedra—. Bueno, ya está bien de hablar de mí. Llevo siendo el centro de atención durante toda esta dichosa semana. Seguro que estás harto. Háblame de Disney. Ni siquiera te he preguntado cómo te va.

Cuando vuelve a mirar a Adrian, lo ve abrir la boca como si fuera a decir una cosa y luego la vuelve a cerrar. Después asiente con la cabeza y dice:

—De acuerdo. —Sonríe—. Me va genial, la verdad. Acabo de terminar mi primer gran proyecto.

—¿Ah, sí? Cuéntame.

Adrian se saca el móvil del bolsillo y teclea algo en Google. Una vez que la página se carga, lo gira para que ella vea la pantalla. Es un artículo de *USA Today* titulado «Disney+ ampliará su servicio de *streaming* a catorce países». Ella le quita el teléfono de la mano y va leyendo el artículo. Casi todo es la típica jerga empresarial (el tipo de cosas que escribiría sobre Sofra-Moreno en su trabajo), pero en el quinto párrafo hay una lista de los países en los que se va a lanzar el servicio: Bulgaria, Croacia, Hungría…

—Espera. —Levanta la mano con la palma hacia él—. ¿Me estás diciendo que has ayudado a lanzar un servicio de *streaming* que llevará películas y televisión a los niños húngaros?

Adrian se limita a sonreír.

Ginny le da un guantazo en un hombro.

—Joder, Adrian, ¿estás de broma o qué? ¡Esto es increíble! ¿Por qué no me he enterado antes de esto?

Él se encoge de hombros.

—No se anunció oficialmente hasta la semana pasada. Además, ya sabes… —Levanta un brazo y se rasca la nuca—. No hemos hablado mucho desde…

Dejan que la frase flote en el aire, interrumpida.

Adrian carraspea.

—En fin. ¿Satisfecha con lo que has visto?

—¿Aquí abajo? Por supuesto. —Señala su móvil—. ¿Sobre tu proyecto? Ni hablar. Será mejor que me lo cuentes todo. —Le da otro guantazo en el hombro—. Estoy muy orgullosa de ti, Adrian.

Él sonríe de oreja a oreja.

Los bebés y los bulímicos tenemos algo en común: nos encanta regurgitar.

A diferencia de los bulímicos, los bebés no intentan reducir su tamaño. Intentan crecer, pero no saben cómo. No pueden alimentarse por sí mismos. Así que comen y comen, y comen; y no saben cuándo parar, así que comen demasiado y luego echan la mitad.

A veces, me siento como un bebé.

A veces, me elevo y salgo de mi cuerpo; y cuando lo hago, me veo como lo que soy: un ser humano que no está completamente formado, que intenta convertirse en adulto, pero que no sabe cómo. Que no sabe alimentarse. Que necesita que alguien le diga cuándo y cuánto comer, pero que, en realidad, no puede pedir lo que necesita porque no puede hablar. Solo puede llorar y llorar y llorar y esperar que, al final, alguien la escuche.

Ginny todavía no quiere volver a casa. Aún le quedan dos días en Hungría antes de tener que subirse a un avión y regresar a Nueva York, pero ya lo está temiendo. No quiere volver a ese piso, donde Finch vive a escasos dos metros de ella. No quiere volver a su trabajo, aunque le encanta que Kam asienta con la cabeza cuando ve lo rápido que entrega sus tareas. Quiere...

Todavía no sabe lo que quiere.

Lo que sí sabe es que no puede quedarse más tiempo donde está. Por más que Adrian diga que no es una carga. Y lo dice porque no se da cuenta de cómo la mira Eszter, de cómo chasquea la lengua con desagrado cuando quita las sábanas de la cama y las lleva a la lavadora. Ginny intenta interrumpirla, decirle que puede hacerlo ella misma, pero Eszter la despacha.

Han pasado cuatro días desde la última vez que se purgó. Es una locura lo rápido que su cuerpo se expande. Desde fuera, seguramente le dirían que es una ridiculez, que es imposible que haya engordado ya, pero ella lo sabe. Es como si su cuerpo lo pidiera con desesperación, un kilo más, un gramo de grasa más. La grasa se le acumula en muchos sitios. Alrededor de la cintura, en los muslos, en la parte posterior de los brazos, debajo de la barbilla. Prácticamente, se burla de ella con la misma facilidad con la que se acumula.

Tiene la impresión de que la inseguridad la está ahogando. Si pudiera elegir, se acurrucaría en un ovillo y se pasaría el resto de la vida durmiendo.

Ese mismo día, Ginny está tumbada en el sofá, escribiendo en su diario como siempre, mientras Imre lee tranquilamente en su butaca. Justo cuando termina de escribir, Imre se levanta y se acerca a la estantería. Ella supone que va a por otro libro, pero después de buscar algo durante un minuto, saca un tomo tan grande que solo puede ser una enciclopedia. Se da media vuelta y se acerca a ella. Ginny piensa que tal vez sea un diccionario de húngaro a inglés, que tiene algo que contarle. Sin embargo, no se da cuenta de lo que es hasta que Imre se acomoda en el sofá a su lado y lo abre.

Es un álbum de fotos.

Imre abre la primera página y señala una foto. Ginny esboza una enorme sonrisa, porque en la fotografía aparece un bebé moreno, regordete y precioso que solo puede ser una persona.

—¿Adrian? —pregunta.

Imre asiente con la cabeza, sonriendo. Señala otra foto, en esa ocasión de dos niños pequeños paseando por el Danubio: Adrian y Beatrix. Siguen sentados en silencio durante unos minutos mientras Imre pasa las páginas para ella. Cada vez que llegan a una foto especialmente bonita de Adrian, hacen una pausa para sonreírse. Al cabo de unas cuatro páginas, Imre levanta la mano para pasar a la siguiente, pero ella lo detiene. Allí, en la esquina superior derecha de la página, hay una fotografía descolorida por la que quiere preguntarle. Levanta un dedo, saca el móvil y busca en Google la traducción que necesita. Cuando la encuentra, señala la fotografía y pregunta:

—*Apa?*

«¿Padre?».

La fotografía en cuestión es de un hombre pálido y larguirucho que está de pie junto a un coche amarillo, con un montón de libros debajo de un brazo. Lleva un abrigo gris y unas gafas en la punta de la nariz. Sin embargo, la sonrisilla lo delata. Es la misma sonrisa de Adrian.

Imre pone dos dedos sobre la cara del hombre larguirucho. Sobre la cara de su hijo. Le salen unas arruguitas en los rabillos de los ojos mientras dice:

—*Igen*.

Ginny conoce esa palabra. «Sí».

Teclea algo más en el traductor. Cuando aparece el resultado en húngaro, le enseña la pantalla: *Van több képed róla*? («¿Tienes más fotos suyas?»).

Imre asiente de nuevo con la cabeza y una sonrisa. Deja el álbum a un lado, se levanta del sofá y cruza la estancia. En vez de detenerse en la estantería, sigue hasta un baúl de madera emplazado en un rincón. Abre la tapa. Ginny había supuesto que era decorativo, o que quizá estaba lleno de colchas y mantas.

En cambio, cuando mira por encima del hombro de Imre, ve un montón de libros, documentos, cintas de casete e incluso unas gafas. Ginny se pregunta si serán las mismas de la fotografía que acaba de ver. Pero antes de que pueda fijarse mejor en ellas, Imre cierra el baúl y vuelve al sofá, en esa ocasión con un álbum de fotos más pequeño.

Ese álbum solo contiene fotos anteriores al nacimiento de Adrian. Primero aparece una versión joven de su *apa*, que debía de estar en la adolescencia o así. Lleva del brazo a una chica delgada, con el pelo oscuro y los labios pintados de rojo. La madre de Adrian. Ginny la reconoce por la fotografía de la cómoda de la habitación de Beatrix. Imre hojea el álbum hasta que encuentra la que busca: la madre y el padre de Adrian en la puerta de una iglesia.

Ginny saca el móvil para hacerle otra pregunta, pero una voz la sorprende por detrás.

—¿Qué estáis haciendo?

Ginny e Imre dan un respingo. Detrás de ellos está Adrian, que se ha acercado tan en silencio que no lo han oído. Ginny siente que le arde la cara. Quiere bajar la mano, cerrar el álbum y fingir que no ha visto nada. Con Adrian allí de pie, con una expresión inescrutable en la cara, tiene la impresión de haber hecho algo terrible.

Los ojos de Adrian revolotean sobre el álbum que Imre tiene en el regazo. Su mirada se detiene en la fotografía de la boda de sus padres. En ella, su madre y su padre están de pie delante de una catedral gris, mientras ella agita el ramo en el aire. Adrian extiende la mano y le dice algo a Imre en húngaro. Imre le ofrece el álbum.

Adrian lo hojea con el rostro inexpresivo. Pasa las fotos tan deprisa que no parece asimilarlas en absoluto. Le hace otra pregunta a su abuelo. Imre responde.

Adrian asiente con la cabeza. Luego le devuelve el álbum, se da media vuelta y se marcha.

Imre y Ginny se miran. Ella está segura de que el hombre se da cuenta por su expresión de que se siente culpable, y él se limita a negar con la cabeza. Busca en Google otra traducción: **«¿Qué te ha preguntado?»**.

Imre le tiende la mano. Ella le da el móvil. Teclea unas palabras y le enseña a Ginny la traducción al inglés: **«Quería saber por qué nunca le he enseñado estas fotos»**.

Ginny ladea la cabeza, esperando que él entienda su pregunta: **«¿Y por qué no se las has enseñado nunca?»**.

Imre teclea otra frase y vuelve a girar el teléfono para que ella vea la pantalla: **«Porque nunca me lo ha pedido»**.

Una mañana, durante el paseo, Adrian le hace una pregunta a Ginny.

—¿Lo dijiste en serio? —pregunta mientras rodean Bogdányi y ponen rumbo al Danubio—. ¿Lo que dijiste durante el almuerzo del primer día?

—¿Qué almuerzo? ¿El de la calle Váci?

Él asiente con la cabeza.

—Dijiste que el trauma sucede cuando algo te hace daño, pero reprimes cualquier emoción relacionada con el suceso.

Aunque no sabe exactamente qué esperaba que Adrian dijese, no era eso desde luego.

Reflexiona un poco al respecto y luego dice:

—Lo leí en un artículo hace unos años. En *Psychology Today*, sobre el procesamiento de las emociones. —Mira las olas blanquecinas del Danubio—. Por ejemplo, cuando te enfrentas a algo triste, como la muerte de un ser querido, pero en vez de permitirte sentir tristeza, tu cuerpo deja de funcionar y no sientes nada. O quizá buscas huir de la pena y consumes alcohol, drogas o sexo, o te pones a hacer ejercicio… En fin, lo que sea. Lo que sea para que deje de funcionar. En ese momento, no estás procesando tus emociones. Las estás evitando. Pero eso no significa que desaparezcan. Siempre están ahí, justo debajo de la superficie. Observando. Esperando. —Mientras habla, juguetea de forma distraída con uno de los tirantes de su camiseta. De repente, cae en la cuenta de lo raro que es que se ponga camisetas de tirantes delante de Adrian con lo aterrorizada que está por la expansión de su cuerpo—. En momentos de silencio o tranquilidad, te sorprenden unos recuerdos repentinos o unas lágrimas que no puedes explicar. Y el proceso se repite, una y otra vez, hasta que por fin te permites sentir. —Deja caer la mano sobre el muslo—. Eso es un trauma.

—Y por eso el trauma puede producirse en cualquier parte —dice Adrian—. No solo por circunstancias extremas, como la guerra.

—Exacto.

—¿Alguna vez has pensado…? No, ¿alguna vez has sentido…?

Ginny alza la mirada por encima de los hombros y la cabeza de Adrian hasta los edificios que se levantan en la distancia.

—Tener ansiedad es un trauma crónico. Eso es lo que decía el artículo. Todo es más grande y aterrador de lo que debería ser. A veces, te parece imposible vivir tu puta vida sintiendo todo eso todo el tiempo, así que…

—Así que lo reprimes —concluye Adrian.

Ginny guarda silencio un instante y luego sigue:

—La anorexia es un mecanismo que te ayuda a lidiar con otra cosa. Ya lo sé. Pasar hambre te impide sentir esa otra cosa. Me lo hice durante cinco años. Cinco años. Pero no… —Le tiembla el labio inferior en ese momento—. No sé de qué me estaba escondiendo.

Adrian no dice nada.

—¿Y tú? —pregunta ella.

—¿Yo? ¿Qué?

—¿Te escondes de algo?

Adrian no responde. Se vuelve hacia el Danubio, y lo ve subir y bajar los hombros al ritmo de las olas.

Es mi penúltima noche en Hungría y acaba de pasar algo raro. Estaba sentada en el sofá al lado de Adrian, que tenía a Eszter a su otro lado. Imre estaba en la butaca. Adrian ha arreglado la tele vieja y hemos visto una película en VHS. En serio. VHS. No sabría decir cuándo fue la última vez que vi una, pero sus abuelos tienen una colección entera de cintas de vídeo.

Eszter fue quien eligió la película. No paraba de hablar sobre todas las que tienen, sugiriendo títulos y enseñándolas para que las vieran los demás, a lo que Adrian e Imre gritaban: «¡Igen!» o «¡Nem!». No lograron ponerse de acuerdo. Al final, Eszter les hizo un gesto para que lo dejaran y eligió ella misma una película.

—¿Qué vamos a ver? —le pregunté a Adrian.

—Piratas del Caribe —contestó.

Estuve a punto de espurrear el agua que acababa de beber.

—¿Esa es la película que ha elegido tu abuela?

—No dejes que su dura fachada te engañe, Ginny. En el fondo es una romántica sin remedio.

Por suerte, la película no estaba doblada al húngaro, sino subtitulada. Hacía años que no la veía. Se me había olvidado lo graciosa que era. Me he reído. Me he aferrado al sofá. Estuve a punto de agarrarle la mano a Adrian en varios momentos, pero conseguí contenerme.

Nada de eso ha sido raro. Siempre me involucro demasiado con los personajes de ficción. Siempre siento justo lo que los guionistas y los directores quieren que sienta. Lo raro fue lo siguiente: al final de la película, cuando Elizabeth y Will Turner por fin se besan, empecé a llorar.

Y no me refiero solo a unas lágrimas. No me refiero a que se me humedecieran los ojos y empezara a caérseme el moquillo. Me refiero a llorar de verdad. A intentar llenarte los pulmones de aire mientras sollozas. Cuando empezaron a pasar los créditos, Adrian se volvió hacia mí, alarmado.

—¿Estás bien?

—Sí —contesté entre jadeos—. Sí, estoy bien. Solo... necesito... —Me puse en pie—. Me voy a mi habitación. —Y salí corriendo antes de ver las caras de sus abuelos.

Cerré la puerta y enterré la cara en la almohada. Y entonces fue cuando lo solté todo. Sollozos desgarradores, jadeos, gritos que, de no haber sido por la almohada, habrían parecido una extraña mezcla de chillido y risa incontrolable.

Todavía sigo llorando. No puedo parar. Incluso ahora, mientras escribo esto, las lágrimas caen sobre la página, emborronando el papel y creando arruguitas. He tenido que dejar de escribir varias veces porque veía borroso por culpa de las lágrimas.

Tengo miedo de que Adrian entre. Tengo miedo de que vea lo que soy de verdad: una ruina, un desastre, un ser lleno de una oscuridad inexplicable.

No entiendo lo que me pasa. Piratas del Caribe *ni siquiera es una película triste. Es todo lo contrario. Es una película alegre con un final feliz. ¿Se puede saber de dónde cojones han salido todas estas lágrimas?*

Mi única conjetura es que, justo cuando Will besaba a Elizabeth, cuando quedó claro que tendrían su final feliz, pensé para mis adentros: «Yo nunca voy a vivir eso».

El pensamiento se repetía sin cesar en mi cabeza, una canción que no quería oír; pero en cuanto empezó, me di cuenta de que creía que era verdad. Odio a los hombres. Sin embargo, ansío tanto el amor que siento como si se me abriera el pecho en canal, empezando con un agujerito que se va agrandando poco a poco hasta abrirse del todo y dejarme vacía, haciendo realidad el vacío que siento.

Yo nunca voy a vivir eso.

Yo nunca voy a vivir eso.

Nunca me amarán.

Ni siquiera me lo merezco.

Mientras escribo estas palabras, lloro con más fuerza, pero la tristeza no disminuye. Al contrario, aumenta. Se expande por mi cuerpo. Creo que ya ni siquiera se debe a la película. Es algo mío. Y no puedo controlarlo. Solo puedo llegar a la conclusión de que no me gusto nada. De que la tristeza que siento es una tristeza sin causa, una desesperación que puedo mantener a raya durante largos periodos de tiempo, pero que luego me invade de golpe, sin previo aviso y a menudo en los momentos más inoportunos.

Eso es. Este es mi secreto. Así, tal cual. Esta es la bestia a la que llevo tanto tiempo temiendo. Ahora veo que el propósito de todo lo que hago durante todo el día —el ejercicio obsesivo, la embriagadora inanición, el hambre imposible de saciar aun atiborrándome hasta un punto doloroso y que culmina expulsando cascadas de ácido estomacal y sal— es mantener a raya este dolor.

La criatura que llevo dentro está formada por la inseguridad, por la baja autoestima, por las equivocaciones, por los errores, por los hombres con los que me he acostado y no me han querido. Por todas las razones por las que me odio tanto. Es una criatura que ansía la validación y teme el fracaso. Que dicta todas mis decisiones, desde la hora a la que me levanto por la mañana hasta el número de rebanadas de pan que me como al día.

Creo que antes ni siquiera era capaz de sentir verdadera tristeza. Ese es el efecto de la anorexia y de la bulimia: te insensibilizan, borran tus emociones, hacen que solo pienses en comida, comida, comida. Pero ahora que estoy comiendo —y reteniendo la comida— todo lo demás vuelve a aflorar. Todo. Todas las emociones que he estado reprimiendo durante los últimos siete años.

Ojalá se me saliera el corazón del pecho y se llevara mi sufrimiento con él.

Unos minutos después de que Ginny termine de escribir en el diario, oye un golpecito en la puerta. Sabe quién es sin necesidad de preguntar. No quiere que la vea así, con las mejillas húmedas por las lágrimas y los párpados hinchados, pero dice de todos modos:

—Adelante. —Está de espaldas a la puerta.

Adrian gira el pomo con suavidad, de la misma manera que lo hace todo.

—¿Estás bien?

Tarda un rato en responder:

—No.

Pasos en el suelo de madera.

—¿Puedo...?

—Sí —contesta—. Túmbate conmigo. Por favor.

Adrian titubea. Después el colchón se hunde cuando se sube de rodillas sobre él. Ella nota que se tumba a su espalda. Adrian apoya la cabeza en su almohada y la rodea con los brazos. Ella echa las caderas hacia atrás hasta pegarlas a las suyas.

—¿Te parece bien?

—Sí —susurra él—, pero no me puedo quedar toda la noche.

—Lo entiendo. —Levanta un brazo y le da un apretón en una mano—. Gracias, Adrian.

Y se quedan tumbados así, pegados uno al otro, hasta que por fin se duermen.

Por primera vez en casi una semana, Ginny enciende su teléfono el último día de su estancia en Hungría. Se quedó sin batería la aciaga noche de copas y no lo ha cargado desde entonces.

Sin embargo, ahora tiene que hacerlo. Y está aterrorizada.

En cuanto se enciende, empieza a recibir mensajes. Lo esconde debajo de la almohada, pero así apenas amortigua el coro de vibraciones y pitidos. Cada uno le acelera el pulso. ¿Qué van a decir los chicos? ¿Cómo se supone que va a explicarse? Lleva cinco días escondiéndose de la realidad, pero la realidad siempre está ahí, esperando.

Cuando por fin el teléfono deja de hacer ruido, se acerca sigilosamente a la almohada y lo saca:

137 mensajes de texto.

16 llamadas perdidas.

3 mensajes de voz.

—Madre del amor hermoso —dice en voz alta.

Cincuenta mensajes solo de Finch. Pasa de ellos y elige la conversación con Clay.

CLAY: Gin, stas bien? Q ha pasado?

CLAY: El msj no se ha mandado. Creo q lo tienes apagado

CLAY: Lo intento d nuevo mñn

CLAY: Nada todavía. Ok. Voy a llamar a adrian

CLAY: Ok. He hablado con adrian. M ha puesto al día. Porfa no t enfades con él por decírmelo, gin. Solo quiere q te pongas bien

CLAY: Todavía no se lo he dicho a los otros. Solo he dicho q tenías un problema de salud y q te recuperabas en casa de adrian. No diré nada a - q me digas lo contrario

Relee los mensajes varias veces. La verdad, ni se le había pasado por la cabeza enfadarse con Adrian por contárselo a Clay. De hecho, hasta se lo agradece. Gran parte del motivo por el que le daba miedo encender el móvil es que, una vez reconectada con el mundo exterior, tendría que empezar a contarles a los demás lo que pasaba. Y la idea de hacerlo, de sentarse con sus padres, con sus hermanos, con su hermana o con sus mejores amigos y decirles que es bulímica, le provoca náuseas. Literal y metafóricamente.

Suelta el móvil sin leer el resto de los mensajes.

—No te vayas a casa.

Eso se lo dice Adrian, que se acerca sigilosamente por su espalda mientras ella está haciendo la última maleta. Se da media vuelta y se lo encuentra apoyado en el marco de la puerta, con los brazos cruzados.

—¿Qué?

—Que no te vayas a casa. No estás preparada.

Ginny suspira.

—Tengo que hacerlo. Mi billete es para mañana.

—Pues cambia la fecha.

—Pero el trabajo…

—¿No tienes vacaciones acumuladas? —Adrian se aparta de la puerta—. Diles que necesitas más tiempo. Diles que tienes un problema de salud urgente. Porque es verdad, Ginny. No puedes volver a la vida normal y fingir que todo va a ir bien.

Se muerde el labio porque sabe que él tiene razón. Pero también sabe que no puede quedarse allí. No puede seguir abusando de la hospitalidad de sus abuelos.

—Ya se me ocurrirá algo —replica al tiempo que mete unas camisetas en un rincón de la maleta—. Le diré a Clay que me mantenga por el buen camino. Llamaré a mi madre y empezaré a buscar una clínica para tratarme. Te lo prometo. Pero no puedo…

Justo en este punto, Eszter aparece en la puerta, interrumpiéndola. Como de costumbre, no habla. Recorre el dormitorio con la mirada. Observa la maleta medio llena de Ginny, la camiseta que tiene en la mano. Chasquea la lengua una vez. Avanza y aparta a Ginny. Ella retrocede un paso y se queda mirando mientras la mujer saca cosas de su maleta y las vuelve a colocar en la cómoda de Beatrix.

Cuando Eszter termina, se vuelve y la mira fijamente. Es una mujer tan menuda que Ginny tiene que mirar hacia abajo para enfrentarse a sus ojos. La señala y dice en inglés:

—Tú no vas.

Luego se da media vuelta y sale de la habitación.

De modo que se queda. Se queda no una, sino dos semanas más.

—Vuélvete a casa en mi mismo vuelo —le dice Adrian. Y así lo hace. El LX 2251, de BUD a JFK, con escala en Zúrich y salida a las 9.40. No sabe si es una buena o una mala decisión. Tampoco sabe cómo se lo va a explicar a su madre.

Ya se le ocurrirá algo.

Unos días después, Eszter les propone hacer una excursión a la granja de unos amigos, donde pueden conseguir huevos frescos, miel de sus colmenas y bayas silvestres para hacer mermelada.

—Ni siquiera tienen que estar en casa cuando lleguemos —traduce Adrian para Ginny durante el trayecto—. Podemos llegar como si fuéramos los reyes del cotarro y llevarnos lo que queramos para llenar los tarros.

—¿Ahora te vas a poner a hablar en verso?

Adrian sonríe.

—No. Solo ha sido una licencia poética.

—Mírate —dice Ginny al tiempo que le da un golpecito con el hombro—, ¿quién hace ahora juegos de palabras?

Granjas Laszlo es propiedad de unos primos lejanos de la familia Silvas, una pareja sin hijos dedicada en cuerpo y alma a cultivar la tierra y a cuidar de las abejas y las cabras. La granja se encuentra en una propiedad bastante verde, muy distinta de los campos de maíz del Medio Oeste estadounidense. De hecho, esa zona le recuerda más a los prados verdes de la Alta Península, los pocos campos que no ha tocado la agricultura intensiva.

Se detiene junto a la granja —un edificio de piedra gris con tejado rojo— para saludar a los primos de los Silvas, un hombre y una mujer, de cuarenta y tantos años, llamados Áron y Klara. Los reciben con tazas de café y de té. Klara le ofrece un bote lleno de un líquido opaco y blanco y le pregunta algo en húngaro. Ginny mira a Adrian para que le traduzca.

—Leche de cabra —dice él—. Para tu café.

—Oh. —Ginny sonríe y menea la cabeza—. *Nem, köszönöm.* («No, gracias»).

Klara no ceja en su empeño. Agita la botella mientras habla, emocionada.

—Sabe que a los estadounidenses les resulta raro echarle leche de cabra al café —explica Adrian—. Pero dice que está buenísima. Le apetece mucho que la pruebes.

Lo que Ginny no puede decir es que no ha rechazado la leche porque sea de cabra. La ha rechazado porque nunca toma leche con el té o con el café. Demasiadas calorías adicionales.

Sin embargo, no quiere ser grosera, así que le acerca la taza y espera mientras Klara le echa un chorrito. Después se la lleva a los labios y bebe un sorbo.

—Mmm… —murmura.

Klara asiente con un gesto satisfecho de la cabeza y después se vuelve para hablar con Eszter e Imre.

La granja en sí es mágica. Klara los conduce por la puerta trasera hasta un extenso huerto con árboles frutales y hortalizas. Señala cada especie para Ginny, mientras Adrian le va traduciendo al oído:

—Maíz dulce allí —susurra él—. Manzanas en aquel lado. Guisantes y cerezas ácidas en el campo de enfrente. —El susurro le hace cosquillas en la nuca y le provoca un escalofrío.

—¡Cerezas ácidas! —Ginny se anima—. De eso es de lo que tu abuela hace el vino.

Ginny no acierta a interpretar la expresión de Adrian.

—Eso es.

—¿Podemos ir?

—Claro.

Adrian les dice a los demás adónde se dirigen y la lleva al campo de enfrente.

El cerezo es el árbol más bonito que Ginny ha visto en la vida.

Las cerezas ácidas están en su punto óptimo de maduración. A diferencia de las cerezas normales, que son tan oscuras que podrían llamarse moradas, las ácidas son de un rojo vivo, brillante como las manzanas, el pintalabios o el color que usas para dibujar corazones por todo el folio cuando estás enamorado. Desde lejos, ni siquiera parecen fruta; por imposible que suene, parecen rosas que han desafiado las leyes de la naturaleza y han crecido en un árbol en vez hacerlo en un arbusto.

Ginny cruza el campo despacio. De vez en cuando, estira la mano para tocar una cereza y desliza con cuidado el pulgar por su suave piel.

—¿Quieres probar una? —le pregunta Adrian.

—Sí, por favor.

Busca en el árbol más cercano hasta que encuentra las dos más brillantes, tan rojas que parecen a punto de estallar. Le pone una en la palma y se queda con la otra.

Ella mira la cereza con detenimiento. No se la lleva a la boca.

—¿Nerviosa? —le pregunta él.

Asiente con la cabeza.

—¿Por qué? ¿Porque es ácida?

—No. —Se muerde el labio. Nunca le ha hablado del miedo que la atenaza antes de cada comida. La ansiedad que la abruma por lo que pueda pasar.

—¿Y qué es, entonces?

—Es que... —Respira hondo y mira a Adrian, con la cereza temblándole en la palma de la mano—. El problema con la bulimia es..., no es solo vomitar. Seguramente ya lo sabes, claro. Como casi todo el mundo. Es que... también es comer de más. Darse atracones, vamos. Darse atracones y purgarse.

Adrian la mira. Cierra el puño alrededor de la cereza y baja la mano a un costado.

—Lo sabía, sí.

—¿Sí?

—Sí, yo..., a ver... —Se frota la nuca con la mano libre—. He estado investigando sobre la bulimia desde el día siguiente a la noche de copas.

—¿En serio?

—Sí. —Suelta una carcajada nerviosa—. No sé si es raro o algo. Pero... sí. He aprendido mucho. Más que nada sobre el ciclo de atracones y purgas y cómo se retroalimentan.

—¿Qué quieres decir?

—A ver, está claro que cuando te das un atracón, te entran ganas de vomitar. Eso es lo evidente del ciclo. La parte en la que la gente no suele pensar es en que la purga también es en realidad un catalizador del atracón. —Mientras Adrian habla, empieza a tomar velocidad, como si necesitara soltar toda la información para no echarse atrás—. Vomitas toda la comida antes de que tu cuerpo tenga la oportunidad de absorber los nutrientes que necesita, así que, aunque tienes la sensación de que acabas de meterte demasiada comida en el cuerpo, la verdad es que no has comido lo suficiente. Te mueres de hambre. Tu cuerpo se muere de hambre. Cree que estás padeciendo una hambruna o algo. Que la comida escasea. Así que cuando por fin comes de nuevo, aunque no tengas la intención de darte un atracón, tu cuerpo querrá hacerlo. Tu cuerpo pensará: «Ah, ¿por fin me das de comer? Estupendo, pues vamos a meternos toda la comida que podamos; sabrá Dios cuándo podremos comer de nuevo». —Adrian se calla para tomar aire—. ¿Tiene sentido?

Ginny baja la mirada hasta la brillante cereza roja que tiene en la mano.

—La verdad es que sí —contesta en voz baja—. Tiene todo el sentido del mundo.

—Pero no tienes por qué quedarte atrapada en el bucle para siempre, Ginny. Todas las investigaciones dicen que en cuanto empieces a ingerir con regularidad comidas y tentempiés intermitentes, tu cuerpo se recalibrará. No sentirá la necesidad de darse un atracón cada vez que comas.

—Pues es un alivio. —Observa la larga hilera de cerezos—. Que sepas que tu forma de describir la bulimia es muy graciosa. Haces que parezca que mi cuerpo está separado de mí. Que tiene instintos propios capaces de imponerse a las decisiones conscientes que creo tomar.

—¿Te parece erróneo?

—Qué va, al contrario. De hecho, me parece que explica algo que me ha tenido mosqueada desde que empecé a darme atracones.

—¿El qué?

—Cada vez que como más de la cuenta, no tengo la sensación de que sea yo quien decide hacerlo. Es como si otro ser (la bestia de mi interior, así es como pienso en ella) se apoderara de mi cuerpo y se hiciera con el control absoluto de mis decisiones, de mis actos, del movimiento de mis manos y de mi boca. Sé que es ridículo, claro. No tengo a una criatura dentro del cuerpo. Solo soy yo. Soy débil. Soy una glotona. —Toma una bocanada de aire entre dientes—. Pero si…, si tienes razón…

—No eres débil, Ginny. No eres una glotona. —Extiende un brazo y le toma la mano que cuelga a un costado—. Tu cuerpo solo está intentando salvarse. Intenta sobrevivir.

Ella asiente con la cabeza una vez. Y lo hace de nuevo. Después, justo cuando está a punto de sugerir que se vayan, Adrian dice:

—Toma. —Y le ofrece la cereza que tiene en la mano.

—¿Qué? —pregunta ella.

—Voy a darte de comer —contesta él—. Así sabrás que estás a salvo. La bestia no puede salir si no eres tú quien le da de comer.

Traga saliva al oírlo. Asiente con la cabeza y abre la boca. Adrian la sigue sujetando con la mano derecha y usa la izquierda para darle la cereza. No le suelta la mano. No mientras ella mastica la cereza y los primeros jugos le inundan la boca. No mientras grita:

—¡Ay, madre...! —Y escupe la cereza.

Tampoco la suelta mientras se dobla de la risa.

—¿Qué cojones era eso? —exige saber ella.

—A ver, Gin, que son ácidas —le recuerda Adrian entre carcajadas.

—¿Se las come alguien?

—Sí. —Adrian se tapa la boca con la mano libre—. Pero, para ser sinceros, normalmente se cuecen antes para endulzarlas.

Ella le da un guantazo en un hombro todo lo fuerte que puede, aunque solo consigue que se ría todavía más.

—Ven —dice él al tiempo que tira de ella hacia la casa—, vamos a darte más leche de cabra.

Antes Ginny se preocupaba por las calorías. Las contaba, cada una tan valiosa como el oro. Ya no lo hace. No puede. No después de los atracones. No después de ingerir miles y miles de calorías de una sentada, dejando que se deslicen en su cuerpo con la misma facilidad con la que se desliza en un sueño sin sueños.

Lleva allí una semana. Una semana de comer y de retener la comida en su interior. También ha habido algún que otro atracón más. No escribe sobre ellos en su diario porque la avergüenzan demasiado, incluso para contarlo en un cuaderno que nadie más va a leer. Consigue retener la comida después de darse el atracón, pero solo porque se tumba en la cama y llora a mares.

Es una sensación rara la de ver cómo tu cuerpo recupera su tamaño sin tu permiso.

Su cuerpo es cada día menos infantil. Se le hinchan las tetas hasta convertirse en dos bolas de grasa que rebotan a cada paso. Le da la sensación de que su cuerpo crece por voluntad propia; aunque es posible que a sus veinticuatro años, por fin empiece a tener el tamaño y la forma que debería haber tenido durante los últimos cinco. Por más que intenta adelgazarlo de nuevo, devolver sus curvas al lugar del que han salido, su cuerpo dice que no. Su cuerpo dice: «Déjame crecer, déjame florecer, déjame colgar y hundirme en los puntos que quiero».

Lo odia.

Se odia.

Odia ese nuevo cuerpo en el que habita.

Sin embargo, se niega a seguir huyendo de él.

Ginny está tumbada en la cama, como de costumbre, con los ojos clavados en el techo, cuando empieza a pensar en *sajtos*.

Los *sajtos* son unas pastas riquísimas de queso que Eszter prepara a veces con la cena. Esa noche, Ginny se ha comido como tres… y con unas ganas que, si no está muy equivocada, han hecho sonreír a Eszter. O, si no ha sido una sonrisa, sí le ha parecido que estaba un poquito menos enfurruñada de lo normal. Después de cenar, intentó no pensar más en lo que había comido.

Así comenzó la típica guerra nocturna en su cabeza: comer o no comer.

El asunto es que… si Ginny se come un *sajto*, seguramente se comerá cuatro o cinco. Y después querrá vomitar. Siempre quiere vomitar. Y por la noche, cuando todos duermen, la tentación es incluso mayor.

No puede evitar pensar en Adrian. En sus palabras entre los cerezos sobre que el cuerpo tiene instintos propios. No puede evitar preguntarse si la guerra que tiene lugar en su interior en ese preciso momento es en realidad una guerra del cuerpo contra la mente. De la necesidad de comida contra el deseo aprendido de ser delgada. Cree que podría serlo.

«Debería empezar a investigar sobre la bulimia —se dice—. Podría venirme bien».

Antes negaba su enfermedad. Esa es la primera etapa, ¿verdad? La negación. Salvo que está bastante segura de que la negación es la primera etapa del duelo, y ella no sabe por lo que debería llorar.

Esa noche, Ginny no puede dormir. Empieza a dar vueltas de un lado para otro del dormitorio en un intento por no ir a la cocina a por más *sajtos*. Después, como eso no funciona, sale de su habitación y se queda de pie junto a la isla de la cocina mientras se dice que no va a abrir el frigorífico. Pero el deseo de abrir el frigorífico es tan abrumador que tiene que hacer algo, lo que sea.

Así que hace lo primero que se le ocurre: se da media vuelta y sube la escalera con tranquilidad.

Más bien la sube a hurtadillas. Tiene la impresión de que Eszter duerme con un ojo abierto y el oído aguzado.

Cuando llega al rellano de la planta alta, mira de una puerta a otra. Nunca ha estado en el dormitorio de Adrian, pero entra en el de sus abuelos todos los días para ducharse. Eso quiere decir que es la puerta situada más a la izquierda.

Gira el pomo y la abre una rendija, sin molestarse en llamar. Si Adrian ya está dormido, no quiere despertarlo.

Y si se está cambiando de ropa... En fin, no es nada que no haya visto antes.

La luz está apagada. Eso quiere decir que está dormido. Hace ademán de cerrar la puerta, pero Adrian se vuelve y la mira con los ojos entrecerrados a la tenue luz de la luna.

—¿Ginny?

—Sí. Lo siento. Soy yo. —Se aparta de la puerta—. No quería despertarte. Me voy.

—No, no pasa nada. —Él se incorpora en la cama—. ¿Qué pasa?

—Ah. Es que... —Entra y cierra la puerta tras ella—. ¿Puedo... acostarme a tu lado?

—Claro. —Se desliza por la cama y aparta la colcha para dejar que se meta debajo. El colchón a su lado está calentito, pero no demasiado, como si su cuerpo apenas dejase calor corporal. Apoya la cabeza en la almohada, con la mirada clavada en el techo blanco, donde unas estrellitas fluorescentes de plástico desprenden un ligero brillo—. Imre las colocó cuando yo era pequeño —susurra Adrian—. En aquel entonces, quería ser astronauta. —Hace una pausa—. O una estrella de cine. Me daba igual.

—Podrías ser una estrella de cine si te lo propusieras.

—Pero ¿un astronauta no? Eso me ha dolido, Ginny.

Se echa a reír al oírlo.

—Solo digo que eres lo bastante guapo.

—Mmm…

Se quedan tumbados en silencio varios minutos.

—Adrian —dice ella al cabo de un buen rato—, ¿crees que ahora estoy gorda?

—¿Qué? —Él vuelve la cabeza sobre la almohada—. Pero ¿de qué hablas?

—Del peso. Es evidente que he estado ganando kilos. A ver, antes no retenía la comida, pero ahora sí, así que…

—Así que estás subiendo de peso. A ver, se supone que tienes que hacerlo. Pero a juzgar por lo que he visto, casi no se nota.

—No es verdad. —Empieza a frustrarse—. De verdad. No estoy loca. Puedo demostrártelo. —Baja el brazo y le toma una mano—. Tú y yo ya hemos estado juntos. Me has visto los pechos. También me los has tocado. —Le coloca la mano encima del pecho derecho, por encima de la camiseta—. ¿Lo ves? Es más grande. Mucho más grande.

Adrian no aparta la mano. No parece saber muy bien qué tiene que hacer.

—No…

—Mira. —Le baja la mano y se la mete por debajo de la camiseta, haciendo que deslice los dedos por su torso hasta que tiene la palma sobre su pecho desnudo—. ¿Lo notas ahora o no?

Adrian no contesta. Parece haber dejado de respirar.

—¿Me crees ahora? —pregunta con impaciencia.

En vez de contestar, él mueve la mano, solo un poquito. Lo justo para que sus dedos puedan trazar lentos círculos alrededor de su pezón.

Ella suelta el aire, sorprendida.

—¿Te gusta? —susurra él.

Ginny gime por lo bajo a modo de respuesta.

Siente unos labios suaves en la clavícula, justo por encima del cuello de la camiseta.

—A mí también me gusta —dice Adrian contra su piel—. Quiero sentir más de ti.

A lo que ella dice:

—Tengo miedo.

De repente, él se aparta. Tiene los ojos abiertos en par en par por la alarma, unos círculos negros iluminados por la luz de la luna.

—¿Debería parar?

—¡No! No. Dios, no.

Adrian esboza una sonrisilla al oír su ferviente respuesta.

—Es que.... Solo... A ver, que yo... La última vez que estuvimos juntos, yo era..., ya sabes...

—Bulímica.

Ella asiente con la cabeza.

—Y te da miedo que no me guste el aspecto que tienes ahora.

Asiente de nuevo con la cabeza.

—Ginny —Adrian se apoya en un codo y usa el otro brazo para tomarle la cara con la mano—, la bulimia es una enfermedad. Estabas enferma. Lo sigues estando, pero te estás recuperando y lo estás haciendo muy bien. Y si alguna vez te hago sentir que tienes que regresar a tu enfermedad para sentirte atractiva —sigue al tiempo que le desliza la mano por la mejilla antes de tomarle el mentón con la mano—, quiero que vayas al sótano en busca del rifle de caza de mi abuelo, me lleves al patio trasero y me pegues un tiro. —Hace una pausa mientras la mira fijamente a los ojos—. ¿Entendido?

Ella suelta una carcajada. O tal vez sea un sollozo quedo, no lo sabe.

—No debes tenerme miedo en la vida.

—Entendido —dice ella.

Y después Adrian pega los labios a los suyos, y lo que fuera que estaba pensando desaparece por completo porque él le acaricia los costados en ese momento y sus manos se cuelan por debajo de la suave cinturilla de algodón de sus pantalones cortos.

—La última vez que lo hicimos, ¿te corriste? —le pregunta él.

Titubea. Se le pasa por la cabeza mentir. Es lo que siempre ha hecho, ¿no? Mentir para proteger los sentimientos del hombre, mentir para que se acabe de una vez cuando el momento se ha alargado demasiado y empieza a doler. Pero con Adrian... no siente la necesidad de mentir. De fingir ni de hacer un espectáculo de ningún tipo.

—No —contesta.

Adrian se aparta un poco. Ladea la cabeza y, por un segundo, Ginny cree que se va a enfadar. Que va a exigirle saber por qué mintió. En cambio, dice:

—Muy bien. Pues enséñame cómo.

—¿Quieres que te diga la verdad? —replica ella—. Nunca me he corrido haciéndolo normalmente. ¿Eso que se ve en las pelis porno cuando la chica se pone a dar botes encima del chico? A mí nunca me ha funcionado. Pero sé cómo provocarme uno. Eso sí puedo enseñártelo.

Él asiente con la cabeza. De modo que le toma la mano derecha, la que la está sujetando por el trasero, y se la coloca sobre la pelvis. Él presiona con suavidad, penetrándola con la punta del dedo corazón, y ella suelta un gemidito.

—Estás mojada —dice él.

Asiente con la cabeza. Después pone una mano sobre la de Adrian, de modo que sus dedos quedan alineados.

—Muy bien. Empieza así. —Le presiona los dedos y empieza a moverlos en pequeños círculos. Adrian tiene los dedos largos y delgados, como el resto de su cuerpo. Captan el ritmo enseguida. Ella levanta las caderas, porque ya lo desea en su interior.

—Tranquila —susurra él—. Relájate. Y ahora ¿qué?

Le da un tironcito en los dedos de modo que los coloca sobre la sensible protuberancia que hay un poco más arriba. A continuación, le mueve los dedos de un lado a otro, presionando con más fuerza que antes, moviéndolos con más rapidez. Se le escapa un gemido.

—Ahora —dice mientras se le acelera la respiración— juega conmigo.

Y Adrian lo hace. O, mejor dicho, juegan los dos, juntos, con su mano sobre la de él. Sus caricias son livianas, apenas perceptibles, pero presiona en los puntos correctos y le provoca una miríada de estremecimientos que le suben por el abdomen. Empieza a respirar más hondo. Susurra su nombre, y él emite un sonido ronco. A esas alturas, Ginny ya no sabe quién controla el movimiento: si él, ella o los dos, da exactamente igual.

—Adrian —susurra—, quiero sentirte dentro.

—Todavía no. —Desliza un dedo sobre la entrada, pero no llega a penetrarla.

—Joder —protesta Ginny, que saca la mano de debajo de las sábanas y le rodea el bíceps—. Adrian, por favor.

—Todavía no. Quiero llevarte al límite.

Sigue acariciándola, alternando entre frotar ese punto tan sensible de la parte superior de su pelvis y jugar con el resto, deslizando los dedos por la húmeda superficie. Ginny intenta mantener la respiración tranquila, contener los gemidos que brotan de sus labios, pero le resulta imposible. Tiene que girar la cabeza, apretar la boca contra la camiseta de Adrian. Eso no se parece en nada al sexo que practicaba en el pasado. No está interpretando para él. De hecho, intenta controlarse, pero es incapaz. Cada roce de sus dedos le provoca un sinfín de chispas que se multiplican y se juntan en sus entrañas, palpitando, tensándola, hasta que no puede más.

—Ya —susurra—. Ya, Adrian, por favor.

—Condón —dice él, que aparta la mano de su pelvis. Ginny mantiene la suya allí, renuente a perder la sensación que él acaba de crear y, en cuestión de segundos, Adrian está de vuelta, rompiendo el envoltorio del preservativo.

—Déjame a mí. —Ginny se sienta en la cama y él le entrega el condón. Una vez que lo tiene en la mano, se detiene para acariciarle la punta antes de ponérselo. Adrian se estremece. Una vez le desliza el condón, se tumba de nuevo sobre la almohada.

Adrian se coloca sobre ella y siente el roce del preservativo cada vez que él mueve las caderas hacia delante y hacia atrás, torturándola.

—¿Te gusta?

Ella gime.

—Joder, Adrian.

Se ríe en voz baja.

—Como quieras. —Y la penetra.

Ginny no tarda mucho en correrse, porque ya estaba muy cerca. Cuando lo hace, le rodea el torso con los brazos y las piernas, pegándolo a su cuerpo todo lo posible.

Cuando los dos acaban, Adrian se aparta de ella, pero le rodea los hombros con un brazo. Ginny se acurruca contra él y le apoya la cabeza en el pecho.

Al cabo de un minuto, él le pregunta:

—¿Ahora sí te has corrido?

Ella se ríe contra su pecho a modo de respuesta. Él le rodea la espalda con un brazo y la estrecha todavía más. Y aunque Ginny no puede verle la cara, sabe que está sonriendo.

Al día siguiente, durante el paseo, Adrian la toma de la mano. Bajan la cuesta como de costumbre, pero antes de llegar al río, la lleva a una cafetería. En húngaro, pide dos americanos con hielo y un *fánk* de chocolate; un donut. Esperan junto al escaparate a que el barista les sirva. Adrian no le suelta la mano. En un momento dado, se inclina y la besa en la frente, y es un gesto tan natural que Ginny casi se muere.

Van hasta el río con los cafés. Andan y andan, y llegan mucho más lejos de lo habitual, como si no quisieran que el paseo acabase nunca. Andan tanto que, cuando por fin se dan media vuelta, Adrian dice que tardarán una hora en volver. Lleva a Ginny a una tienda de alquiler de bicicletas y le dice al dueño que las devolverán al día siguiente a primera hora. Luego regresan en bicicleta, pedaleando junto al Danubio. El aire le azota a Ginny el pelo contra la cara, un aire que huele a agua salobre. Es el momento más feliz que recuerda desde que llegó a Hungría.

Cuando vuelven a casa, Ginny le hace una videollamada de FaceTime a su madre desde su dormitorio. Le enseña la cama, la cómoda y las casas de colores de enfrente. Su madre también quiere ver el resto de la casa, así que la acompaña por la cocina y el salón, y luego se sienta en el sofá.

—Creía que volverías a casa el fin de semana pasado —dice su madre—. ¿Has prolongado el viaje?

—Sí —contesta—. Es un poco largo de contar. Ya te lo explicaré con detalle cuando vuelva a casa.

Ginny no le ha dicho que es bulímica. Sabe que desvelar los secretos puede ser terapéutico, que puede aliviar la carga que suponen, pero todavía no está preparada para que sus secretos vayan más allá de la seguridad de Szentendre.

Después de una larga despedida, durante la cual su madre le pregunta dos veces si está comiendo —a lo que Ginny por primera vez en años puede responder sinceramente que sí—, cuelgan por fin.

Ginny se queda sentada en el sofá durante un buen rato, mirando por la ventana la pared azul de la casa de al lado. Piensa en lo extraño de su situación y se pregunta cómo ha llegado hasta allí. Sale del trance cuando oye un ruido a su espalda.

Se da media vuelta y ve a Imre entrando en el salón. Le sonríe y él le devuelve el gesto. Ella espera que se dirija directamente a su butaca habitual, pero, en cambio, se acerca al sofá y se sienta a su lado.

El abuelo de Adrian le guiña un ojo y saca su teléfono Samsung para señalar la pantalla. Abre una aplicación de traducción y teclea algo. Cuando gira el teléfono para mirar a Ginny, parece bastante orgulloso de sí mismo. Ella le sonríe y le hace un gesto con el pulgar hacia arriba. Luego mira la pantalla con los ojos entrecerrados.

«Es la primera vez que trae una chica a casa».

Ginny pone los ojos como platos. Saca su propio móvil y se apresura a teclear: «¡No soy su novia!».

Imre mira la pantalla y suelta una carcajada. Teclea en su Samsung: «Los títulos no importan. Lo que importa es el amor».

Después, sin darle la oportunidad de discutir, se guarda de nuevo el teléfono en el bolsillo, le da una palmada en el hombro, se pone en pie y se marcha.

Ginny lleva diecisiete días sin vomitar. Hace poco tiempo, eso era impensable. Hace poco tiempo, se atiborraba de chocolatinas con la alegría y la satisfacción de un zombi hambriento, y luego corría a su dormitorio para vomitarlo todo.

La recuperación no es divertida. No es relajante. Es sentir en todo momento que te faltan tres segundos para volverte loca.

Sin embargo, lo está intentando.

La primera vez que lo piensa es durante su paseo.

Ese día suben en vez de bajar. Adrian quiere llevarla a Kada csúcs, un mirador que está colina arriba a no demasiada distancia. Meten unos sándwiches y una bolsa de patatas fritas en la mochila que lleva Adrian, y Ginny saca fotos de la vida silvestre que se cruzan por el camino: flores moradas, capullos de rosa amarillos, un arroyo que lleva apenas un hilo de agua.

Kada csúcs en sí no es gran cosa: un pequeño claro con un banco, apenas lo bastante grande para que quepan los dos. Tienen que apoyar los bocadillos en el regazo y dejar la bolsa de patatas fritas en el banco.

Claro que nada de eso importa porque la vista desde el mirador es la segunda más espectacular que Ginny ha visto en Hungría, superada solo por la del castillo de Buda. Es como si pudiera ver toda la campiña: ondulantes olas de tejados rojos, largas extensiones verdes de tierras de labor, las agujas de las torres de las iglesias, el serpenteante Danubio.

Ginny es exigente con la comida, como casi todas las personas que padecen un trastorno de la conducta alimentaria. Tienen preferencias, rituales, alimentos seguros, alimentos inseguros. Las reglas y normas forman parte de lo que las mantiene en el trastorno. Por ejemplo, Ginny nunca se come la corteza de los sándwiches. No le gustan. Ese día se las quita antes de empezar a comer. Por un lado, está bien, porque no le gusta su sabor. Pero, en el fondo de su mente, también sabe que es una excusa. Una forma de reducir calorías sin levantar sospechas.

Adrian no se deja engañar. Cuando mira el papel de aluminio que tiene sobre el regazo y ve el montoncito de cortezas irregulares, no dice nada; se limita a inclinarse para recogerlas y trasladarlas a su papel de aluminio. Acto seguido, arranca un trozo de su sándwich con corteza y se lo ofrece.

Sin preguntas. Sin reprimendas. Un gesto sencillo para asegurarse de que come una comida completa, sin trampas.

«Dios mío, ayúdame —piensa Ginny mientras mira el trozo de sándwich—. Creo que me estoy enamorando de él».

Mantiene la cara inmóvil, tan inexpresiva como puede, asintiendo con la cabeza cuando corresponde según él le cuenta una historia. Cuando termina de hablar, Adrian le sonríe expectante. Ella abre la boca y se ríe, aunque no sabe si ha contado un chiste. Necesita hacer algo, lo que sea, para ahogar las palabras que resuenan en su cabeza.

En ese momento, comprende que es cierto. Que se está enamorando de él. No, siendo sincera, se enamoró de él mucho antes. Se enamoró de él hace un año y medio, la noche que la abrazó en su cama por primera vez. Todas las tonterías con Finch —las lágrimas, el drama, las adictivas idas y venidas— solo han sido una distracción. Una tapadera para ocultar la verdad.

«Pero ¿cómo puedo estar segura? —se pregunta. Dos semanas antes se creía enamorada de Finch—. ¿Cómo puedo saber con certeza que lo que siento por Adrian es real?».

La respuesta es que no puede. Nadie puede. Lo único que puede hacer es seguir lo que le parece una emoción sincera, confiando en que el resto se aclarará con el tiempo.

Dos noches después, se queda dormida sin querer en la habitación de Adrian. Cuando se despiertan, ya son las ocho de la mañana, mucho más tarde de la hora a la que normalmente se despiertan sus abuelos. Cuando ven que el sol se cuela por las persianas, se miran espantados, con los ojos de par en par.

—Mierda. —Ginny se levanta de la cama y se pone el pijama—. Mierda, mierda, mierda. —Se da media vuelta y señala a Adrian, que no se ha movido—. Muy bien. Salgo yo primero. Si Dios quiere, habrán salido a dar un paseo o algo. Si no, si ya están en la cocina, me pongo una toalla y digo que estaba en la ducha.

—Pero tienes el pelo seco.

Agita una mano con gesto impaciente.

—Ya me las apañaré.

Cuando abre la puerta y sale, no encuentra a nadie en el rellano. Suspira aliviada y cierra la puerta del dormitorio de Adrian.

En ese momento, justo cuando se da media vuelta, se abre la puerta de la habitación de los abuelos de Adrian.

Y sale Imre.

Ambos se quedan petrificados. En un primer momento se miran fijamente; él con la mano en el pomo de una puerta y ella, en el de otra. Imre se fija en su pelo revuelto, en el pijama arrugado. Ginny endereza la espalda. A la espera de la reprimenda. De que la llame «golfa» y le diga que se vaya de casa en ese momento.

En cambio, Imre sonríe sin mediar palabra. Le guiña un ojo y baja la escalera.

He estado investigando sobre mi enfermedad. ¿Sabes que vomitar no es la única forma de purgarse? Algunas personas abusan de los laxantes para eliminar los alimentos antes de que el organismo los absorba. Otras padecen un subtipo «no purgativo» de la bulimia, y ayunan o hacen demasiado ejercicio para deshacerse del exceso de calorías.

He encontrado esto en WebMD:

> *«En la bulimia, también llamada bulimia nerviosa, es habitual darse atracones y purgarse en secreto. Después del*

atracón, te sientes asqueado y avergonzado, y aliviado una vez que te purgas».

He debido de releer ese párrafo cinco o seis veces. Es tan cierto que se me llenaron los ojos de lágrimas.

Creo que nunca me curaré. Creo que siempre me sentiré asqueada y avergonzada de mí misma, ya me dé un atracón, me purgue o simplemente esté sentada en el sofá, existiendo.

Ginny pierde la cuenta de los días que ha pasado en casa de Eszter e Imre.

Ese día van a casa de Jozsef.

—Tiene piscina —le dice Adrian.

—¡Qué bien! —exclama Ginny.

Está mintiendo. Cada día que pasa está más convencida de que Adrian se despertará, la mirará y decidirá que se ha acabado. Que ha engordado demasiado. Que tiene los brazos demasiado gordos y la cara, demasiado redonda. ¿Cómo va a sentirse atraído por ella si ya no es la chica delgada con quien quería acostarse al principio?

De momento, no ha ocurrido. Todavía no.

Sin embargo, la idea de que él la vea en biquini es tan aterradora que apenas puede respirar.

Jozsef es un encanto. Les prepara bebidas y les pone aperitivos como si fueran un grupo normal de adultos en el que no hay nadie con un trastorno de la conducta alimentaria. Ginny no ha bebido nada desde «aquella noche», así que bebe sorbitos inseguros del cóctel de ginebra que Jozsef le ha ofrecido en un vaso de plástico verde con un trozo de piña.

Adrian se sienta al borde de la piscina. Lleva un bañador azul oscuro con palmeritas blancas. El bañador tiene un largo normal, pero en ese cuerpo tan espigado parece demasiado corto. Tiene el pelo húmedo y se le ha rizado por el agua. En la barbilla empieza a asomarle la barba porque no se ha afeitado. En ese momento, mientras Ginny se mueve despacio por la piscina, es cuando se permite pensar las palabras en su totalidad:

«Te quiero».

En cuanto las piensa, quiere borrarlas. Hacerlas desaparecer de su mente. Pero algo está creciendo en su interior. Una especie de opresión asfixiante, como si le hubieran rodeado el pecho con un cinturón. Observa a Adrian, que se está riendo con Jozsef, concentrándose en la suave piel rosada de sus labios. Mirarlo le resulta doloroso, pero le dolería más si no estuviera allí.

¿Eso es el amor? ¿Dolor y confusión? Ginny no entiende por qué la gente se empeña en encontrarlo si solo es eso.

¿Él también la ama? No lo sabe. No tiene ni idea. A veces, le da la impresión de que Adrian mantiene conversaciones con ella dentro de su cabeza. Porque en ocasiones hace referencia a un tema del que nunca han hablado. Lo menciona de pasada, como si fuera algo que ha quedado claro entre los dos, cuando, en realidad, ella no tiene ni idea de lo que está hablando.

Es casi como si creyera que ella es capaz de leerle el pensamiento.

Así funciona el amor: primero, lo piensas. Miras fijamente a alguien y las palabras te vienen a la cabeza de improviso. «Te quiero». Las ocultas. Intentas no volver a pensar en ellas.

Aunque lo haces, por supuesto. Piensas en ellas la siguiente vez que ves a esa persona. Y la siguiente. Y la siguiente. Los «Te quiero» se amontonan unos sobre otros, hasta que ocupan todo el espacio disponible en tu cabeza. Y, al cabo de poco tiempo, no tienes elección. Al cabo de poco tiempo, los «Te quiero» saldrán a borbotones, te guste o no.

Esa es la última noche de Ginny en Budapest. Decide que tiene que decírselo. Ahora o nunca.

No quiere hacerlo cuando están juntos en la cama; sería demasiado típico. Además, la última vez que intentó tener una conversación seria con él en la cama no salió bien. Así que decide hacerlo después de cenar, cuando los abuelos salgan a dar su paseo nocturno.

Está asustadísima, joder. Pero cree que él siente lo mismo que ella. Cree que todo va a ir bien.

~~*En fin. Pues*~~

~~*Yo no*~~

Así es como ocurrió:

Está sentada en el sofá. Eszter e Imre han salido a pasear. Adrian tiene la cabeza metida detrás del televisor de pantalla plana que acaban de traer a casa, un lujo que les permitirá a sus abuelos acceder a Disney+. Lleva así media hora, mientras ella finge leer el único libro en inglés de la casa: un ejemplar antiguo de los *Hardy Boys*. En realidad, se limita a ojear las líneas mientras planea un discurso mentalmente, sin leer nada.

—Adrian —dice por fin. Luego cierra los ojos con fuerza.

—¿Qué? —Adrian todavía tiene la cabeza detrás de la tele.

—¿Puedo hablar contigo un segundo?

—Por supuesto. —Se agacha, liberándose de la maraña de cables—. ¿Qué pasa? —Se acerca y se sienta a su lado en el sofá—. ¿Va todo bien?

—Sí. Todo va... Sí. Estoy bien. Estoy genial, de hecho.

Él ladea la cabeza, con el ceño fruncido.

—Muy bien.

—Quería decirte... —empieza y se mira las manos, que tiene unidas con fuerza sobre el libro de los *Hardy Boys*— que nunca podré agradecerte lo que has hecho estas últimas semanas. Ni siquiera sé qué decir.

—Ginny —menea la cabeza—, no hace falta que digas nada. Eres mi amiga. Sé que tú habrías hecho lo mismo por mí.

«Eres mi amiga». ¿Eso es para él? ¿Eso es lo que quiere ser?

Ya conoce la respuesta a la segunda pregunta.

—Es que... —Respira hondo y suelta el aire. Juguetea con el lomo del libro—. Dios, estoy nerviosa.

—¿Nerviosa? —Adrian se inclina hacia delante, preocupado—. ¿Por la idea de volver a Nueva York?

Ginny está a punto de echarse a reír.

—No, Adrian. No es por eso.

—¿Por qué, entonces?

—Estoy nerviosa porque… —Respira hondo. Suelta el aire—. No lo sé. La verdad es que no sé cómo describir lo que ha pasado entre nosotros estas últimas dos semanas.

—Ah. Eso.

—Sí. Eso.

—Bueno. —Adrian se mueve en el sofá, volviéndose hacia ella—. ¿Quieres que lo hablemos, entonces?

—Sí, claro. El asunto es… —Carraspea—. Mi estancia aquí debería haber sido un infierno. Y, en cierto modo, lo ha sido. He estado triste. Me he odiado a mí misma. He llorado más de lo que recuerdo haber llorado en toda mi vida.

La expresión de Adrian cambia, pero Ginny sigue hablando porque no quiere ver compasión en sus ojos. Lo único que quiere es decir lo que tiene que decir.

—Pero en otros aspectos, mi estancia aquí ha sido mágica, joder. Eszter, Imre y tú me habéis cuidado muy bien. Me habéis hecho sentir que no era una carga, que de verdad tenía un lugar aquí. Y ahora siento que conozco Szentendre. Como si fuera mi segundo hogar. —Respira hondo. Porque esta parte es la que teme decir—. Me has acogido. Has compartido tu casa conmigo. Me has alimentado. Me has… me has salvado. Yo estaba… —En ese momento se le quiebra la voz—. Me estaba matando, Adrian. Aunque no lo supiera. Me estaba muriendo. Y no podía… no podía salvarme sola.

—Ginny…

—No. No he terminado. —Menea la cabeza—. Era incapaz de salvarme. Pero tú lo has hecho, Adrian. Me has acogido y me has ayudado a recomponerme. —Traga saliva—. Y siempre, siempre, siempre estaré en deuda contigo.

Adrian es quien menea la cabeza en ese momento.

—No me debes nada. ¿No lo entiendes? He hecho todo esto porque quería. Porque me importas. —Se inclina y le aferra la mano—. Te asusta mucho ser una carga. No me cabe duda de que esa es una de las razones por las que esta enfermedad te ha dominado durante tanto tiempo. Porque pedir ayuda te da demasiado miedo. Pero la gente que se preocupa por ti (Clay, Tristan, tus hermanos, tu hermana, tus padres y yo, todos nosotros) queremos ayudarte. No eres una carga para nosotros. Y si lo eres, es que no te merecemos.

Adrian mira hacia otro lado. Ginny piensa, por un momento, que va a echarse a llorar. En cambio, parpadea una vez y vuelve a mirarla.

—Eres una de las mejores personas que conozco, Ginny. Eres..., mereces que pongan el mundo a tus pies. Y me alegro muchísimo de haberte conocido.

Ella respira hondo y el pecho le sube y le baja. Se miran fijamente y los ojos oscuros de Adrian están abiertos, sin ocultarle nada, algo que nunca había visto hasta entonces. Y piensa: «Qué guapo es, joder».

Quiere decírselo. Quiere decirle que él sí que merece que pongan el mundo a sus pies. Que él le infundió calor cuando ella no sentía nada.

Intenta decirlo. Lo intenta. Pero las palabras que tiene en la cabeza (las que han estado acumulándose durante toda la semana, apilándose unas sobre otras, llenando cada rincón de su mente) eligen ese momento para desmoronarse. Eligen ese momento para desbordarse.

No puede respirar. No puede pensar.

Eso no se parece en nada a la confesión que le hizo a Finch en un banco del parque. No hay segundas intenciones, no la mueve la desesperación, no está tratando de influir en las decisiones de otro hombre, de obligarlo a elegirla a ella en vez de elegir a otra persona. Solo tiene que decírselo. Necesita decírselo en ese momento, o nunca lo hará.

—Te quiero —dice.

—Que me... —Adrian pone los ojos como platos—. ¿Qué?

—Te quiero —repite, más alto—. Te quiero, Adrian, joder. Y estoy cansada de ocultarlo.

Silencio.

El silencio más largo de su vida.

Esos ojos oscuros recorren su cara. Parecen buscar algo. O tal vez solo están asimilando toda la información posible, porque sus pensamientos parecen moverse con rapidez, tan rápido como sus ojos: de la nariz a la barbilla, a la frente, a los labios. Está sopesando todas las opciones. Ginny lo ve con claridad: Adrian no está pensando con el corazón, sino con la cabeza.

Y sabe cuál será su respuesta antes de que la diga.

Ve su expresión demudada.

Y en ese momento es cuando ella empieza a llorar.

~~Perdona. No sé cómo~~

~~Me resulta difícil~~

Voy a dejar constancia de lo que pueda.

Después de que Adrian no dijera que me quería, mi cerebro dejó de funcionar. No recuerdo todo lo que se dijo durante la conversación posterior. Sé que me eché a llorar, y no en plan bonito. En plan horroroso, de esas veces que se te caen los mocos y luego te duelen los ojos.

Cuando el cerebro volvió a funcionarme, recuerdo que Adrian dijo:

—No es por ti. No tiene nada que ver contigo. Es culpa mía. Yo soy el que está mal.

No repliqué. Me limité a sollozar en la palma de una mano.

—Yo soy el que nunca ha mantenido una relación seria. Tú eres lo más cerca que he estado de hacerlo. Esto que ha pasado aquí, es lo más cerca que he estado.

—No me quieres.

—Ginny, yo…

—Son los kilos, ¿verdad? ¿Todos los kilos que he ganado? Joder. Lo sabía.

—No, Ginny, no es eso en absoluto. Es solo… que ha sido… No sé lo que ha sido.

—No sabes lo que ha sido —repetí.

—No me refería a tu peso. Me refiero a…, no lo sé. No sé lo que quiero. Me importas mucho, más de lo que te imaginas, pero no…

No sé si esto durará para siempre. No sé si nuestra relación duraría para siempre. Si lo tuviera claro, lo aceptaría todo, pero todavía somos muy jóvenes y…

—¿Juntos para siempre? —Negué con la cabeza—. ¿Juntos para siempre? Eso es una fantasía, Adrian. Es imposible saber si algo va a durar para siempre. Ni el trabajo que aceptas, ni la persona con la que sales, ni siquiera la vida de las personas a las que quieres. ¿No lo ves?

—Yo no…

—Así es la vida, Adrian. Todo es un riesgo calculado. En parte, todo es azar. Nunca se nos ofrece toda la información. Así es la vida.

Se quedó callado, con los ojos clavados en el regazo.

—Dilo y ya está.

Adrian alzó la mirada.

—¿El qué?

—Di que no te gusto. Di que nunca estaremos juntos.

—Yo no… ¡Dios, no sé si es tan tajante! Solo sé que ahora mismo no sé cómo estar en una relación. Sé que esto es una mierda. Sé que estoy mal. Pero siempre he sido así, Gin. Desde que tengo uso de razón. Y ojalá… Dios, ojalá…

Volví a taparme la boca con la mano.

—Siento como si tuviera un agujero en el pecho.

—Lo siento mucho, Ginny.

—No quiero que lo sientas. Quiero que correspondas mis sentimientos. —Sollocé, y el sonido me subió por el pecho. Me apoyé en su torso, empapándole la camiseta. Él me lo permitió y me pasó el brazo por encima del hombro, acercándome más a su cuerpo.

—Lo siento muchísimo —susurró de nuevo.

Lloré durante mucho rato. No sabría decir cuánto. Cuando terminé, cuando me calmé lo justo, levanté la mirada y me encontré con sus ojos. Necesitaba oírlo. Necesitaba estar segura.

—¿Ninguna parte de ti, ninguna en absoluto, quiere intentarlo? ¿Aunque solo sea intentar mantener una relación?

Adrian guardó silencio un buen rato, con los ojos clavados en el otro extremo del sofá.

—Ginny… —dijo al final.

Y yo que pensaba que el agujero de mi pecho no podía abrirse más…

Él dice que lo intentó. Ella dice que ni siquiera llegó a eso.

Ella dice que su corazón guarda mucho más. Él dice que eso es lo único que puede ofrecer.

Él no puede enmendarse. Ella no puede arrancarse el amor que siente.

Ambos desearían poder hacerlo.

Ginny tiene muchísimas ganas de vomitar. Quiere zamparse hasta la última bolsa de patatas fritas de la cocina, sentirse fatal después y vomitarlo todo. ¿Qué tiene de malo hacer eso? Al fin y al cabo, nadie se preocupa por ella ni la encuentra atractiva.

Sabía que iba a dejar de gustarle a Adrian. ¿O no? Lo supo desde el principio, ¿verdad?

Y fíjate lo que ha pasado.

Patético.

Va a hacerlo. Se va a dar un atracón. Espera hasta que oye a Adrian subir la escalera hacia su dormitorio y luego saca todos los aperitivos que encuentra en la cocina, con la intención de llevárselos a su habitación. ¿Qué más da si se dan cuenta al día siguiente? Para entonces, ya se habrá ido.

Sin embargo, cuando se da media vuelta, se encuentra cara a cara con Eszter.

La mujer la mira fijamente. Observa sus ojos hinchados. Sus mejillas rojas. La montaña de comida que lleva en los brazos, colorida y atroz. No dice nada. Ni siquiera frunce el ceño. Y, por alguna razón, esa frialdad, esa ausencia total de crítica, acaba con Ginny. Se le demuda la cara. Afloja los brazos. La comida cae al suelo y rueda en todas direcciones. Hace ademán de agacharse para recogerlo todo, pero Eszter la detiene con sus manos pequeñas y fuertes.

—*Imre* —llama por encima del hombro, sin apartar los ojos de Ginny.

—*Igen*? —replica él.

Le grita instrucciones a su marido en húngaro. Luego, aferra a Ginny por los hombros y tira de ella hasta enderezarla. Una vez erguida, la acompaña a su dormitorio. Sigue a Ginny al interior y cierra la puerta. Se sienta en la cama, la abraza y durante la siguiente media hora, la deja llorar todo lo que necesita. Todo lo que puede. Ginny solloza contra Eszter. De vez en cuando, Eszter le frota la espalda y murmura palabras tranquilizadoras que ella no entiende. Cuando termina de llorar, Eszter aparta la colcha y la sábana, y la ayuda a acostarse. Ginny se tumba, incapaz de protestar, con el cuerpo flácido como el de una oruga. Eszter la arropa con la colcha. El sueño se apodera de ella en cuanto la oye cerrar la puerta.

Ya estoy en el avión. Adrian y yo hemos hecho el viaje al aeropuerto más incómodo de la historia de la Humanidad. Yo no sabía si llorar, si evitar mirarlo o si darle las gracias por todo lo que ha hecho por mí. Terminé haciendo las tres cosas.

Imre y Eszter se enfrentaron a mis lágrimas con calma. Cuando llegamos al aeropuerto, los abracé a los dos, empezando por Imre, y les dije: «Muchas gracias. Köszönöm. Köszönöm. Nunca podré pagároslo». Imre me echó un brazo por los hombros, me estrechó contra su costado y me dijo: «Chica valiente» una y otra vez, lo que me hizo llorar más fuerte.

Después abracé a Eszter. Ella no me sonrió, como si la ternura que me demostró la noche anterior no hubiera sucedido. Pero cuando incliné la cabeza hacia ella, me acercó los labios a la oreja y me susurró dos frases, ambas en inglés: «Lucha por él. Él ha luchado por ti».

PARTE V

Cuando Adrian vuelve a su estudio de Nueva York, deja caer las maletas en el suelo y mira hacia la calle por la ventana. No hay casas de colores. No hay calles adoquinadas. No hay ninguna chica en el dormitorio de la planta baja, esperándolo para salir a dar un paseo.

¿Qué hacer cuando la persona a la que amas es incapaz de corresponderte?

Lo primero que hace Ginny es llorar. Mucho. En el avión. En el taxi de vuelta a casa, después de mantenerse a cinco metros de Adrian en la cinta transportadora del equipaje. Todo el camino hasta Manhattan. Todos los tramos de escalera hasta el piso.

En todo caso, el viaje de vuelta a casa le ha dado tiempo para pensar. Para reflexionar. Cuando se despertó en Szentendre, tenía miedo de recuperarse. Temía que iba a engordar kilos y kilos, que iba a explotar, que iba a convertirse en algo que ningún hombre desearía jamás. Ni Finch, ni Adrian. Nadie.

Sin embargo, lo hizo de todos modos. Lo hizo porque Adrian, Eszter e Imre querían que lo hiciera. Lo hizo porque no le permitieron hacer otra cosa.

Aunque no tiene por qué ser así. Por fin lo ha entendido. Ha pasado muchísimo tiempo con el miedo a interesarle a los hombres por la forma de su cuerpo; en aquel entonces, no se daba cuenta de que el tamaño de su cuerpo daría igual. Adrian no la quería estando más delgada que nunca y no la quería en el cuerpo que tenía en ese momento.

Así que ¿quién es él para tomar decisiones?

¿Por qué dejar que la opinión que otra persona tiene de ella sea la que decide si le está permitido recuperarse o no? ¿Por qué dejar que cualquier elemento externo decida? ¿Por qué no recuperarse por su propio bien? ¿Por qué no recuperarse porque es un ser humano y todos los seres humanos merecen comida?

¿Por qué no?

Mientras sube los cinco tramos de escalera hasta su piso, se hace una promesa: va a hacerlo. Va a comer. No porque Adrian o Eszter o cualquier otra persona quieren que lo haga, sino porque se lo merece.

Porque merece comer, nutrirse, cuidarse y atenderse solo porque es un ser humano.

Solo porque está viva.

Clay y Tristan llegan a casa del trabajo y se la encuentran sentada en el sofá, con los brazos alrededor de las piernas y la cara empapada por las lágrimas. Se apresuran a abrazarla.

—No pasa nada —susurra Clay mientras le acaricia el pelo—. No pasa nada. No está aquí.

Finch. Creen que está llorando por lo de Finch.

¡Ay, cuánto pueden cambiar las cosas en tres semanas!

En ese momento, se da cuenta de lo poco que ha compartido con sus mejores amigos. De hasta qué punto los ha mantenido al margen, todo por mantener una enfermedad que la estaba matando y una relación que la perjudicaba en la misma medida. «Hasta aquí hemos llegado», decide. Se lo va a contar todo.

Y eso hace.

El lunes siguiente, Adrian vuelve al trabajo en Disney. Saluda a sus compañeros de trabajo, agitando una mano en dirección a sus conocidas caras, sentados a sus mesas en la oficina de concepto abierto. Habla con los miembros de su equipo sobre su estancia en Hungría.

—¿Ha sido increíble? —pregunta todo el mundo—. ¿Volver a estar en casa?

—Lo ha sido —contesta—. Lo ha sido de verdad.

La oficina de Disney es uno de sus sitios preferidos de la ciudad. Allí es donde salió de la oscuridad que lo invadió mientras trabajaba en Goldman Sachs. Allí es donde ayudó a construir un producto que llevaría la televisión y las películas a sus abuelos y a sus amigos durante años. Allí es donde, antes de sus vacaciones, siempre se sintió más como sí mismo…

Así que, ¿por qué cuando se sienta a su mesa tiene la sensación de que le falta algo esencial, como si le hubieran cortado un trozo del cuerpo?

Ginny no la espera. Cuando llaman a la puerta, mira a los chicos mientras se pregunta si han invitado a alguien.

—¿Chicos? —dice.

Nadie contesta. Nadie la mira siquiera.

—Chicos —repite—, ¿por qué estáis…?

—Virginia Murphy —dice una voz femenina y chillona desde el pasillo—, abre la dichosa puerta antes de que la eche abajo de una patada.

Ginny mira a los chicos con los ojos entrecerrados.

—Venga ya.

—Ha sido idea de Clay —dice Tristan.

—Traidor —susurra el aludido.

—¡Virginia Murphy! —exclama de nuevo esa voz.

Ginny suspira y se levanta de la silla. Recorre el corto pasillo y coloca una mano en el pomo de la puerta. Mira por encima del hombro. Después gira el pomo y abre.

—¿Quién cojones —empieza Heather incluso antes de entrar— te ha dado el derecho de dejarme de lado a la hora de ayudar a mi hermana pequeña a recuperarse de la puta bulimia?

Pasa junto a Ginny, arrastrando las maletas por el pasillo. Pese a la penumbra, ve que Heather lleva un mínimo de dos, aunque no es de sorprender, porque su hermana nunca viaja con una sola maleta. «Una para los zapatos y otra para todo lo demás», dice siempre.

—Lo sabía —sigue Heather en cuanto entra en tromba—. Sabía que pasaba algo. Has estado pasando de mis llamadas y haciéndote la tonta cuando te preguntaba cómo te iba con la comida, y sabrá Dios la cantidad de artículos que he leído del tirón muerta de miedo sobre cómo la anorexia puede convertirse con facilidad en su enfermedad gemela, y…

Cuando llega al salón, se detiene, y las maletas con ella. Analiza la escena que tiene delante: Tristan en el sillón, Clay en el sofá y recipientes de comida a domicilio en la mesita. Acaba de bajarse del avión después de un vuelo de cinco horas desde Los Ángeles, pero está perfecta. Tiene la piel morena; el pelo, largo y bien peinado, con las extensiones onduladas todas en su sitio. Lleva unas mallas y una chaqueta corta que reza GUCCI en la parte delantera.

Ginny lleva el pelo recogido en un moño despeinado. Además, lleva una sudadera extragrande de la isla Mackinac y calcetines gruesos de pelito. Es el mismo aspecto que ha tenido las últimas veinticuatro horas; un aspecto que no requiere esfuerzo alguno y que oculta todas las partes de su cuerpo que están creciendo, las partes que le hacen desear tener una aspiradora para sus entrañas. Delante de los chicos nunca se ha sentido insegura por su aspecto descuidado.

¿En ese momento?

No es solo la ropa. También es su cara. Puede que la sudadera le oculte los brazos, el abdomen y los muslos más gruesos, pero no oculta sus mofletes ni su barbilla regordeta, a la que asoma una papada con tanta facilidad que parece estar riéndose de ella.

Heather se da media vuelta y clava la mirada en su hermana pequeña. Recorre el cuerpo de Ginny con los ojos de arriba abajo.

Mientras la mira con detenimiento, en su cara aparece una expresión que Ginny nunca le ha visto. En lo más álgido de su anorexia y bulimia, tenía la misma talla que Heather. Quizá incluso menos. Pero, en ese momento, no le cabe la menor duda: su hermana puede ver lo mucho que ha engordado. Puede ver lo enorme que está. Lo débil que es. Lo fea que se ha puesto. Heather la está juzgando. Piensa: «Menos mal que yo no tengo esas pintas». Salta a la vista. Lo lleva escrito en la cara.

Heather suelta las maletas. Da un paso hacia ella. Otro.

—Ay, hermanita —dice al tiempo que se le demuda la cara todavía más—, pareces…

Ginny toma aire y se pellizca la delicada piel del muslo mientras espera lo que tiene que decir su hermana.

—Dios —sigue Heather y menea la cabeza—. ¡Pareces sana!

Acto seguido, se inclina hacia delante y le da un abrazo tan fuerte que la estruja hasta por dentro.

—Muy bien. —Después de obligar a los chicos a largarse del piso y a «buscar zapatillas de deporte carísimas o lo que sea que hagáis para divertiros, me da igual», Heather se sienta en el sofá—. Ahora cuéntamelo todo.

Ginny se sienta a su lado con recelo.

—¿Que te cuente todo de qué?

—Todo de todo. —Ni siquiera se ha sentado cuando se pone en pie y va hasta la cafetera para preparar café—. Llevas meses pasando de mis llamadas, Gin. Ahora sé el motivo: estabas vomitando hasta la primera papilla y sabías que yo me lo olería incluso desde el otro lado del país. —Abre un armarito tras otro en busca de filtros y de café molido—. Siempre lo hago.

—Ajá —replica Ginny.

Heather abre el último armarito de la izquierda, donde encuentra un paquete de Peet's y un montoncito de filtros. Saca ambas cosas.

—Pero nada de eso explica cómo has llegado hasta aquí, a estar encerrada en un minúsculo piso con dos chicos que están poniendo todo de su parte para replicar la terapia de recuperación que hacen los pacientes externos.

—Ya, mmm… —Ginny se mira los dedos, que tiene enterrados en las arrugas de una manta mientras la suave tela le cubre los nudillos—. Solo es temporal. Me estoy tomando una semana para guardar todas mis cosas, atar cabos sueltos en el trabajo y buscar una buena clínica en Michigan donde pueda ingresar. Mamá y papá quieren que esté cerca mientras me recupero.

—Claro que sí, joder. —Heather echa una generosa cantidad de café en la cafetera—. Mamá me ha dicho que no querías que estuvieran aquí mientras hacías el equipaje. Que solo quieres a tus compañeros de piso. Algo que la está matando, por cierto. Le debes una videollamada de FaceTime. —Cierra la tapa de la cafetera con un golpe y se vuelve para mirar a Ginny con los brazos cruzados por delante del pecho. Fulmina con la mirada a su hermana pequeña. La mira así durante tanto tiempo que Ginny tiene que agachar la mirada y clavarla en sus manos.

—No... —Ginny hace una pausa y después suelta el aire—. No quería...

—Gin —dice Heather con voz más amable—, mírame.

Lo hace.

En voz baja, Heather le pregunta:

—¿Por qué no me lo contaste?

—Yo... —Ginny aprieta con fuerza la manta con una mano—. Es difícil de explicar.

Heather se acerca al sofá y se sienta.

—Inténtalo.

—Es que... —A Ginny se le acumulan las palabras mientras busca la forma correcta de expresarlo—. Es que es raro, lo de tener una hermana. Genéticamente hablando, es lo más parecido que existe a otra versión de ti misma. Así que, si eres muy diferente de tu hermana mayor, si ella es guapa, delgada, femenina, segura de sí misma y tiene éxito sin tener que esforzarse siquiera, y a ti no te resulta fácil ninguna de esas cosas...

Heather le pone una mano en la rodilla.

—Espera. No he terminado. —Ginny toma aire—. No intento echarte la culpa de mi TCA. Es evidente que mi mente es la gran culpable, la verdad. Es que... no sé. Cuando tu hermana mayor ya es la versión perfecta de lo que tú podrías haber sido, ¿cómo le explicas que llevas siete años matándote para alcanzar la misma perfección? Es una locura total y absoluta.

—Ginny —Heather mueve la mano para tomar la de su hermana—, sí que es una locura. ¿Crees que soy perfecta? Por Dios, ¿no te acuerdas de todos los berrinches que tenía de pequeña? ¿No recuerdas las veces que me escapé, de las peleas a gritos que tenía con mamá, y con papá, y con cualquiera? —Se inclina hacia delante y le da un apretón en la mano—. Tú eras la perfecta. Eras tú la que seguía todas las normas, la que hacía todos los deberes y la que entró en Harvard, ¡venga, no me jodas!

—Sí, pero…

—¿Te has parado a pensar —la interrumpe Heather y ladea la cabeza— que quizá sea yo quien te tenga envidia?

Ginny abre la boca. Mira sus manos entrelazadas, ambas muy blancas y delgadas, aunque habría jurado que sus dedos engordaban con cada día que pasaba.

—No.

—Pues estás más loca de lo que pensaba, hermanita. —Heather levanta las manos y las agita en el aire—. ¿Tienes idea de lo perfecta que parece tu vida desde fuera? El título de Harvard, el trabajo sofisticado…

—Al que llevo tres semanas sin ir.

—¿Ese cerebro tan inteligente que da miedo, la piel perfecta, esa cara capaz de hacer llorar a los hombres?

—Ahora me estás tomando el pelo.

—Lo digo en serio. ¿Y tu relación con nuestros hermanos? ¿Lo unidos que siempre habéis estado los cuatro? ¿Nunca pensaste que eso me podría dar envidia?

Ginny abre y cierra la boca. Mira fijamente a su hermana. Su inmutable hermana mayor, que nunca se siente insegura ni confundida por nada.

O eso pensaba Ginny.

Heather ladea la cabeza.

—¿Y nada más? ¿Ese es el único motivo por el que no me contaste lo de tu bulimia?

—Bueno, eso —contesta Ginny— y que me aterraba la idea de que te plantaras en Nueva York, me ataras con cinta adhesiva a la cama y me obligaras a comer magdalenas.

Heather asiente con la cabeza.

—Mira, eso demuestra que ese cerebrito privilegiado sigue funcionando.

Heather no tarda mucho en ponerse en modo jefa para afrontar la situación.

—Lo primero es lo primero —dice mientras revolotea por el salón, recogiendo todos los envoltorios que los chicos han dejado tirados por el suelo—. Tenemos que buscarte una clínica que acepte pacientes externos mientras lo dejas todo organizado aquí. Sé que te vas en menos de una semana, pero no tiene sentido perder el tiempo. Tenemos que conseguir que tu recuperación empiece ya. —Tira los envoltorios a la basura—. Puede ser hasta algo a través de Zoom. He estado leyendo durante el vuelo, y parece que la mejor opción es concertar citas semanales con un psicólogo y un nutricionista, a las que se les puede añadir alguna sesión de grupo si podemos encontrar algo cerca. Y, a ver, que estamos en Nueva York, seguramente haya grupos de apoyo a las personas con trastorno de la conducta alimentaria en cada manzana.

Ginny sigue a Heather por el salón, sin tocar nada ni aportar demasiada ayuda.

—Pero ¿cómo sabré cuál es el mejor psicólogo?

—Investigas y pides referencias. Vamos. ¿Cómo se hacen todas las cosas en la vida? —Heather menea la cabeza—. Te lo juro por lo más sagrado..., si es que los de Harvard sois todos iguales. Mucho cerebrito, pero ni pizca de sentido común. Venga. —Saca el móvil y abre las notas—. En segundo lugar: tu trabajo. Has pedido una excedencia en Sofra-Moreno, ¿verdad?

Ginny asiente con la cabeza.

—Bien. Sé que te encanta tu trabajo, pero si por cualquier motivo los tiranos de tus jefes no te dan tiempo suficiente para recibir el tratamiento necesario, siempre puedes dejarlo. No tendrás problema para encontrar otro cuando salgas de la clínica. Mientras tanto, actualizaré tu currículo, por si acaso.

—No hace falta que lo hagas —se apresura a decir Ginny.

—Tonterías. —Heather agita una mano—. Tú tienes que concentrarte única y exclusivamente en tu recuperación. Y, por supuesto, cuando acabes el tratamiento, tendremos que buscarte otro sitio para vivir...

—No.

Heather aparta la vista del móvil y levanta las cejas.

—No quiero dejar Nueva York de forma permanente. Quiero vivir de nuevo con Clay y con Tristan cuando vuelva.

Heather suelta el aire a través de los labios pintados de rojo brillante.

—Muy bien. Pero tenemos que hacer algo con ese tal Finch. No es trigo limpio, y no quiero que vivas con ese desencadenante.

Finch no está en el piso. No ha vuelto desde Budapest. Tiene un mes de vacaciones completo en la Facultad de Medicina, así que volvió a casa para pedirle matrimonio a Hannah, que le dijo que sí, y se ha quedado en Cleveland con la excusa de poner en marcha los preparativos de la boda. Pero Ginny sabe que no es así.

—Tienes razón —dice ella—. Sé que tienes razón. Pero me da que el problema se va a solucionar solo.

—¿Cómo?

—La otra noche escuché a Clay hablando con él por teléfono. Finch se va a vivir con su novia. Al parecer, ella quiere intentarlo en Broadway...

Heather resopla.

—Que tenga buena suerte.

—Así que, cuando venza el contrato de alquiler, va a ponerse a buscar algo en Greenwich Village.

—Entiendo. —Heather se da unos golpecitos en la barbilla—. Pues muy bien. Asunto arreglado. Con suerte, no tendrás que verlo de nuevo antes de irte.

Ginny le da unas pataditas a la parte baja del sofá.

—No quiero esconderme de él para siempre.

—Y no tendrás que hacerlo, Ginny. —Heather le coloca un dedo bajo la barbilla y la obliga a levantar la cara para mirarla. Ginny intenta no pensar en la piel blanda del cuello que su hermana debe de estar notando, en la grasa colgante—. Pero te encuentras en un estado delicado. Tenemos que hacer todo lo posible para eliminar los estresantes y los desencadenantes de tu vida mientras te recuperas, y estoy segurísima de que Finch puede ser ambas cosas.

Ginny le aparta la mano a su hermana y sonríe.

—Guau. Un viaje en avión y ya te has convertido en una experta en trastornos de la conducta alimentaria.

Heather guiña un ojo.

—¿Cómo crees que levanté mi empresa en menos de un año? En fin. —Se da media vuelta y echa a andar hacia el dormitorio de Ginny—. Ahora a por el último punto del programa.

Ginny la sigue.

—¿Cuál es?

—Voy a llevarte de compras. —Ginny encuentra a su hermana con la cabeza metida en el armario mientras va pasando perchas. La saca un momento—. Porque, cariño… —dice y clava la mirada en el pecho de Ginny—, es imposible que esas tetas tan estupendas y nuevas que tienes vayan a caber en estas camisetas de anoréxica.

El miércoles, después del trabajo, Adrian ya no aguanta más. Llama a Clay para que lo ponga al día sobre la evolución de Ginny. Necesita saber si está bien. Necesita saber si está reteniendo la comida.

Clay descuelga al segundo tono.

—Hola, colega.

—Hola. ¿Cómo está?

Clay hace una pausa.

—Va bien. Su hermana ha venido y básicamente nos está dictando la vida a todos, cosa que es... —Se echa a reír—. Es toda una experiencia. Ah, y Ginny ha dejado su trabajo.

—Que ha hecho ¿qué?

—Sí. La verdad es que me parece lo mejor. —Se oye un pitido al otro lado de la línea, como si Clay estuviera calentando comida en el microondas—. Tiene un poco de dinero ahorrado y ese trabajo la estaba destrozando, colega. Lleva mucho tiempo sin ser ella misma.

—Oh. —Adrian no tenía ni idea—. Pues entonces es algo bueno.

—Sí.

—¿Está comiendo?

—Pues sí, la verdad. Y la estamos ayudando a investigar sobre diferentes clínicas de recuperación. Hay una cerca de donde creció que tiene muy buenas críticas. Creemos que podría decantarse por esa.

La idea de que Ginny se vaya de Manhattan hace que a Adrian se le encoja el corazón, aunque sabe que no tiene derecho a sentir eso.

—Bien. —Titubea antes de añadir—: Supongo que os ha contado lo que pasó entre nosotros.

—Sí —dice Clay—. Parece que las cosas se pusieron intensas.

—Lo entiendo. Y, colega, una cosa..., sé que no es asunto mío, pero... —Titubea, y Adrian oye cerrarse la puerta del microondas—. Os he visto juntos y... —el sonido del plástico al romperse de fondo— solo intento decir que si te está pasando algo…, si hay algo en tu vida que te obliga a… no sé, a ¿alejar a los demás? Puedes contar conmigo. —El sonido de la cerámica al golpear con la madera—. Si es que lo necesitas, claro.

Adrian se pasa el móvil a la otra mano. Mira de nuevo por la ventana, casi deseando poder ver a su *nagyapa* en el jardín, arrancando malas hierbas.

—Gracias, colega —dice al cabo de un rato—. Te lo agradezco. Pero estoy bien.

Cuelga. Espera sentir algo: ansiedad, tristeza, confusión. No siente nada.

Es una sensación conocida. Otro caso más en una larga lista de relaciones en las que se encariña con alguien, deja que ese alguien se encariñe con él y después no siente nada cuando se va. Es lo que pasó con todas las chicas en la universidad. Y también con Ginny. ¿Adónde va su tristeza? Es como si fuera incapaz de procesar las despedidas.

¿Adónde lo ha llevado eso? Que sí, que ha conseguido que una chica se enamore de él, pero eso se le da bien, ¿no? Y cuanto más amor no correspondido acapara, más solo se siente.

Le da por pensar en su conversación con Ginny sobre el trauma. Sobre el hecho de que los traumas suceden cuando te pasa algo malo, pero no experimentas ninguna emoción en el momento.

«Quizá de ahí me viene el trauma —piensa—. Esa es mi historia. Una larga lista de despedidas no aceptadas».

Todas las noches, después de cenar, Ginny, Heather y los chicos ven un episodio de *Anatomía de Grey*. Quieren mantenerla ocupada, evitar que se purgue. Ella lo sabe. Al principio, le sugirieron juegos, pero Ginny descubrió que, después de soportar otro día más de estar viva, se encontraba demasiado agotada como para prestarle atención a las cartas.

Así que... *Anatomía de Grey*.

Le dieron a elegir a ella. Y se decidió por esa serie al azar, con la esperanza de que el tiempo lluvioso de Seattle y la sencillez de la televisión de principios de los 2000 la tranquilizaran. Una parte de ella se sentía avergonzada; no podía haber elegido una serie más femenina y supuso que los chicos pondrían los ojos en blanco. Y así fue, al principio. Pero en el cuarto episodio eran ellos los que le gritaban a la tele. Clay hasta le lanzaba palomitas a la pantalla y decía cosas como:

—Joder, ¿se puede saber por qué le ha hecho eso Meredith a George?

En su tiempo libre, escribe. No sabe exactamente en qué está trabajando: ¿un libro de ensayos o una novela? Tampoco le importa. No escribe con un propósito en mente, sino porque tiene que hacerlo sin más; porque cuando son las nueve de la mañana y se levanta de la cama, se mira en el espejo y detesta cada centímetro de su cuerpo, o cuando son las tres de la tarde y siente, sin ningún motivo concreto, que va a morir, su primer instinto es escribir. Es lo único que puede hacer.

Cuando se acuesta por la noche, ni siquiera tiene energía para odiarse a sí misma.

Deseo tanto a Adrian que me duele. Lo deseo igual que antes deseaba los dónuts que nunca me dejaban comer.

Cada vez que recuerdo que no me quiere, junto las cinco yemas de los dedos de la mano derecha, formando un cono, y luego agarro ese cono con la mano izquierda y aprieto todo lo que puedo.

Todo el mundo dice que esperes. Que esperes hasta estar segura de ti misma y a conocerte bien antes de iniciar una relación seria. Pero ¿y si esto es lo que soy? ¿Y si voy a pasarme el resto de mi puta vida así de ansiosa, así de infeliz?

Nunca le vas a gustar, nunca le vas a gustar, nunca le vas a gustar, nunca le vas a gustar, estás viviendo una fantasía, estás viviendo una fantasía, estás viviendo una fantasía, estás viviendo una fantasía, deja de llorar.

Ginny abre Google. Escribe: «Cómo dejar de querer a alguien». Se queda mirando la barra de búsqueda un rato. Borra las palabras sin buscar.

El paquete llega a la puerta de Adrian cinco días después de su regreso a casa. El remite es de Szentendre. Lo hace girar entre las manos, con curiosidad. Pesa bastante. En su interior, suenan varios objetos. ¿Se habrá dejado algo en Hungría?

Agarra un cuchillo de la cocina y abre la caja. Lo primero que ve es una botella de Coca-Cola de dos litros llena de un licor rojo oscuro. Sonríe, sabe bien lo que es. La saca y la deja en la encimera.

Debajo, descubre un grueso libro encuadernado en cuero sin ningún título en la portada. Parpadea tratando de identificarlo. Sabe que lo ha visto antes.

Y, en ese momento, se acuerda.

Su mente regresa a la casa de sus abuelos. Está mirando desde el último escalón de la escalera a Ginny y a su *nagyapa*, sentados en el sofá. Hay algo en el regazo de Ginny, algo que él no alcanza a ver. Ella y su *nagyapa* se sonríen como si fueran grandes amigos desde hace años.

Y entonces es cuando lo siente. Cuando siente esa extraña opresión en el corazón y tiene el repentino pensamiento de que, si algo le ocurriera a cualquiera de las personas que están en ese sofá, lo envolvería una oscuridad tan negra que jamás podría librarse de ella.

Odia esa sensación en cuanto la experimenta. Quiere borrarla. Quiere salirse de su piel y sustituirla por el cuerpo de otra persona.

En ese momento, se acerca y ve lo que están mirando. Ve a su padre. Montones de versiones de su padre, cientos quizá. Fotografías que nunca ha visto, que ni siquiera sabía que existían. Y cualquier pensamiento sobre la sensación anterior se borra al instante de su mente.

Adrian se agacha, tras regresar al presente, y saca el álbum de fotos del interior de la caja. Lo levanta con cuidado, como si temiese que pudiera romperse. Cuando lo hace, ve un último objeto sobre el cartón: un sobre con su nombre.

El sobre es verde, del mismo color que su dormitorio de Szentendre. Ve su nombre escrito con la conocida letra de su *nagyanya*. Se queda mirando el sobre durante un buen rato, con el álbum de fotos en la mano, a su lado. Lo mira durante tanto tiempo que se le secan los ojos. Después, deja de nuevo el álbum dentro de la caja, encima del sobre, abre el armario y lo mete todo en el fondo, detrás de los zapatos.

No entiendo cómo alguien va a quererme con este aspecto. No veo cómo alguien podría quererme, y punto, con toda esta ansiedad, esta obsesión, esta tristeza y estas largas y ondulantes colinas de grasa.

¿De dónde saca la gente la confianza en sí misma? ¿Se nace con ella? ¿O hay que pelear, luchar por ella y ganársela en una batalla retorcida con tu propia mente?

Estoy gordísima y los demás están muy delgados.

Vale. En realidad, no estoy gorda. Pero hay una foto que me hice con Heather en la que el brazo, el hombro, la cara y las tetas se me ven… redondos. No puedo describirlo de otra manera. Antes era delgada y dura. Ahora soy redonda y suave. Me dan ganas de morirme.

La ansiedad es a la vez delicada y absorbente. Un hormigueo continuo dentro de Ginny, una sensación opresiva en el corazón, una brisa que corre por sus venas. Antes no odiaba su cuerpo. Ese era el objetivo de su trastorno; perder suficiente peso como para no tener que pensar en su cuerpo de ninguna manera. Pero, en ese momento, sí piensa en él. Y ¡Dios, cómo lo odia! No puede creer que ese sea su aspecto. Que será así durante el resto de su vida. Le dan ganas de restringir, restringir, restringir.

Mientras se recupera del trauma que es la bulimia, siente el regreso de su hermana. La llama y extiende los brazos para que se acerque a ella con una sonrisa cortante. Anorexia. La hermosa y perfecta Anorexia.

¿Cómo consigue la gente pasarse el día sentada y que parezca tan fácil? ¿Cómo consiguen vivir dentro de su piel y hacer que parezca tan fácil? ¿Por qué se odia a sí misma? ¿Por qué se mira en el espejo y solo ve grasa, grasa, grasa, grasa?

Pasó dos semanas descontrolada, comiendo cosas que no quería comer. Lleva un mes viendo que su cuerpo crece, que engorda, que aumenta y se curva. No sabe cómo pararlo. Se repite una y otra vez que todo irá bien, que no le pasará nada, que una persona es mucho más que una talla. Se imagina a sus mejores amigas acercándose a ella, diciéndole que odian sus cuerpos, que están gordas, que son asquerosas, que nunca las querrán. Todas esas cosas que se repite a sí misma hora tras hora, día tras día. Tiene claro lo que les diría. Les diría que no fueran tontas, que son preciosas sean como sean, que si por algo las quiere es por sus corazones. A ellas… se lo diría en serio. ¿A sí misma?

De ninguna manera.

Todos los veinteañeros se han hecho esta pregunta alguna vez: ¿esto es todo? ¿Es esto todo lo que hay en la edad adulta? Día tras día, desayuno tras desayuno, trabajo tras trabajo. ¿Estaré soltera para siempre? Porque, por Dios, lo de casarse suena fatal, pero morir solo suena peor.

Los chicos han salido a beber. Ginny está tumbada en la cama mientras escucha el agua correr en la habitación de al lado.

Su hermana se baña cuando está estresada. Cuando le dijo que iba a meterse en la bañera, Ginny le dijo «Estás para que te encierren en un psiquiátrico», a lo que Heather respondió: «Le dijo la sartén al cazo».

—Pero esto es un piso en Manhattan —le recordó Ginny—. A saber lo que ha pasado en esa bañera.

—La rociaré con desinfectante.

Al cabo de diez minutos, ya no se oye correr el agua. Ginny mira la hora en el móvil: las diez en punto. Está cansada. Necesita lavarse los dientes, pero no quiere entrar en el cuarto de baño mientras esté Heather. Y eso, conociendo a su hermana, significa que tendrá que esperar un buen rato.

Al final, cede. Sale al pasillo y entra en el cuarto de baño sin abrir la puerta del todo. Heather se sienta en la bañera. Ginny no la mira en ningún momento. Se acerca al lavabo y abre el grifo. Solo lleva una camiseta de tirantes y unos pantalones cortos, así que sabe que su hermana está viendo cómo se le mueven los omóplatos bajo la capa de carne que va creciendo.

—¿Quieres bañarte conmigo? —le pregunta Heather.

Ginny se vuelve sorprendida. Su hermana está apoyada sobre los codos en medio metro de agua, completamente desnuda, sin ningún pudor. Lo normal sería que Ginny se riera y le dijera que se dejara de cosas raras. Aunque es seis años mayor que ella, Heather se viste como una adolescente despreocupada, con tops cortos, vestidos diminutos y, por supuesto, biquinis. Ginny siempre ha evitado enseñar el cuerpo.

Mira a su hermana durante un buen rato. Luego, sin mediar palabra, se aferra la camiseta de tirantes por el bajo y se la sube para quitársela. Se le pone la piel de gallina.

El agua quema mientras ella se desliza por el lateral de la bañera. Apoya la cabeza en la porcelana, junto a los pies de Heather. Sus cuerpos, que brotaron (y tomaron forma) en la misma masa de agua, configuran un reflejo invertido. El de Heather es todo hueso; el de Ginny, todo carne. El calor abrasador se convierte poco a poco en tibieza. Ginny intenta ocultar la mayor parte posible de su cuerpo debajo del agua. A medida que la piel de gallina desaparece, se da cuenta de que lleva siete años sin entrar en calor.

Ha estado pensando en la relación con su hermana desde el día que llegó Heather. En su pasado, en sus diferencias. En su familia, además de las categorías «Hombre» y «Mujer», los cinco hijos se dividían en «Problemático» y «No problemático». Heather y Ginny se encontraban en lados opuestos de esa clasificación. Ginny, la ansiosa niña de diez años desesperada por complacer a todo el mundo en un radio de treinta metros. Heather, la enfadada adolescente de dieciséis años que no solo se hacía la dueña de una estancia cuando entraba, sino que se convertía en la misma estancia.

«Heather sabe lo que quiere —decían todos los miembros de la familia mientras ponían los ojos en blanco con condescendencia—. Y no tiene miedo de gritar».

Al final, Ginny se incorporó al grupo de los chicos y Heather se eligió a sí misma, una decisión que, en su momento, la etiquetó como egoísta y mezquina. Ahora Ginny ve su elección como lo que fue: un acto de valentía. El valor de ser una mujer en una familia de hombres.

El viernes por la mañana el jefe de Adrian, Lawrence, crea un evento en su calendario. «**Adrian/Lawrence 1:1**», reza el asunto de la reunión. Hora: «**10 - 10:30**».

A las diez de la mañana, Adrian asoma la cabeza por la puerta de la sala de reuniones indicada en el evento. Lawrence levanta la mirada de su portátil, donde está redactando un mensaje de correo electrónico. Aleja de la mesa una silla desocupada y le hace un gesto a Adrian para que se siente.

—Adrian —dice mientras cierra el portátil a medias y se cruza de brazos—, llevas con nosotros algo más de un año.

—Sí, señor.

—No sé cuántas veces te he dicho ya que me llames Lawrence. —Da dos golpecitos en la mesa—. Aparte de eso, en solo un año has consolidado tu puesto en el equipo y has desempeñado un papel fundamental en el lanzamiento de un producto clave para nuestra estrategia en el extranjero.

—Es cierto, señor.

—Es impresionante, Adrian. Inusual para alguien de tu nivel. —Hace una pausa—. Por eso ya no vas a trabajar en ese nivel.

Adrian se inclina hacia delante, con las manos apoyadas en las rodillas.

—¿Cómo dice?

—Voy a ascenderte. Con efecto inmediato. Si vas a dirigir la estrategia de contenidos de Disney+ en Europa del Este, quiero que tu puesto refleje tu responsabilidad.

—Yo no... —Adrian se acomoda de nuevo en la silla. Parpadea con los ojos clavados en el monitor de la pared—. ¿Liderar la estrategia de contenidos? ¿Con equipo propio?

—Así es. Tendrás dos subordinados directos, a los que te ayudaré a elegir dentro de la empresa. O fuera, si no encontramos el talento adecuado internamente.

—No sé qué decir.

—Di que sí. —Lawrence le da unos golpecitos al borde de la pantalla de su portátil—. Todos los miembros del equipo coinciden en señalar la pasión con la que llevas a cabo tu trabajo. Quiero fomentar esa pasión. Quiero que tengas una carrera larga y fructífera en Disney. —Sonríe—. Tenemos suerte de contar contigo.

—Yo… —Adrian menea la cabeza—. Gracias, señor.

—Bien hecho. —Lawrence vuelve a abrir su portátil—. Ahora vete, tengo una crisis serbia de *streaming* que gestionar.

Adrian sonríe.

—Sí, señor. —Se pone en pie y abandona la sala de reuniones.

Varios compañeros se acercan a felicitarlo de camino a su mesa y le dan palmadas en el hombro mientras le dicen que se lo merece. Por lo visto, todos menos él sabían que lo iban a ascender.

Llega a su mesa y se sienta, estirando las piernas hasta que casi le salen por el otro lado. Abre el portátil. La pantalla de bienvenida brilla, cálida y luminosa.

Esto es. Esto es lo que esperaba, el motivo por el que se ha dejado la piel durante un año entero. Para liderar la estrategia de difusión. Tendrá voz y voto en los contenidos que llegarán a países como Hungría. Lo que van a ver los niños en la tele, como él hacía sentado en el suelo de la casa de sus abuelos.

Debería estar encantado. Debería estar orgulloso de su propio éxito.

No lo está.

Lo atormenta el mismo sentimiento que lo ha perseguido desde que regresó de Budapest: la sensación de que le falta algo que no puede definir. Una parte de él se pregunta si se trata de un sentimiento normal. Si el vacío inexplicable es solo un efecto secundario de estar vivo.

Otra parte de él se pregunta si tendrá algo que ver con Ginny.

Esa sería la explicación lógica, ¿no? La chica desaparece, se abre un agujero en el pecho. Pero él nunca ha sido así. Se aseguró hace mucho tiempo de que su felicidad nunca dependiera de la ausencia o de la presencia de otro ser humano. Es un hombre independiente, un ecosistema totalmente autosuficiente.

Y, además, sabe que tomó la decisión correcta al cortar con Ginny antes de que lo suyo despegara. Ella se merece a alguien que esté comprometido al cien por cien con la idea de una relación. Alguien que no tenga miedo.

Adrian lleva tanto tiempo sentado delante del portátil que la pantalla se ha apagado. Mueve el ratón. Introduce su contraseña, de seis caracteres, y la pantalla de bienvenida desaparece, dejando a la vista un escritorio abarrotado de programas de trabajo: Excel, Outlook, Word, Microsoft Teams. No le interesa ninguno de ellos. Abre Internet Explorer y, tras una rápida mirada por encima del hombro, teclea: «www.instagram.com».

Cuando se carga la página de inicio, lo primero que ve son los círculos de la parte superior de la pantalla. Cada uno de ellos está asociado a un usuario concreto. Debajo del primer círculo está el nombre de usuario @ginmurph.

Pasa el ratón por encima del círculo. Al cabo de unos segundos, hace clic.

En la pantalla aparece una fotografía. Una captura de pantalla, en realidad. Un billete de avión con salida del aeropuerto JFK al Aeropuerto Internacional de Detroit. Encima del billete, Ginny ha escrito con texto blanco: «**Hasta luego, NYC**».

Adrian se queda mirando la captura de pantalla durante un buen rato. Mantiene el clic del ratón sobre la imagen para evitar que desaparezca. Sus ojos se detienen en la hora y la fecha: 21:00, viernes.

Esa misma noche.

Empieza a respirar de forma superficial. La pantalla pierde nitidez delante de sus ojos. Sabía que eso iba a ocurrir. No sabía cuándo, pero lo sabía. La idea de que Ginny se fuera de Nueva York no debería provocarle pánico.

Sin embargo, eso es lo que siente.

De forma un tanto errática, cierra Internet Explorer y abre Excel. Se desplaza por los datos que ya ha empezado a recopilar sobre el uso de Disney+ en Rumanía. Ojea los porcentajes. Cuando llega al final, mueve el ratón hasta el icono de Microsoft Word.

Piensa en Ginny, sin trabajo y en recuperación. Se pregunta si seguirá escribiendo. Se pregunta si pasará algunos de sus relatos al ordenador. Si los enviará a otras personas para que los lean.

Ojalá lo haga.

Ginny vuelve a casa esa noche. Al menos, a su casa de Michigan.

El día es ajetreado. Tiene que hacer las maletas, asistir a sesiones de terapia y evitar que Heather y Tristan se arranquen la cabeza. De hecho, está tan ocupada que hasta las cuatro de la tarde no puede abrir su cuaderno y ponerse con la redacción que le mandó su psicólogo.

Tema de hoy: anota algunas cosas que te encanten de tu vida. El propósito de esta redacción es evidente, piensa mientras hace clic para sacar la punta del bolígrafo: recordarse a sí misma la felicidad que existe fuera de su trastorno de conducta alimentaria.

Empieza a escribir.

Quiero a mi familia. Quiero a mis amigos. Me encanta este pisito, el lugar donde vivo con mis amigos. Me encanta mi pequeño dormitorio, en el que solo hay sitio para una cama, una mesa y una ventana diminuta. Me encanta nuestra pequeña cocina y las cajas de cereales pegadas a la pared, y el cuarto de baño con el extractor tan ruidoso, y el sofá que ocupa todo el salón. Estoy triste. Siempre estoy triste. Pero, a veces, es posible estar triste y alegrarte al mismo tiempo de estar viva.

Una hora más tarde, Ginny sale del cuarto de baño con su cepillo de dientes y una bolsita de plástico. Empieza a preguntarle a Heather:

—¿A qué hora has dicho que tenemos que pi...? —Sin embargo, deja la frase en al aire al ver a su hermana delante de su mesa, con el cuaderno en las manos—. Oye, oye, un momento. —Se acerca e intenta quitárselo—. No metas las narices en mis cosas.

Solo entonces ve la expresión de Heather: estupefacción rayana en el espanto. Ginny mira la página por la que está abierto el diario. Es de hace varias semanas, cuando estaba en pleno follón en Szentendre. Se tensa. Ya se imagina lo que acaba de leer su hermana.

—Ginny —susurra.

Ella se da media vuelta y cierra el diario con fuerza.

—No me habías dicho que las cosas se pusieron tan mal.

—En fin, pues sí. —Se acerca a la mochila y mete el diario dentro—. No es algo que se pueda ir gritando por ahí, ¿no te parece?

Heather no contesta, así que Ginny se afana en reorganizar unos libros que no necesitan que los reorganice. Al cabo de un rato, su hermana se acerca y le pone una mano sobre la suya, deteniéndola.

—Gin —dice—, ¿qué pasó con Adrian?

Ginny parpadea deprisa varias veces.

—¿Gin?

—Yo... —Apenas le sale la voz—. Me salvó la vida.

—¿Qué?

—Me salvó la vida. —Mira a su hermana. Las lágrimas se le agolpan en los rabillos de los ojos—. Lo quiero. Y..., y él no me quiere.

—Ay, Ginny. —Heather la rodea con los brazos y la estrecha con fuerza. Sus brazos son delgados y delicados. Su pelo desprende un olor conocido, el mismo perfume que usa desde los dieciséis. Ginny no le devuelve el abrazo, se limita a pegarse a ella, a apoyar la cara en el hombro de su hermana—. Es idiota.

—Lo dices porque es tu obligación —replica Ginny contra su clavícula.

—Es posible. Pero eso no quita que sea verdad.

A Ginny se le escapa un hipido.

—Pero, oye... ¿quieres que te cuente las buenas noticias?

—¿Cuáles son?

—Ya sé cuál será tu próximo trabajo.

—¿Qué? —Ginny levanta la cabeza y la mira con los ojos entrecerrados—. ¿Qué quieres decir?

Heather mete la mano en la mochila de Ginny y saca el cuaderno. Lo sacude varias veces.

—Vas a ser escritora.

—Qué tontería. —Ginny intenta recuperar el diario, pero su hermana se lo pone a la espalda—. Solo son idas de olla.

—Son idas de olla con voz propia. Lo digo en serio. Podía oírte hablar a través de esas páginas.

—Tener voz propia no te capacita para escribir.

—No estoy de acuerdo.

—Puedes no estar de acuerdo todo lo que quieras, pero eso no te da la razón.

—Ginny —Heather pone los brazos en jarras, con el cuaderno colgado a un costado—, ¿te acuerdas del diario que llevabas contigo a todas partes cuando éramos pequeñas? ¿Aquel morado tan feo con la tapa de pelito?

—Era turquesa. —Ginny le quita a su hermana el diario del puño—. Y no era uno solo. Había como veinte o así.

—A eso me refiero. En todos los recuerdos que tengo de ti de aquella época estás con la nariz pegada a algún cuaderno. Y cada vez que intentaba preguntarte por lo que escribías, me decías que no era asunto mío.

Ginny cruza los brazos por delante del pecho.

—Es que no era asunto tuyo.

Heather se echa a reír.

—Las cosas no cambian, ¿verdad?

Ginny le saca la lengua.

—Tienes talento, Gin. Lo digo en serio. No lo digo porque sea tu hermana mayor. Lo digo porque es verdad. —Heather ladea la cabeza y levanta una ceja—. De hecho, ¿alguna vez me has visto hacerle un cumplido a alguien que no fuera de verdad?

—No. —Ginny se ríe y se seca los ojos—. Lo tuyo consiste en ser tan directa que dejas a cualquiera hecho polvo. Por eso eres tan buena empresaria.

Heather sonríe.

—Esos vendedores de telas se lo ganaron a pulso.

—No sé, Heath. —Ginny suspira y se sienta a los pies de su cama—. No tengo formación como escritora. No tengo muchos seguidores en Instagram, como tú. No sé qué tengo que hacer para buscarme un agente o un editor. No soy nadie.

—Todo el mundo empieza siendo nadie, Gin. ¿Sabes cuántos biquinis vendí durante mi primer mes en el negocio? —Heather hace una pausa—. Tres. Tres biquinis. —Mira a Ginny con seriedad—. Y los compró todos mamá.

Ginny se echa a reír.

—Solo digo que todos empezamos de la nada. Y tú…, ¡tú te graduaste en Harvard! Y ya tienes la mitad de unas memorias escritas ahí. —Señala el diario—. No puedes decir que eso sea «nada».

—Supongo.

Heather le coloca una mano en una rodilla.

—Tú piénsatelo. Es lo único que te pido.

—Lo haré. Te lo prometo.

Heather sonríe antes de mirar el cuaderno una vez más. Lo observa un buen rato antes de adoptar una expresión triste.

—¿Qué pasa? —pregunta Ginny.

Heather la mira a la cara y, después, clava de nuevo los ojos en el cuaderno. Acto seguido y sin previo aviso, la estrecha entre sus brazos y la pega a ella.

—Ya no tienes que hacerte sufrir más, hermanita —le susurra al oído—. Ahora estás a salvo. Estás a salvo.

Después de que Heather se vaya, pero antes de terminar de hacer el equipaje, Ginny abre de nuevo el diario. Retrocede varias páginas hasta que encuentra la entrada que busca. Es corta, de apenas un par de párrafos. La relee:

Hoy he leído que, con el tratamiento adecuado y medicación, solo el 70 por ciento de las mujeres se recupera por completo de la bulimia. El 70 por ciento. Puede parecer una cifra muy alta, pero eso quiere decir que el 30 por ciento de las mujeres que recibe tratamiento (que dan todos los pasos e intentan hacerlo todo bien) nunca consigue recuperarse del todo. Que, en diez años, su enfermedad sigue dominándolas. El yugo de la tentación, de la liberación que saben que llegará con la purga.

Hoy he hecho un juramento. No formaré parte de ese 30 por ciento. No dejaré que la enfermedad gane. Recuperaré mi vida. La recompondré lo mejor que pueda, taparé las grietas con cinta aislante, le daré piernas y alas. Aprenderé a vivir con el dolor. A llevarlo en mi interior, a no tenerle miedo, a convertirlo en mi amigo.

Y escribiré. Porque el día que ya no sea capaz de levantar el bolígrafo y escribir, sabré que la criatura ha ganado.

Después del trabajo, Adrian vuelve a casa andando. Son cuarenta manzanas, pero necesita el aire.

En Disney el código de vestimenta es informal. A diferencia de lo que ocurre en Goldman Sachs, es totalmente aceptable que vaya al trabajo con unas Nike y una camiseta bonita. Agradece mucho la política de empresa a medida que aprieta el paso, ya que sus *joggers* negros son mucho más holgados y más cómodos que unos chinos.

Empieza en la Décima Avenida, flanqueada por los imponentes edificios de cristal de Hudson Square. Los rascacielos están tan limpios y reflejan tanto las imágenes que parecen fundirse con el cielo.

Durante toda la mañana y la tarde, no han dejado de asaltarlo pensamientos sobre Ginny. Intentó concentrarse en el trabajo, en la emoción de su nuevo puesto. Se sirvió una taza de café, se puso los auriculares y revisó por completo su disco duro, repasando los ficheros que había creado a lo largo del último año. Buscaba los puntos de datos más importantes, los que van a ayudarlo a impulsar su estrategia hasta el año siguiente.

En circunstancias normales, ese tipo de trabajo lo absorbería por completo. Se ha pasado días y días jugando con números en Excel. Mas de una vez, ha levantado la cabeza de una tabla dinámica y ha descubierto que, de alguna manera, ha pasado de la una de la tarde a las cinco en cuestión de tres minutos.

Ese día no. Ese día la mente de Adrian ha sido incapaz de concentrarse en el trabajo. No dejaba de pensar en la captura de pantalla, en el billete de avión que va a alejar a Ginny de Nueva York sabrá Dios por cuánto tiempo. Cuatro o cinco veces volvió a entrar en Instagram para mirar fijamente el billete como si al comprobarlo una y otra vez pudiera cambiar el resultado final.

Mientras gira a la derecha, en dirección a West Side Highway, Adrian se pregunta por qué le importa que Ginny se vaya. Viven en una ciudad de ocho millones de habitantes; la ausencia de una no debería afectarlo. Además, tampoco iba a verla. Si tuviera que apostar, diría que de los ocho millones de personas que hay en Nueva York él es la última a la que Ginny quiere ver.

Una vez ahí arriba, el Hundson River Greenway es un estudio de contrastes: autovía a un lado y frondosos parques verdes al otro. Los ciclistas y los patinadores lo esquivan. Los patinadores le recuerdan a Ginny, que apareció en su primera cita con unos patines colgando del brazo derecho. Todo le recuerda a Ginny, joder. Desearía poder ladear la cabeza y sacudirla hasta que se le salgan todos los recuerdos.

Claro que no puede. Sigue viendo las puntas rubias de su pelo por debajo del casco con pegatinas, su radiante sonrisa mientras llegaba a Dante en calcetines. Parecía totalmente distinta en aquel entonces. Como si nunca hubiera conocido la tristeza ni el sufrimiento. Como si su vida fuera aire.

No podría haberse equivocado más.

En ese momento es cuando empieza a correr.

No había planeado correr hasta casa. De hecho, ese día ya había completado su habitual carrera del lunes por la mañana, casi diez kilómetros hasta Battery Park y la vuelta. Ese ejercicio extra le pasará factura en los músculos; al día siguiente tendrá agujetas. Pero a esas alturas no le basta con andar. Las piernas le arden con la necesidad de estirarse, de golpear el asfalto dando zancadas largas y satisfactorias.

No se pone los AirPods. Escucha los sonidos de la ciudad: el rugir de los coches, el zumbido de las bicis que pasan volando a su lado, las risas de los grupos que se reúnen en el césped, el suave romper de las olas en el muelle.

En Pier 45 hay un gran claro entre los árboles y se puede ver el Hudson sin obstáculos. Bajo el cielo medio nublado, las olas se ven de un azul grisáceo y hacen que Adrian se acuerde del Danubio. Hacen que se acuerde de largos paseos por la mañana, de cafés americanos y de *fánks* rellenos de chocolate.

Redirige sus pensamientos. Ginny no es el único recuerdo que tiene del Danubio, ¿verdad? Creció junto a ese río. Jozsef y él chutaban contra el saliente rocoso que protege la pasarela del río, a ver quién conseguía acercar más el balón a la parte superior del saliente sin que cayera al otro lado. Perdieron un montón de balones así, arrastrados todos por la marea, subiendo y bajando a la deriva hacia el edificio del Parlamento. Su *nagyanya* le habría regañado de haberse enterado de semejante desperdicio por su parte, pero nunca tuvo que contárselo: la familia de Jozsef parecía contar con un suministro interminable de balones.

Siempre tendría sentimientos encontrados hacia aquel río. Allí pasó algunos de sus momentos más felices: desde jugar al fútbol con Jozsef hasta montar en su pequeña y oxidada bicicleta por el sendero, pasando por sentarse con las delgaduchas piernas cruzadas en la cornisa y tirarles trozos de pan a las gaviotas.

Sin embargo, el Danubio siempre será también el río que se tragó a su padre.

Durante muchos años fue incapaz de acercarse al Danubio después de averiguar cómo murió su padre. Tomaba serpenteantes rutas que le impedían ver el agua y solo se acercaba si no le quedaba más remedio. Cuando miraba los puentes que conectan las dos orillas, solo veía un coche derrapando sobre hielo negro, atravesando la barandilla, alzándose en el aire y cayendo de bruces al gua. Solo sentía el metal y las ruedas hundiéndose hasta tocar fondo. Una puerta que no se abría. Un espacio reducido llenándose hasta que ya no quedaba espacio para respirar.

«Para».

¿Por qué está pensando en eso? No le gusta pensar en su padre de esa manera. Le gusta pensar en él tal cual era cuando estaba vivo: inteligente, carismático, querido por sus alumnos. Sus pensamientos parecen ensombrecerse cada vez más a medida que avanza el día. Necesita que paren.

Ya casi ha llegado a casa. Solo faltan unas manzanas. Le cuesta respirar. El sudor le cae por la espalda, agolpándose en la cinturilla de los pantalones y humedeciendo la suave tela de la camiseta. Le duelen las piernas. Corre más deprisa. Quiere dejar atrás esos pensamientos, la extraña sensación que lo ha estado rondando todo el día.

Cuando enfila su manzana, no ve los restaurantes y las tiendas de barrio que flanquean la calle; ve la cara de su padre, un coche amarillo, un montón de libros.

Sube los escalones de dos en dos. Casi no atina a meter la llave en la cerradura. Cuando la puerta se abre, entra en el estudio y cae al suelo entre jadeos.

Una fotografía. La única imagen que tiene de su padre. Una fotografía que ni siquiera tiene en su poder, que solo tuvo durante unas semanas antes de devolverla al escondite de su madre. Ni siquiera sabe si la imagen que tiene en la cabeza encaja con la verdadera cara de su padre. Podría ser totalmente falsa, deformada por el paso de los años. Quizá ni siquiera sepa qué aspecto tiene su padre.

Al reconocerlo, le dan ganas de acurrucarse y echarse a llorar.

Aunque no puede, claro. Él no llora. No siente, y punto.

Su mirada recorre el estudio, pasando por la cocina y la mesa hasta que por fin se detiene en el armario abierto. En los zapatos que hay en el estante superior.

Entonces se acuerda del paquete.

Se levanta del suelo y se pone de puntillas antes de poder pensar siquiera, y tantea por el estante en busca de la caja de cartón. La encuentra y la saca tan deprisa que tira uno de los zapatos al suelo. Se lleva la caja al sofá y se sienta. Tiene la caja sobre el regazo, medio abierta. Una especie de invitación.

Levanta las solapas una a una, alisando cada pliegue hasta que quedan planas. Dentro está el álbum de cuero negro. Lo saca de la caja y limpia la cubierta. Suelta un largo suspiro. Después lo abre.

La primera foto es de una versión joven de sus padres. Están muy arreglados, tal vez para una función del instituto. No pueden tener más de dieciséis años. ¿Celebraban bailes de graduación en la Hungría comunista? No lo sabe. Otra cosa que nunca les ha preguntado a sus abuelos.

Pasa a la página siguiente. En esa foto, su padre es un poco mayor, viste una equipación deportiva y lleva un balón de fútbol debajo del brazo.

En la equipación se lee Kölcsey Ferenc.

Adrian se queda mirando la foto durante un buen rato. Su padre jugaba al fútbol. ¿¡Al fútbol!?

En la foto de la derecha, sus padres están juntos de nuevo, solo que en esa ocasión también sale Eszter. Están en una manta de pícnic extendida a orillas del lago Balatón. Su padre lleva unas bermudas azul oscuro como bañador, su madre y su *nagyanya* un bañador largo. Adrian reconoce *lángos* y *dobostorta*, vasos llenos de oscuro vino tinto. Sonríen de oreja a oreja, con los ojos entrecerrados por el sol. Su padre tiene la boca abierta como si estuviera a punto de decir algo. A Adrian lo abruma un extraño dolor. Un deseo de saber qué dijo exactamente su *apa*.

Pasa la página. Y repite. Hay varias fotos más: sus padres en la universidad, sus padres en un acontecimiento deportivo, sus padres de vacaciones en lo que parece Sofía, sus padres en la graduación.

Y luego, en la página siguiente, su madre con un vestido blanco y su padre con un traje gris claro. Se abrazan. A su espalda, las puertas de una catedral están abiertas de par en par. En la foto, se ven flotando pétalos de flores, que da la sensación que han lanzado unas personas que están fuera del encuadre. Su padre está sonriendo. Su madre está sonriendo. Nunca ha visto a su madre con una sonrisa tan deslumbrante. Ni una sola vez.

Ahí es cuando se le empiezan a humedecer los ojos. Parpadea con rapidez, conteniendo las lágrimas, y se apresura a pasar de página.

Ve a sus padres comprar su casa. Los ve organizar cenas y cuidar del jardín trasero de sus abuelos. Los ve de excursión por las colinas que rodean Szentendre. Los ve paseando en bicicleta por el Danubio, al igual que hacía él. Y después, de repente, ve crecer la barriga de su madre y sabe que Beatrix está en camino. Ve que le crece la barriga a lo largo de las siguientes fotos y, al pasar de página, ve a su madre en la cama de un hospital, con Beatrix en brazos. Su padre está de pie junto a su madre, con una mano en uno de sus hombros. Tienen expresión cansada, pero sus sonrisas son genuinas, llenas de sorpresa y asombro.

Cuantas más páginas pasa, más le escuecen los ojos. Más agua se le acumula, nublándole la vista hasta que no le queda más remedio que parpadear, que permitir que las lágrimas le corran por las mejillas. No recuerda la última vez que lloró. Ni siquiera creía que su cuerpo fuera capaz de producir lágrimas.

Vuelve a pasar de página. Ve a sus padres con Beatrix todavía muy pequeña, haciendo un pícnic en uno de los parques de la ciudad. Ve a Beatrix en brazos de su padre. Ve a Beatrix en un cochecito mientras Eszter y su madre visitan la Eötvös Loránd. Los ve comiendo en un restaurante de Pest. Ve juegos infantiles y primeros pasos y una pequeña familia acurrucada en un sofá desconocido en una casa en la que Adrian no ha vivido nunca. Ve cómo se desarrolla toda una vida. Ve una infancia que nunca tuvo, una familia feliz, que no sufrió daños ni se rompió. Las lágrimas brotan cada vez más rápido.

Cuando pasa de página y se encuentra con una fotografía de su madre de nuevo embarazada, su padre agachado a su lado, con una mano en su barriga, se queda paralizado. Ahí está. Adrian, en el útero. Parecen eufóricos, listos para traer otro miembro a su pequeña familia.

Sin embargo, no saben la verdad: que la concepción de Adrian es el principio del fin.

Casi no es capaz de mirar el resto de las fotografías. Beatrix, ya más grande, su madre embarazada y su padre emocionado. No puede mirar las tazas de café, los paseos por el río, las fiestas de cumpleaños y las festividades religiosas en casa de los abuelos. No quiere verlo. Sabe lo que viene después.

Su madre está embarazadísima. Su hermana sonríe con solo seis dientes. Su padre las abraza a las dos.

Después pasa de página y no hay nada. Ninguna foto. Solo una funda de plástico vacía.

Pasa página. Y otra vez. Está en fase de negación. No le cabe la menor duda de que si sigue buscando, encontrará algo. Las fotos no se acaban ahí. No pueden acabarse ahí. ¡No pueden acabarse ahí!

Pasa de página hasta llegar a la última. Ha llegado al final del álbum. No queda nada. Se aparta con fuerza el álbum del regazo y cae al suelo boca abajo, con las páginas dobladas y aplastadas. Se inclina hacia delante y se abraza las piernas dobladas. Se deja caer de costado. A esas alturas está sollozando. Los hipidos son profundos y fuertes, le sacuden el cuerpo. No puede respirar. No puede pensar.

Busca el móvil a tientas. Se lo saca del bolsillo con manos temblorosas. Apenas distingue la pantalla. La pulsa varias veces, hasta que por fin encuentra el botón del teléfono. Baja por el listado hasta encontrar el contacto que pone MAMÁ. Pulsa para llamar.

Ella descuelga al tercer tono.

—¡Adrian! —exclama, pero antes de que pueda añadir nada más, la interrumpe.

—Es culpa mía —solloza en húngaro—. Es culpa mía.

—Cariño, tranquilízate. —Su madre parece alarmada—. ¿Qué pasa? ¿De qué hablas?

—Es culpa mía, mamá. Nunca habría muerto de no ser por mí.

—¿Quién...?

—Murió de camino al hospital. De camino a conocerme. Es culpa mía. —Casi no puede respirar, casi no puede pronunciar las palabras—. Murió por mi culpa. Lo siento mucho, mamá. Lo siento muchísimo.

Su madre no replica.

Adrian emite un sonido a caballo entre un jadeo y un alarido.

—No quería arrebatártelo.

Nadie habla. Solo se oyen los sollozos de Adrian en el teléfono. Una parte de su cerebro se da cuenta de que debería sentirse avergonzado por comportarse de forma tan irracional, pero otra parte de él (mucho más grande que la otra) desea llorar incluso más. Desea poder expulsar hasta la última gota de su cuerpo. Tal vez si lo hiciera, expulsaría el dolor que lo ha abrumado mientras miraba las fotos de ese álbum. Tal vez purgaría la pena que llena hasta el último rincón de su cuerpo.

Al cabo de unos minutos, los sollozos se van calmando. A medida que lo hacen, empieza a oír la respiración de su madre al otro lado. Intenta concentrarse en eso, en el sonido de su respiración. En dejar que lo arrastre para que el aire entre y salga también de él.

—Adrian —dice su madre por fin. Habla en voz baja—, la muerte de tu padre no es culpa tuya. Lo sabes, ¿verdad?

No contesta.

—Fue un accidente. Un accidente horroroso, pero un accidente al fin y al cabo. Sí, me lo arrebataron..., pero no fuiste tú. Fue un trozo de hielo. —Hace una pausa—. Lo entiendes, ¿verdad?

Adrian sorbe por la nariz.

—Los caminos del Señor son inescrutables, pero Él no arrebata una vida a cambio de otra —sigue su madre—. No es Su estilo.

—Pero Su estilo fue que papá tuvo que morir para que yo naciera.

—Puede que fuera así, Adrian. Pero eso no te convierte en culpable.

Él toma una entrecortada bocanada de aire.

—No lo soporto, mamá. —Se le quiebra la voz—. Pesa demasiado.

—¿El qué, cariño?

Suelta el aire antes de contestar.

—Todo.

Aunque no puede ver a su madre, cree sentir que le da la razón con un gesto de la cabeza al otro lado de la línea. Se imagina su cara: seria, pero comprensiva, con los labios apretados y el ceño fruncido. Es una expresión que ha visto cientos de veces: la misma que tiene en la iglesia cuando el cura dice que todos somos pecadores y que debemos arrepentirnos de nuestros pecados.

—Lo sé, cariño —dice con voz tranquilizadora—. Lo sé.

—¿Cómo consigo que desaparezca?

—No puedes —contesta en voz baja—. Tienes que aprender a vivir con eso.

Después de esas palabras, se quedan callados. Escuchan la respiración del otro a través del teléfono. Adrian nunca ha llorado delante de su madre. Nunca la ha buscado para que le acaricie el pelo, para que lo abrace. Imagina que la sensación debe de ser parecida a la que siente en ese momento. El consuelo silencioso de saber que hay alguien más ahí.

—¿Quieres venir a casa? —le pregunta su madre.

Adrian se lo piensa. Quizá volver a casa sea lo que necesita. Quizá necesita la luz del sol que se cuela por la ventana del salón, las suaves colinas, los dorados campos de maíz. Ir a Budapest tuvo algo de sanador; a lo mejor ir a Indiana tiene el mismo efecto.

Al fin y al cabo, para eso vuelve Ginny a casa. Para sanar.

Se incorpora en el sofá. Mira la caja que hay en el suelo, en cuyo fondo sigue estando un sobre verde con su nombre escrito.

—Mamá —dice al tiempo que se inclina y saca el sobre—, ¿puedo llamarte luego?

—Claro, cariño. Te quiero.

—Yo..., yo también. —Adrian hace una mueca cuando cuelga. Hasta hablando con su madre le cuesta pronunciar la frase completa.

Le da la vuelta al sobre. Al igual que todas las cartas de sus abuelos, están selladas con una marquita azul en la que se ve un tulipán. Los sobres los cierran lamiéndolos y los sellan de la forma normal; la marca es puramente decorativa. Pasa los dedos por el sello. Después lo rompe y desliza los dedos por debajo de la solapa.

Del interior cae una tarjeta, en la que hay escritas unas líneas en húngaro:

Adrian:

Esto es tuyo. Guárdalo bien; mantén más a salvo su memoria.
Dile a Ginny que la queremos mucho.

P.D.: ¿Le has dicho ya que tú también la quieres?

Las maletas están hechas. El colchón inflable de Heather, enrollado. Sus cremas y demás, quitadas de la encimera del baño; la bolsa de basura, cerrada y lista para tirar. Ginny por fin se va de Sullivan Street.

—Colega —dice Tristan desde el otro lado del salón. Ginny se está atando los cordones de los zapatos y no ve con quién habla—, ¿a quién le mandas mensajes? Llevas mirando el móvil como diez minutos.

—A nadie —contesta Clay.

—¿Ese «nadie» no será la chica con la que te estás acostando ahora?

—No —responde Clay—. No es nadie.

Ginny se pone en pie. Mira a su mejor amigo con los ojos entrecerrados.

—Te estás mostrando esquivo.

—No, de eso nada. —Se guarda el móvil en el bolsillo y mira a Heather—. Te vamos a echar de menos, Heath.

—Lo sé. —Heather finge un puchero—. ¿A quién se supone que voy a torturar sin un Tristan en mi vida?

—En fin —dice el aludido—, siempre nos quedarán los mensajes de texto.

Ginny está a punto de soltar una carcajada cuando oye el ruido de una llave en la cerradura. Se da media vuelta y ve que la puerta se abre una rendija. Entra Finch.

Se hace un silencio absoluto en el salón.

Finch avanza mientras las ruedas de la maleta rebotan en las grietas del suelo de madera. Sale de la penumbra del pasillo a la luz del salón. Lo primero que ve ella son sus ojos cálidos y familiares, la curva de sus labios. Se le cae el alma a los pies.

—Creía que no ibas a volver hasta el lunes —dice Ginny.

—Hola para ti también.

—Oye, Tristan —dice Clay en voz bastante alta—, hay algo muy chulo en mi dormitorio que quería enseñarte.

—Estupendo. Me gustan las cosas chulas. —Tristan lo sigue a toda prisa y cierra la puerta.

—¿Este es...? —Heather se coloca junto a Ginny y la aferra del codo—. ¿Este es Finch?

—Encantado de conocerte —dice él.

—Ginny... —Heather le da un apretón en el codo—, tú dímelo y le arranco los huevos.

—Uf. —Finch se mira el paquete.

—No —dice Ginny—. No, no pasa nada. Yo me encargo.

—¿Estás segura?

—Totalmente. Vete con los chicos. Además, seguro que tienen la oreja pegada a la puerta.

—¡No, de eso nada! —gritan Tristan y Clay, con la voz amortiguada.

Heather le da un último apretón en el codo y se da media vuelta para dirigirse al dormitorio de Clay. Ginny y Finch están a un metro de distancia el uno del otro, tan lejos como el salón de Manhattan les permite.

—Bueno... —No se cruza de brazos. No quiere parecer que se está ocultando—, estás comprometido.

—Estoy comprometido.

—Enhorabuena.

—No... —Carraspea—. He vuelto pronto a casa porque quería verte antes de que te fueras. Quería... disculparme.

—Ya te has disculpado, Alex. Varias veces.

—¿Y no me vas a perdonar en la vida?

—No digo eso, solo digo que, por ahora, necesito que me des espacio. No una disculpa. Necesito recuperarme, y tú necesitas arreglar las cosas con tu novia. —Ginny da un paso hacia él—. ¿Le has contado lo que pasó entre nosotros?

—Yo... —Finch juguetea con el asa de su maleta—. Todavía no.

—Qué conveniente.

—Pero lo haré —se apresura a decir—. Juro que lo haré.

—No puedo decir que te crea. Pero, por suerte, ya no es problema mío.

—¿Estás diciendo que ya no estás enamorada de mí?

Ginny suelta una carcajada, ronca e incrédula.

—No, Finch, ya no estoy enamorada de ti. Y ¿sabes qué? No creo haberlo estado nunca.

—Pero ¿qué me dices de…?

—No. Para. —Se tapa las orejas con las manos—. No quiero oírlo. No quiero que me líes de nuevo con tus jueguecitos. —Baja las manos, pero levanta la voz—. ¿Lo que sentías por mí, Finch? ¿Lo que fuera que sacaras para engordarte el ego, por más retorcido que fuese? No era amor. ¿Y lo que yo sentía por ti? Eso tampoco era amor. —Toma una entrecortada bocanada de aire—. Era miedo.

—¿Miedo? —Menea la cabeza—. ¿Miedo de qué?

—Miedo de ser fea. Miedo de estar sola. Miedo de que nadie pudiera quererme. Eras mi red de seguridad. Y seguro que tú olías mi miedo. Seguro que lo oliste en cuanto entré por esa puerta. Es lo que te atrajo en primer lugar; yo solo fui una presa fácil.

—Eso no…

—Ahora no puedo hablar de esto contigo, Finch. Lo siento. No puedo fiarme de nada de lo que digas. No sé lo que es verdad y lo que es mentira. Y lo peor de todo… es que creo que tú tampoco lo sabes.

Finch cierra la boca de golpe.

—Ahora, si no te importa… —Ginny pasa junto a él hacia la puerta del cuarto de baño. Gira el pomo y entra. Finch no la llama.

La puerta se cierra con fuerza. Apoya la espalda y las palmas en la madera. Es un cuarto de baño minúsculo, tanto que cuando suelta el aire de forma entrecortada, agita la cortinilla de la ducha, que está a menos de treinta centímetros. Las lágrimas resbalan por sus mejillas a esas alturas. Quiere acurrucarse hasta hacerse un ovillo y convertirse en su versión más diminuta, que no tiene los muslos gordos, ni michelines ni tetas que le impiden cruzar los brazos por delante del pecho. Quiere dormir y hacer que todo desaparezca.

Aunque no puede. En vez de deslizarse por la puerta hasta el suelo, se aparta de ella. En vez de doblarse por la mitad, endereza la espalda. Echa los hombros hacia atrás. Y en vez de darle la espalda al espejo, tal como hace muy a menudo cuando se lava las manos, se vuelve para mirarse de frente en él.

Se mira bien. Mira esa cara nueva y redondeada. Sus generosos pechos. Las clavículas, un poco ocultas bajo la piel. La suave curva de sus hombros.

Y es la primera vez que lo piensa:

«Este es mi aspecto cuando estoy sana».

Las lágrimas caen más rápido, tiñéndole las mejillas de un rosa brillante. Separa un poco los labios. Empieza a moquear. Jadea en busca de aire: «Por favor, más, llena mi cuerpo». No está guapa; está expuesta, en carne viva. Suaves redondeces y ojos desorbitados. Como si le hubieran arrancado todas las capas protectoras del cuerpo. Como si lo único que quedara es ella.

«Este es mi aspecto cuando estoy sana», piensa.

«Este es mi aspecto».

Adrian se queda mirando la nota durante un buen rato. Sigue los bucles y las curvas de la letra de su *nagyanya*. Observa los espacios en blanco, uno a uno, como si pudieran ocultar algún mensaje oculto. Como si la carta fuera en realidad un mensaje codificado.

De repente, suelta la tarjeta y levanta el móvil. Con manos temblorosas, desbloquea la pantalla y selecciona Mensajes. Se mueve por la lista hasta dar con el contacto de Clay.

ADRIAN: Se ha ido ya?

Deja el teléfono y espera. Sacude los hombros, como si con el movimiento pudiera liberar la tensión de su cuerpo. La respuesta de Clay llega en cuestión de segundos.

CLAY: No. Acaba de terminar con las maletas

CLAY: Pero se va pronto

CLAY: Si quieres decirle algo, ya sabes...

Adrian no se molesta en contestar. Se levanta de un salto, se hace con las llaves, que están en la mesita de noche, y sale corriendo por la puerta.

En la calle, para el primer taxi que ve. Normalmente, pediría un Uber, pero no puede perder tiempo esperando a que llegue.

—Al 116 de Sullivan Street —le dice al taxista, y se ponen en marcha.

Enfilan la Séptima Avenida y se topan con un atasco de inmediato. Adrian no deja de dar golpecitos con el pie, mientras su muslo golpea el asiento. Saca el móvil y abre el Safari. Mira fijamente la pantalla mientras teclea aquí y allá. Carga una nueva página, una más larga, y rellena más casillas. Cuando llega al final, pulsa un botón. Aparece un contrato con las condiciones y los términos de servicio, del que pasa, y pulsa otro botón. Cuando llega a la página final, apaga la pantalla del móvil y se lo mete en el bolsillo.

El coche avanza unos metros, después unos metros más. En el bolsillo, el móvil le vibra una vez, después dos y por último una tercera. No lo mira. No quiere saber si ya llega demasiado tarde. Quiere llegar hasta allí sin importar el resultado.

Pasan cinco minutos. Tiene la sensación de que va a estallar y a salir de su cuerpo. Mueve el pie con tanta fuerza y tan deprisa que es un milagro que el taxista no le haya pedido que pare. Baja la ventanilla y asoma la cabeza. El atasco parece ser infinito, puede que llegue hasta la Torre de la Libertad.

—¡A la mierda! —masculla. Mete unos cuantos dólares en el compartimento de la mampara protectora del taxista. El hombre abre la puerta y después Adrian se baja y se pone a correr.

Sortea los coches y las furgonetas atascadas en la Séptima Avenida. Sortea espejos retrovisores y salta por encima de las humeantes alcantarillas. Cuando ve un hueco en el carril bici, gira a la derecha y se sube a la acera. No aminora el paso. Sigue corriendo. Pasa la calle Cuarta Oeste, después Bleecker. Se abre paso a codazos entre una multitud de adolescentes borrachos reunidos delante de Caliente Cab Co. El móvil le vibra en el bolsillo; cree que puede ser una llamada. No se detiene para sacarlo. Rodea a una mujer con un cochecito de bebé y a punto está de caerse por la puerta abierta del sótano de una cafetería. A esas alturas, le cuesta respirar. Tres carreras en un día, las piernas le están gritando. Por fin, ¡por fin!, ve el cruce de la Séptima con Houston a lo lejos. Corre con más ganas si cabe y llega a Houston justo cuando se cierra el semáforo para los peatones. Suelta un taco, pero se lanza a cruzar de todas maneras, provocando que unos cuantos conductores le piten. Llega al otro lado sin incidentes y tuerce a la izquierda. Pasa la Sexta Avenida y llega a las manzanas del SoHo, que son muchísimo más cortas, menos mal. Ya solo le queda atravesar MacDougal Street, y después…

Y después…

Ahí está. Sullivan Street. Echa el cuerpo hacia delante y agita los brazos. Ya casi no puede respirar, pero está cerquísima. Ginny podría estar esperando al doblar la esquina. O podría ser demasiado tarde, podría haberse marchado y todo eso no haber servido para…

Ginny.

Ahí está, de pie junto al bordillo, rodeada por Clay, Tristan y una chica que solo puede suponer que es su hermana. Adrian sonríe de oreja a oreja. Pero después ella se vuelve y lo mira de frente, y la sonrisa desaparece, porque ha llegado, y que Dios lo ayude, no sabe qué va a decirle.

A Adrian y a Ginny los separa un metro, en medio de Sullivan Street. Ginny está paralizada, con una mano en la maleta y la otra, en la boca. Adrian está doblado por la cintura, respirando con tanto trabajo que es incapaz de hablar.

—Ay, Dios. —Ginny se aparta de la maleta. Busca un sitio donde esconderse (detrás de Clay, de una farola, donde sea). No quiere que la vea así. No quiere que vea todos los kilos que ha ganado, que vea el nuevo cuerpo en el que habita. Aunque ella haya empezado a aceptarlo, no significa que esté preparada para mostrárselo al mundo—. No puedes… Yo no…

—Espera —jadea Adrian, que le pone una mano en un hombro. Ella da un respingo al sentir el contacto y se vuelve hacia él con los ojos como platos—. Espera.

Todos esperan. Todos observan a Adrian enderezarse mientras respira con dificultad. Tiene la cara colorada, el pelo alborotado y una fina capa de sudor en la frente.

—Gin —dice Heather despacio—, ¿es quien creo que es?

—Sí —contesta ella. Se ha echado a temblar. Ojalá pudiera meterse en su maleta y cerrar la cremallera—. Sí, lo es.

Observan mientras Adrian se yergue todo lo alto que es. Echa los hombros hacia atrás, pero no saca pecho. En cambio, mantiene una postura neutra, está casi lacio. Adrian baja la mirada, pero la vuelve a subir mientras pestañea como siempre hace. Ginny tiene la sensación de que se queda sin aliento de golpe.

De modo que dice:

—Adrian…

—Te quiero.

Pronuncia las palabras tan deprisa que le salen en una sola.

—Que… —A Ginny se le atasca la voz en la garganta—. Que ¿qué?

—Te quiero, Ginny. —Los brazos le cuelgan a los costados—. Siento haber tardado tanto en darme cuenta. Y no…, a ver, no se me dan muy bien los discursos…

A su espalda, Tristan resopla. Clay golpea el suelo con el pie.

—Pero es que… tenía que decírtelo. Lo siento, Ginny. Siento haberte hecho daño. Siento haber tenido miedo. Joder, sigo teniendo miedo. Nunca he mantenido una relación y esto, todo esto… —dice y hace un gesto para señalarlos a ambos— me aterra. Estoy aterrado, joder. No me permito acercarme a los demás. No lo bastante como para que me duela si se van. Pero contigo…, contigo ya es demasiado tarde. Y me aterra que si estamos juntos, las cosas se vayan al traste, porque no tengo ni puta idea de lo que voy a hacer sin ti.

Ginny casi no puede respirar. Adrian no mira ni una sola vez a las personas que los rodean. Le está hablando a ella, a nadie más.

—En Hungría, me dijiste que era absurdo pensar que necesitaba saber de antemano si nuestra relación iba a fracasar. Que ningún ser humano ha tomado nunca una decisión sin tener una sola duda. Y ¿sabes qué? Tenías razón. Tenía dudas sobre Harvard. Tenía dudas sobre Disney. Incluso tuve dudas sobre lo que debía desayunar esta mañana. Eran dudas pequeñas, casi insignificantes, pero ahí estaban. Siempre lo están. Porque es humano preocuparse, ¿verdad? Preguntarse ¿qué pasaría si…? Cuestionar cada decisión que tomas. —Inspira hondo—. Así que… sí, es absurdo pensar que debes conocer el futuro de una relación antes de lanzarte. Pero Ginny… —dice y avanza otro paso. Estira un brazo y la toma de una mano—, nada de eso importa porque ahora mismo sí que veo un futuro. Estoy loco por ti, Ginny Murphy. Y estoy seguro al cien por cien de que si tengo que pasar otro minuto alejado de ti, voy a perder la puta cabeza.

Ella abre la boca. La cierra. Menea la cabeza mientras recorre la calle con la mirada.

—Pero no…, no lo entiendo. —Menea la cabeza de nuevo—. ¿Cómo puedes quererme ahora? ¿Después de haber engordado tanto? Después de que me hayan crecido los brazos y me hayan crecido los muslos y me haya crecido la cara… —Empieza a respirar muy deprisa, jadeando en busca de aire—. ¿Cómo puedes quererme cuando me he vuelto tan..., tan fea?

Durante un segundo, se impone el silencio entre ellos. A Ginny le sube y le baja el pecho muy deprisa. Tiene las mejillas coloradas y el pelo recogido en un moño bajo. Adrian la mira, mira la expresión triste de sus ojos, la espalda encorvada.

—Ginny —desliza las manos para sujetarla por los brazos—, sin importar lo que ahora mismo estés sintiendo sobre ti, te prometo... que no es real. Eso no es lo que el resto del mundo ve. Porque para mí... Joder. Ahora mismo estás tan guapa que me cuesta hasta mirarte.

Ginny suelta una carcajada, un sonido entrecortado que le brota del estómago. Quiere abrazarlo, pegar su cuerpo al de Adrian y sentir el familiar contorno de su torso.

En cambio, baja la mirada a la maleta y coloca una mano encima.

—Adrian. —Aprieta el asa—. Yo... me voy. Vuelvo a casa. No para siempre, pero...

—Lo sé, lo sé. —Él asiente con la cabeza al tiempo que se saca el móvil del bolsillo—. Me voy contigo.

—Te... —Ginny parpadear—. ¿Qué?

—He comprado un billete de avión. Cuando venía de camino en el taxi. —Levanta el móvil y le enseña la pantalla, donde se ve un billete desde el JFK a Detroit—. Ya lo he hablado con mi jefe y me ha dado el visto bueno para teletrabajar durante unas semanas. Quiero estar a tu lado durante tu recuperación. Quiero estar a tu lado para todo, para lo bueno y para lo malo. A menos —dice mientras aparta la mirada—, a menos que no quieras que lo esté.

Ginny mira fijamente el billete de avión con la boca entreabierta. Nadie —ni los chicos ni su hermana— dice una sola palabra. El silencio se extiende, largo y espeso, entre todos los cuerpos que se agolpan en la acera. En Sullivan Street, un camión pasa a todo trapo, soltando una nube de humo por toda la manzana.

Y después, sin previo aviso, Ginny se echa a reír.

Adrian frunce el ceño. Baja el móvil.

—¿Eso es..., eso es que no?

—No, idiota. —A Ginny se le humedecen los ojos. Sigue riendo—. Es un sí. Pues claro que es un sí. Quiero que vuelvas a casa conmigo. Quiero que vengas a todas partes conmigo.

Una sonrisilla aparece en los labios de Adrian.

—¿En serio?

Ella le devuelve la sonrisa.

—En serio.

—¿Y bien? —dice Heather desde detrás de Ginny—. Bésalo de una vez.

Ginny da un paso hacia Adrian, le echa los brazos al cuello y salta hacia él, que la atrapa sujetándola por debajo de los muslos. Ginny se inclina y pega los labios a los suyos. A unos pocos pasos, los chicos vitorean. Heather se lleva dos dedos a la boca y silba con todas sus fuerzas. Los conductores pitan. Unos desconocidos al otro lado de Sullivan Street empiezan a aplaudir. La mitad de la manzana no tiene ni idea de lo que pasa, pero todos parecen alegrarse de todas formas.

Y junto al bordillo, Ginny y Adrian se abrazan con fuerza. Ginny le entierra los dedos en el pelo. Adrian sonríe contra sus dientes. La hace girar una sola vez antes de bajarla al suelo con mucho cuidado.

Se apartan un poco, pero no se separan. Ginny pega la cabeza contra el pecho de Adrian y lo rodea con los brazos.

—Te quiero —susurra ella.

—Siempre te querré —contesta él, lo bastante alto para que todos lo oigan.

Agradecimientos

Empecé el tratamiento de la anorexia y la bulimia en septiembre de 2020. Tenía veinticinco años y había sufrido en silencio durante más de siete.

Era mucho más fácil admitir que era anoréxica que bulímica. A ojos de la sociedad, «comer sano» y hacer ejercicio con regularidad —las dos excusas que encubren la anorexia— se ven como algo positivo, mientras que vomitar no tiene nada de bueno. Vomitar es algo sucio, íntimo, algo que hay que esconder. La vergüenza que sentía en torno a la bulimia me atormentó durante años, por lo que me resultaba casi imposible compartir la verdad incluso con mis seres más cercanos.

Escribí este libro porque no quería seguir sintiendo vergüenza.

Para empezar, quiero dar las gracias a todos los médicos, nutricionistas y psicólogos que me guiaron durante el proceso de recuperación, en especial a Kelley Morrow, a Kristi Ellis y a Kathy Lee. No podría haber escrito este libro sin vosotras. Gracias por salvarme la vida.

A mi agente, Kimberly Whalen, mi extraordinaria creadora de sueños particular. Gracias por apostar por mí y por este libro. Gracias por defender mi trabajo, por creer en mí sea cual sea la historia descabellada que imagine. No podría estar más orgullosa de tenerte a mi lado.

A mi editora, Kristine Swartz: gracias por ver el potencial de este libro y convertirlo en algo mejor de lo que jamás habría soñado. Gracias a todo el equipo de Berkley que ha trabajado tanto en este libro: Mary Baker, Chelsea Pascoe, Yazmine Hassan, Jessica Mangicaro, Christine Legon, Jennifer Lynes, Martha Schwartz, Colleen Reinhart y Jacob Jordan: este libro no podría haber encontrado un hogar mejor.

También debo darles las gracias especialmente a Clio Cornish y a mi equipo británico de Michael Joseph, que me recibieron con los brazos abiertos en su oficina de Londres.

Siempre les estaré eternamente agradecida a mis padres, Nick y Susan, que me dieron cobijo y amor mientras pasaba el proceso de recuperación. Mamá, nuestros maratones de *Anatomía de Grey* me ayudaron a pasar el primer mes sin purgarme. También debo darles las gracias a Henry, a Lizzie, a Nick, a Pat, a James, a Skatie y a John: mi variopinto grupo de hermanos mayores que me enseñaron a reír, a contar historias y a no tomarme nunca demasiado en serio. Un agradecimiento especial para la abuela, Susie, Ian, Edie, Charlie, Jo, Lucy, Willie y todos los demás miembros de la familia que me han acompañado a lo largo del camino.

A todos y cada uno de los amigos que me apoyaron durante el largo y angustioso proceso de publicación: Laure, Zizi, Kendall, Jamie, Cece, Caroline, Lou, Chris, Dylan, Tristan, Cathy, Danielle, Hunter, Hermosa Dan, Jack, Gabe, Maxx, Gray, Matt, Scottie, Sam, Jess, Lydia, Alisha, Vanessa, Katie, Makayla, Merit y muchos, muchísimos más que seguro que se me olvidan.

A mi albóndiga sueca, Pontus. Cuando entré en aquella cafetería, no tenía ni idea de que estaba conociendo a mi alma gemela, pero aquí estamos. Eres mi mayor paladín y mi mejor amigo. Te quiero con locura.

Desde lo más hondo de mi corazón, debo darles las gracias a todos los lectores, a todas las personas que hacen reseñas de libros, a los *booktokker*, a los *bookstagramer* y a cualquiera que le haya dado una oportunidad a este libro. Sois las personas que mantenéis vivo el precioso arte de la lectura. Os quiero a todos.

Y, por último, pero no por ello menos importante, a cualquiera que haya luchado o siga luchando contra cualquier tipo de trastorno de la conducta alimentaria: te entiendo. Fui tú. No estás solo… y eres mucho más de lo que pones en tu plato.

Guía del lector
Preguntas para el debate

1. ¿Qué sabías sobre la anorexia y la bulimia antes de leer esta novela? ¿Cómo ha cambiado tu percepción de estas enfermedades?

2. ¿Cómo describirías la dinámica entre Ginny y Finch? ¿Qué parece comparada al lado de su amistad con Clay y Tristan? ¿Alguna de las amistades te recuerda a las tuyas?

3. ¿Qué has aprendido sobre la cultura húngara leyendo este libro?

4. ¿Te gustaban Ginny y Adrian como pareja? Ya contestes de forma afirmativa o negativa: ¿por qué?

5. Los dos protagonistas reflexionan bastante sobre lo que supone ser un trabajador joven. ¿Cuáles son los mayores obstáculos a los que se enfrentan? ¿Describirías tu propia experiencia de forma parecida?

6. ¿Qué nos explica la historia de Ginny y Adrian sobre las relaciones sentimentales modernas?

7. ¿Te identificas más con la perspectiva de Ginny o con la de Adrian en la historia? ¿Por qué?

8. Ginny y Adrian mantienen una conversación difícil sobre el compromiso y sobre si se puede estar absolutamente seguro antes de

comenzar una relación. ¿Crees que esto sirve también para otros aspectos de la vida?

9. Muchas personas tienen problemas relacionados con la comida sin que se les llegue a diagnosticar un trastorno de la conducta alimentaria. ¿Qué cambios deberían introducirse en el enfoque que tenemos de la alimentación para que sea más fácil hablar de este tipo de problemas?